Günter Huth
Tatort Wald

Tatort Wald

Jagdkriminalroman

Von
Günter Huth

Verlagshaus Reutlingen · Oertel + Spörer

Titelabbildung von Günther Schumann, Homberg/Efze

Die Deutsche Bibliothek – CIP Einheitsaufnahme

Huth, Günter
Tatort Wald : Jagdkriminalroman / von Günter Huth
Reutlingen : Verl.-Haus Reutlingen Oertel und Spörer, 2001
ISBN 3-88627-951-0

© Verlagshaus Reutlingen · Oertel + Spörer · 2001
Postfach 16 42 · 72706 Reutlingen
Alle Rechte vorbehalten
Schrift: 10,5/11,55p Garamond
Lektorat: Dr. Gabriele Lehari, Reutlingen
Satz und Druck: Oertel + Spörer
Einband: Heinrich Koch, Tübingen
Printed in Germany
ISBN 3-88627-951-0

Inhalt

Prolog 7
1. Kapitel 19
2. Kapitel 35
3. Kapitel 41
4. Kapitel 49
5. Kapitel 53
6. Kapitel 65
7. Kapitel 71
8. Kapitel 75
9. Kapitel 79
10. Kapitel 89
11. Kapitel 95
12. Kapitel 99
13. Kapitel 107
14. Kapitel 113
15. Kapitel 119
16. Kapitel 131
17. Kapitel 141
18. Kapitel 153
19. Kapitel 163
20. Kapitel 171
21. Kapitel 185
22. Kapitel 193
Epilog 203
Begriffe aus der Jägersprache 205

Prolog

Prolog

Vier Jahre vorher:

Horrhorr, die massige Leitbache, stand etwas abseits ihrer Rotte und hob den Wurf in den Wind. Die Witterung, die ihr von der leichten Brise zugetragen wurde, war ihr vertraut. Ihre Anspannung ließ nach. Sie erkannte den Geruch des Menschen, der ihnen täglich Futter brachte.
Der Mensch befand sich etwa dreißig Meter von der Fütterung entfernt und beobachtete die Rotte aus dieser Distanz. Auch das war kein ungewöhnliches Verhalten. Dieser Mann war häufig in ihrer Nähe.
Mit einem beruhigendem Grunzen, das der Familie Sicherheit signalisierte, senkte die Matriarchin den Wurf und nahm einige der wohlschmeckenden Kraftfutter-Pellets auf, die sie genüsslich knabberte. Jetzt erst gingen auch die anderen ans Futter.
Auf diesen Augenblick hatte Eddy Link nur gewartet. Ohne Hast hob er das Blasrohr an die Lippen, zielte kurz auf den massigen Wildkörper der Leitbache, dann schoss er den Pfeil mit einem wohl dosierten Luftstoß ab. Die Bache nahm den leichten Einstich an ihrer Keule kaum wahr.
Es dauerte nur Sekunden, bis das Betäubungsmittel seine Wirkung entfaltete. Wie eine Woge überflutete unwiderstehliche Müdigkeit den Körper der Bache und lähmte Hirn und Muskulatur. Mit einem fast menschlichen Seufzer sank sie langsam nieder.
Link wartete noch einen Augenblick, bis er absolut sicher sein konnte, dass sie schlief, dann kam er langsam näher.
Die Rotte, ihrer Leitbache beraubt, wusste nicht so recht, was sie tun sollte. An eine straffe Führung gewöhnt, warteten sie nervös auf eine Anweisung der Bache, doch die lag regungslos auf der Seite.
Als der Mann näher kam, zogen sich die Sauen, nervös blasend, in den Hochwald zurück. Ein Stück entfernt verharrten sie wieder und sicherten herüber. Sie waren führungslos, ein Zustand, der sie hilflos machte.

Der Mann in der sterilen, grünen Operationskleidung zog die Latexhandschuhe mit einem schnalzenden Geräusch von den Händen.
„Ich denke, das war es", verkündete Professor Dr. Philipps mit zufriedenem Unterton in der Stimme und warf die Gummihandschuhe in eine Tonne für nichtsterilen Abfall.
„Wenn nicht der Teufel seine Hand im Spiel hat, wird das Experiment wohl klappen." Es folgten die Kopfhaube und der Mundschutz. „Sie haben alle ganz ausgezeichnete Arbeit geleistet. Dafür möchte ich Ihnen danken."
Die Mitglieder des Operationsteams, bestehend aus zwei wissenschaftlichen Assistenten und Link, als männliche OP-Schwester, nickten. Wenn der Chef lobte, was sehr selten vorkam, dann musste ihnen wirklich ein echter Wurf gelungen sein. Allerdings war nicht jeder der im Raum anwe-

senden Personen in die Hintergründe der soeben abgeschlossenen Operation eingeweiht.
Die Patientin, wenn man sie so nennen wollte, lag auf dem OP-Tisch, die Extremitäten gespreizt und festgegurtet. Der gesamte Körper, bis auf den Genitalbereich, war mit grünen Tüchern abgedeckt. Dort waren die Körperhaare entfernt worden.
Der Operationsbereich des Instituts unterschied sich in nichts von einem modern eingerichteten Operationssaal einer Universitätsklinik. Alle notwendigen Geräte waren vorhanden. Es blitzte und blinkte vor Sauberkeit. Der Geruch von Desinfektionsmitteln dominierte die räumliche Atmosphäre. Der gravierende Unterschied zu einem normalen Operationssaal bestand darin, dass sich dieser OP eben nicht in einem öffentlichen Krankenhaus befand, sondern in einer privaten Forschungseinrichtung. Es handelte sich hierbei um eine streng geheime Forschungsabteilung der „Medical-Innovation-Group (MIG)", einem privatwirtschaftlichen Tochterunternehmen des auf dem Weltmarkt in der ersten Reihe mitspielenden Konzerns „Pharms-Connection".
Diese strikte Geheimhaltung war unter anderem auch deshalb notwendig, weil die Gesetzgebung in dem Land, in dem die Versuche stattfanden, diese Art Forschung nicht zuließ.
Für ein Unternehmen, das marktstrategische Überlegungen seinem Handeln zugrunde legen musste, war das unflexible Denken in Legislaturperioden kontraproduktiv. Im Bereich der Genforschung herrschte auf der ganzen Welt Krieg. Wer in diesem Geschäft Rücksicht auf Politiker nahm, die ja bekanntlich kamen und gingen wie üble Winde, hatte schon verloren. Der Markt hatte seine eigenen Gesetze, die denen des Dschungels nicht unähnlich waren.
Prof. Dr. Dr. Philipps, der Leiter dieser Einrichtung, war ein anerkannter Spezialist auf dem Gebiet der Manipulation der DNA, des genetischen Codes.
In diesem Institut forschte er an der Herstellung von Organen in Wildschweinen, mit dem Fernziel, diese in Menschen transplantieren zu können, ohne dass die gefürchteten Abstoßreaktionen im Körper des Patienten eintraten. Bei Erfolg ein Milliardengeschäft, in das die MIG große Summen investierte.
Die Patientin war Horrhorr, die Leitbache.
„Nach dem Ergebnis der Bluttests und unseren Berechnungen ist die Bache gerade in der günstigsten Phase ihres Zyklus", unterstrich der Assistent mit konzentriertem Gesichtsausdruck die Worte seines Chefs. „Wir haben eine ausreichende Anzahl Embryonen in ihre Gebärmutter eingespült. Jetzt können wir nur noch warten."
Auch er begann damit sich der OP-Kleidung zu entledigen.

Prolog

„Die Narkose wird noch einige Zeit anhalten", erklärte Prof. Philipps dem OP-Helfer, der gerade dabei war die Instrumente beiseite zu räumen. „Lassen Sie sie noch einige Zeit liegen, Link, dann bringen Sie die Bache hinaus in das Freigelände. Ich möchte nicht, dass Sie hier aufwacht. Überflüssiger Stress muss vermieden werden, dies könnte zum Abgang der Embryonen führen. Wir müssen das unter allen Umständen verhindern."
Der Forscher wandte sich zum Gehen. Plötzlich drehte er sich noch einmal um. „Ach ja, vergessen Sie nicht unserer Freundin das Funkhalsband umzulegen, damit wir sie überwachen können."
Link nickte dienstbeflissen. Noch vor einem Jahr war er als Tierpfleger in einem der großen Zoos beschäftigt gewesen. Dann hatte es Unregelmäßigkeiten bei der Futterabrechung gegeben und er war gefeuert worden. Dieser Job in der Forschungseinrichtung der MIG war ihm unter der Hand angeboten worden. Nachdem man ihm gesagt hatte, wie es mit der Bezahlung aussah, hatte er die mit der Tätigkeit verbundenen Einschränkungen seines Privatlebens gerne in Kauf genommen. Link musste auf dem Gelände wohnen und durfte es nur einmal im Monat für ein Wochenende verlassen. Bei Vertragsabschluss hatte man ihn seitenlange Verpflichtungserklärungen unterschreiben lassen. Der Geheimhaltung hatten sich alle privaten Interessen unterzuordnen. Zum Glück war er ledig und ungebunden. Wenn der Druck seiner Hormone einmal zu stark wurde, reagierte er sich bei einem seiner Ausgänge bei einer Hure in der nächsten Kreisstadt ab. Ansonsten pflegte er kaum soziale Kontakte.
Link warf der Patientin einen prüfenden Blick zu, dann griff er sich das breite Cordurahalsband mit dem Funksender von einem der Nebentische und befestigte es am Hals hinter den Tellern, den Ohren der betäubten Bache. Es war eine Spezialanfertigung, von der MIG entwickelt. Mit seiner Hilfe konnten die Forscher nicht nur feststellen, wo auf dem weitläufigen Forschungsgelände sich die Sau gerade aufhielt, es war auch möglich ihre wichtigsten Vitalfunktionen zu überwachen.
Anschließend verließ der Helfer den OP und betrat den Flur davor. Dort stand eine fahrbare Trage, ein Typ, nicht unähnlich dem, der auch bei Menschen eingesetzt wurde. Er rollte das Gestell in den OP, stellte es neben den OP-Tisch und arretierte die Räder.
Den Namen Horrhorr hatte er der Bache wegen ihres tiefen, unverwechselbaren Grunzlautes gegeben. Sie schlief noch immer tief und fest. Nach dem betäubenden Schuss aus dem Blasrohr war sie nahtlos in den Anästhesieschlaf hinübergeglitten.
Er zog das Abdecktuch vom Wildkörper und warf es in den Wäschecontainer. Dann löste er die Schnallen. Dabei musste er darauf achten, dass das Wildschwein nicht vom OP-Tisch rutschte. Der intensive, liebstöckel-

ähnliche Geruch des Wildtieres erfüllte den ganzen Raum und stach ihm in die Nase.

„Mädchen, du könntest dir auch mal ein anderes Eau de Toilette zulegen", brummelte er und wuchtete die schwere Sau vom OP-Tisch auf die Trage. Der Pfleger hatte hierfür eine kraftsparende Technik entwickelt. In der Seitenlage schnallte er Horrhorr wieder auf der Trage fest, dann schob er sie aus dem Raum.

Der Helfer wusste nicht genau, welchen wissenschaftlichen Hintergrund die gerade erfolgte Übertragung künstlich befruchteter Wildschweinembryonen hatte. Er war nicht eingeweiht. Aber Link war ein sehr neugieriger Mensch, der seine Umgebung stets unter dem Blickwinkel des möglichen Eigennutzes betrachtete. So hielt er seine Augen und Ohren offen und machte sich seine eigenen Gedanken. Für ihn stand fest, dass hier Dinge erforscht wurden, die mit viel Geld zu tun hatten. Das genügte ihm. Link war ein geldgieriger Mensch. Früher oder später würde sich vielleicht die Gelegenheit ergeben sein erworbenes Wissen in klingende Münze umzuwandeln.

Der Weg, der vom Institut zum Forschungsgelände führte, war betoniert, so dass die Trage fast erschütterungsfrei bewegt werden konnte.

Die Forschungseinrichtung lag mitten in einem großen Waldgebiet, das Todwald genannt wurde. Der Todwald war eines der größten zusammenhängenden Waldgebiete des Landes in Privatbesitz. Vor etwa einem Jahrhundert hatte eine verheerende Feuersbrunst den gesamten Baumbestand vernichtet. Der Wald war längst wieder nachgewachsen, der Name war geblieben.

Die MIG hatte das gesamte Waldgebiet vom Eigentümer, dem Herzog von Arnstein, gepachtet. Das Gelände rund um das Forschungsgelände war weiträumig gesichert. Im gesamten Todwald wurde keine Jagd ausgeübt. Die Forschungen, die hier betrieben wurden, vertrugen nicht die neugierigen Augen von Jägern, die unkontrolliert zu jeder Tages- und Nachtzeit im Wald anzutreffen waren.

Etwa zweitausend Hektar rund um die Institutsgebäude waren eingezäunt und mit Sicherheitstechnik geschützt, die jeder militärischen Einrichtung zur Ehre gereicht hätte. Ein hoher Zaun, der an der Spitze mit NATO-Draht gesichert war, umschloss das Gelände. Überwachungskameras waren an strategischen Schwerpunkten des Gebietes installiert. Es gab Wachpersonal, das nichts anderes zu tun hatte, als die Monitore in der Zentrale zu beobachten. Das Gelände konnte nur über ein Tor betreten werden, das von einem Wächter gesichert wurde.

Der befestigte Weg endete an der Baumgrenze. Link senkte die Trage auf das niedrigste Niveau ab. Dann löste er die Schnallen und zog die noch immer betäubte Bache so vorsichtig wie möglich auf das weiche Moospolster des Waldbodens.

Prolog

Er warf einen Blick zum Haus. Das kalte Auge des Objektivs einer der allgegenwärtigen Überwachungskameras war direkt auf ihn gerichtet. Er war sich sicher, dass wachsame Augen jede seiner Bewegungen verfolgte. Er brachte die Trage in die alte Position zurück, dann machte er sich auf den Rückweg zum Haus.

Prof. Philipps stand vor dem Monitor in seinem Büro und verfolgte jede Bewegung seines Mitarbeiters. Ihm als Chef des Instituts war es möglich, sich von seinem Büro aus über die hausinterne Videoanlage auf sämtliche Überwachungskameras zu schalten, die in und um das Haus installiert waren. Er hatte die Hände tief in den Taschen seines weißen Labormantels stecken. Seine rechte Hand ballte sich um seinen Schlüsselbund. Ein Zeichen seiner unbewussten Nervenanspannung.
Er mochte diesen Link nicht. Dieser Mann zeigte sich unterwürfig, schnüffelte dabei aber gerne herum. Ein Kleingeist, der wahrscheinlich nur eigennützige materielle Interessen im Kopf hatte. Solche Menschen konnten, wenn man sie sich entfalten ließ, für ein derartiges Projekt zu einem Sicherheitsrisiko werden. Ein Risiko, das Philipps nicht eingehen durfte. Er würde die Entwicklung dieses Mitarbeiters scharf im Auge behalten. Wenn der Kerl aus der Spur lief, würde er dafür sorgen müssen, dass der Mann einen deutlichen Hinweis bekam, mit welcher Macht er ein Spielchen versuchte. Der Wissenschaftler verzog angewidert das Gesicht. Es war eigentlich weit unter seiner Würde sich mit derart banalen Dingen abzugeben, aber im Interesse der Sache blieb ihm wohl nichts anderes übrig. Link hatte leider eine wichtige Eigenschaft, auf die das Institut nicht verzichten konnte: Er war familiär ungebunden und kam sehr gut mit den Versuchsschweinen zurecht. Wäre es anders gewesen, hätte Prof. Philipps ihn schon zum Teufel gejagt.
Prof. Dr. Dr. Peter Philipps war 52 Jahre alt. Er hatte eine Bilderbuchkarriere hinter sich. Nach einem Spitzenexamen arbeitete er kurze Zeit an einer Universitätsklinik in Deutschland. Schon immer lag sein Hauptinteresse in der Forschung. Deshalb ergriff er schon nach zwei Jahren die Gelegenheit und nahm eine Stelle als Assistent an einer amerikanischen Eliteuniversität an. Dort kam er erstmals mit Genforschung in Berührung. Die DNA als Bausteine menschlichen Seins galten lange Zeit als sakrosankt. An diese Grundbestandteile des Menschen zu rühren war gleichbedeutend mit dem Versuch die Grundfesten der Schöpfung zu erschüttern. Sehr schnell hatte die wissenschaftliche Neugierde gewonnen und er war dem Reiz des Verbotenen erlegen.
Zum zweiten Mal hatte die Menschheit die Gelegenheit vom Baum der Erkenntnis zu essen. Heute war die Genforschung aus der Welt der Wissenschaft nicht mehr wegzudenken. Vor allen Dingen seitdem sich die wirt-

schaftliche Seite dieser Forschung offenbart hatte. Dies war auch ein Grund, warum er schließlich einen Forschungsvertrag mit der MIG abgeschlossen hatte. Ihm stand heute ein fast unbeschränkter Forschungsetat zur Verfügung. Von seinem königlichen Gehalt nicht zu sprechen. Das Gebiet, auf dem er arbeitete, war, wenn die Ergebnisse des heute auf den Weg gebrachten Experiments befriedigend sein würden, ein Quantensprung im Bereich der humanmedizinischen Genforschung. Die Embryonen, die sie heute in die Gebärmutter dieser Bache eingespült hatten, trugen das Ergebnis jahrelanger intensiver Forschung in sich. Es hatte oft Rückschläge gegeben. Doch jetzt schienen sie auf dem richtigen Weg zu sein. In einigen Wochen, wenn die Frischlinge geboren wurden, würde die Stunde der Wahrheit schlagen. Wenn das Experiment gelang, dann hatten er und seine Mitarbeiter etwas geschaffen, was bisher noch keinem Forscher auf der Welt geglückt war.
Der Mann rieb sich die Schläfen. An das zusätzliche Geheimnis, das dieses Forschungsexperiment barg, mochte er gar nicht denken, so geheim war es. Er hatte sich angemaßt noch massiver in den göttlichen Plan einzugreifen. Wenn das, was er da in einen der Keime eingepflanzt hatte, Früchte trug, war er tatsächlich Gott. Bei dem Gedanken trat ihm Schweiß auf die Stirn und seine Augen bekamen einen merkwürdigen Glanz. Nur er wusste davon und nur er würde den Ruhm ernten.
Die Bache auf dem Monitor hatte sich bewegt und forderte kurzfristig seine Aufmerksamkeit. Ihre kräftigen Läufe zuckten mehrere Male leicht, dann immer stärker. Das Kreislaufmittel, das er ihr kurz nach dem Eingriff gespritzt hatte, tat seine Wirkung. Einen Augenblick später hob sie den Kopf mit dem ausgeprägten, langen Wurf. Gleichzeitig versuchte sie auf die Läufe zu kommen. Kaum stand sie einigermaßen sicher, drehte sie sich um und drang, zwar schwankend, aber zielstrebig, in das Unterholz ein. Der Wissenschaftler nickte zufrieden.
Für Prof. Philipps war Horrhorr zur Zeit das wertvollste Lebewesen, das sich der Wissenschaftler vorstellen konnte.

Die verschont gebliebenen Stämme des Hochwaldes am Rande des großen Windbruchs reckten sich in stummem Triumph majestätisch empor und bildeten so die natürliche Grenze zwischen Ordnung und Chaos. Vor einigen Jahren hatte ein gewaltiger Wirbelsturm in einer seiner unberechenbaren Launen diese Abteilung des Todwaldes gestreift. Seine entfesselten Kräfte hatten die schlagreifen Stämme der Fichten und Kiefern wie die Stäbchen eines Mikado-Spiels auf einer Schneise von zweihundert Meter Länge und gut hundert Meter Breite binnen weniger Augenblicke verwüstet und zu einem unentwirrbaren Haufen durcheinander geworfen.

Prolog

Zwischen den Stämmen hatten sich im Laufe der Jahre zahllose Büsche und Sträucher eingenistet und mit ihren Zweigen und Trieben das Gewirr von Stämmen und Ästen zu einem undurchdringlichen Netz versponnen. Am Boden nützte der Farn kleine Lücken und in Nischen entwickelten sich die Hexengeflechte der Pilze.
Horrhorr, die Leitbache, stand regungslos wie ein Denkmal an der Grenze des Hochwaldes unter einem Haselnussstrauch und sicherte. Dank ihres dunklen Haarkleides verschmolz sie trotz des Tageslichts völlig mit ihrer Umgebung. Den keilförmigen, massigen Kopf mit dem länglichen Wurf hoch erhoben, die kleinen Augen vor Konzentration fast geschlossen, sog die erfahrene Bache den Wind hörbar in die feuchten Nasenöffnungen ihres Wurfes.
Sie hatte keinen konkreten Grund für diese Vorsicht. Seit sie sich erinnern konnte, lebte sie innerhalb der Einzäunung des Forschungsgeländes. Feinde gab es hier nicht. Doch konnte sie nicht gegen ihre angeborene Natur handeln.
Horrhorr hatte sich aus einem bestimmten Grund von ihrer Rotte entfernt. Sie spürte, dass ihre Zeit gekommen war. Ihr Körper signalisierte ihr das Ereignis, das keinen Aufschub mehr duldete.
Ihre empfindlichen Ohren vernahmen das hämmernde Klopfen eines Spechtes, der eine der abgestorbenen Eichen nach Nahrung absuchte. Der Ruf der fernen Ringeltaube war ihr genauso vertraut wie der Schrei des Habichts, der irgendwo auf einem der hohen Randbäume aufgehakt hatte.
Nach geraumer Zeit gab Horrhorr ihre starre Haltung auf. Der Wind war in dieser Zeit mehrmals umgesprungen, hatte sich zwischen den mächtigen Stämmen hindurchgeschlängelt und war wie eine hektische Amsel über den Windbruch geflattert. Mit keinem ihrer Sinne hatte die starke Sau eine Gefahr erkennen können.
Aus der Tiefe des mächtigen Brustkorbes der Bache kam ein gedämpftes, zufriedenes Grunzen. Schließlich löste sie sich aus dem Waldschatten und trottete ein Stück am Rande des Windbruchs entlang. Kurze Zeit später erreichte sie eine Stelle, wo das dichte Netzwerk aus Brombeersträuchern, Farnen und Brennnesseln eine kaum erkennbare Lücke aufwies.
Erneut blieb Horrhorr stehen und hob das empfindsame Organ am Ende ihres Wurfes in den Wind, dann senkte sie den Kopf und schob mit einer energischen Bewegung den Vorhang aus Zweigen, Blättern und Dornen zur Seite.
Mühelos verdrängte ihr massiger Körper die dürren Äste der geborstenen Bäume. Die Dornen der Beerensträucher vermochten ihrer Schwarte nichts anzuhaben. Sie hatte erst vor einigen Stunden ausgiebig gesuhlt und sich

Prolog

an ihrem Malbaum gerieben. Die Schicht auf ihrem Körper wirkte wie ein undurchdringlicher Schild.
Das aufgeregte Pfeifen einiger erschrockener Mäuse, die im Windbruch zu Abertausenden zu Hause waren, und das Schimpfen einer aufgebrachten Amsel, die sie bei der Nahrungssuche störte, beachtete Horrhorr kaum.
Nach ungefähr hundert Schritten blieb die Bache stehen und bewitterte ausgiebig einen Haufen aus Kiefern- und Fichtenzweigen, der scheinbar planlos mitten im Chaos aufgehäuft lag. Er unterschied sich auf den ersten Blick nur unwesentlich von den anderen Blätterbergen und Astanhäufungen, von denen es im Windbruch unzählige gab.
Horrhorr fuhr mit dem Wurf unter einen der großen Zweige und hob ihn mühelos in die Höhe. Sie knickte mit den Vorderläufen ein und schob sich mit den Hinterläufen unter den grünen Haufen. Einen Augenblick später war die Bache in dem von ihr geschaffenen Wurfkessel verschwunden.
Seufzend ließ sich Horrhorr auf das Bett aus trockenem Gras, Kiefernzweigen, Moos und Farnwedeln niedersinken. Die Stunde des Frischens stand unmittelbar bevor.
Horrhorr war seit drei Jahren die Leitbache der schwarzen Rotte im Forschungsgebiet. Die Familie, die sie führte, bestand zurzeit aus sechsunddreißig Mitgliedern. Horrhorr war stark und schwer. Ihre hohe Rangstellung innerhalb ihrer Familie war unangefochten. Die Bache schloss die Augen. Ein ziehender Schmerz bohrte in ihrem Leib.
Sie war so lange bei ihrer Rotte geblieben, wie es das neue Leben in ihrem Leib zuließ. Vor einer Stunde hatte sie ihre Familie in einer sicheren Buchenverjüngung zurückgelassen. Während der Geburt und die Tage danach musste sich auch Horrhorr dem Gesetz der schwarzen Rotten beugen: Gebärende Bachen hatten sich in den Schutz eines Wurfkessels zurückzuziehen. So hatte es sie ihre Mutter gelehrt und diese hatte es wieder von ihrer Mutter erfahren.
Dieses Gesetz stammte aus uralten Zeiten. Einer Zeit, als es mächtigere und gefährlichere Feinde gab als den Menschen. Einer Zeit, als eine gebärende Bache für die Rotte eine Gefahr darstellte, weil sie ihre Fluchtmöglichkeiten einschränkte.
Horrhorr hatte für die Dauer ihrer Abwesenheit die Verantwortung für die Rotte ihrer Halbschwester übergeben. Sie war nach ihr die ranghöchste Bache in der Rotte und würde ihre Aufgabe ernst nehmen.
Die Bache schloss die Lichter und lauschte auf die Vorgänge in ihrem Inneren. Sie kannte die Zeichen genau. Ein Großteil der Rotte bestand aus ihren Töchtern und Söhnen und der Rest aus deren teilweise schon halbwüchsigen Nachkömmlingen. Gebären war für sie nichts Neues. Jedes Jahr, seit sie

Prolog

die achte Jahreszeit erlebt hatte, hatte sie im Frühjahr der Rotte einen Wurf Frischlinge gebracht.
Ein in Wellen immer stärker werdendes Ziehen in ihrem massigen Leib sagte ihr, dass das Leben in ihrem Bauch nunmehr unaufhaltsam in die Welt drängte.
Als der Vollmond seinen milchigen Schein auf den Windbruch legte, drängelten sich acht weiß gestreifte Frischlinge, wild strampelnd, am prallen Gesäuge der Bache. Der Kampf um die milchreichsten Zitzen war nur der Anfang eines nie mehr endenden Überlebenskampfes im Leben der neugeborenen Wildschweine. Wer hier zu schwach war, wurde unweigerlich auf die vorderen Milchdrüsen verdrängt, was in diesem Fall bedeutete, dass er mit dem schwächeren Milchfluss vorlieb nehmen musste und deshalb langsamer zunahm und wuchs.
Horrhorr lag auf der Seite und lauschte dem Schmatzen ihres Nachwuchses und spürte das gierige Stoßen der winzigen Mäuler an ihrem Bauch. Zufrieden schloss sie die Augen.

Der Sender am Hals der Bache arbeitete zuverlässig und übertrug Daten an die Forschungsstation. Der diensthabende Mitarbeiter, der in der Schaltzentrale der Forschungseinrichtung die Signale aus dem Halssender der Bache empfing, sprang auf und rannte über den Flur zum Büro des Professors. Hastig klopfte er an und trat ein, ohne die Aufforderung einzutreten abzuwarten.
„Herr Professor, es ist so weit", berichtete er hastig. „Die Bache hat geworfen. Die Signale sind eindeutig."
Der Institutsleiter sah ruckartig von seinen Papieren auf und blickte seinen Mitarbeiter durchbohrend an.
„Gut, sehr gut! Wie sind ihre Werte?"
„Alles normal", beeilte sich der Mann seinen Chef zu beruhigen, „so wie es aussieht, hat die Bache ohne Komplikationen geworfen."
„Danke!", freute sich der Wissenschaftler. „Halten Sie mich ständig auf dem Laufenden. Ich möchte zweimal am Tag Bericht."
Der Mitarbeiter verließ das Arbeitszimmer.
Prof. Philipps starrte blicklos auf eine Grünpflanze in der Ecke seines Zimmers. Die Wetterbedingungen waren günstig. Es sah ganz so aus, als würden alle Frischlinge beste Voraussetzungen für das Überleben vorfinden. Der nächste Schritt auf dem Weg zu unsterblichem Ruhm war getan.

Orrieh, wie ihn die Menschen später rufen sollten, empfand sein bisheriges kurzes Dasein als ausgesprochen angenehm. Mit den Geschwistern auf einen Haufen zusammengedrückt, die Mutter und damit die lebensnot-

Prolog

wendige Milchquelle ständig in der Nähe, bestand sein Tagesablauf nur aus Schlafen und Saugen. Selbst die ständige Auseinandersetzung mit seinen fast gleich großen und beinahe gleich starken Geschwistern um die ergiebigen Zitzen hinten zwischen den Hinterläufen ihrer Mutter empfand der kleine Keiler als nicht besonders belastend. Ihm genügte es, dass er immer die Oberhand behielt.

Horrhorr beobachtete diese Rangeleien mit aufmerksamer Miene. Sie mischte sich aber nicht ein. Die Frischlinge mussten lernen sich durchzusetzen. Nur die stärksten waren der Rotte von Nutzen.

Es vergingen fünf Tage. In der Abenddämmerung des fünften Tages im Wurfkessel erhob sich die Bache plötzlich und schüttelte sich. Grunzend forderte sie ihren Nachwuchs auf ihr zu folgen. Dabei hatte ihre Stimme einen sehr bestimmenden Unterton, den die Frischlinge bisher noch nicht kannten. Horrhorr schob sich aus dem Kessel. Sie brauchte dringend Nahrung. Während sie die Frischlinge säugte, lief ihr Organismus auf Höchstleistung und kam nur wenige Tage ohne die notwendigen Kalorien aus. Außerdem zog es sie mit Macht zu ihrer Rotte zurück.

Orrieh sah dem massigen Körper seiner davon trottenden Mutter nach. Schließlich beeilte er sich den Anschluss an seine Geschwister nicht zu verlieren. Er spürte, dass etwas Aufregendes bevorstand.

Bevor Horrhorr mit ihren Frischlingen den Windbruch verließ, blieb sie stehen und sicherte aufmerksam. Als die Frischlinge sich an ihr vorbeidrängeln wollten, stieß die Bache ein zorniges Blasen aus. Wie versteinert verharrten die Frischlinge auf der Stelle. Sie hatten ihre Mutter noch nie so streng erlebt.

Horrhorr prüfte den Wind gründlicher als sonst. Schließlich galt es, nicht nur sich, sondern auch ihre Kleinen vor Schaden zu bewahren. Sie waren noch schwach und hilflos und würden keine lange Flucht aushalten.

Als sie vollkommen sicher war, dass keine Gefahr bestand, grunzte sie freundlicher. Aufgeregt trippelte die gestreifte Schar hinter den mächtigen Keulen ihrer Mutter her.

Aufgeregt wie Orrieh war, stieß er ständig mit seinen Wurfgeschwistern zusammen, weil er nicht auf seinen Weg achtete und dadurch den anderen in die Quere kam.

Die Luft war angefüllt mit den verschiedensten Düften und Gerüchen, die der kleine Frischlingskeiler zum ersten Mal in seinem Leben witterte. Die Vielzahl der Eindrücke berauschte seine Sinne und verwirrte ihn völlig.

Horrhorr marschierte gezielt durch die zunehmende Dämmerung.

Plötzlich blieb sie unter den tief hängenden Zweigen einer alten Fichte stehen. Die Frischlinge hatten ihre Lektion gelernt und verharrten ebenfalls in Bewegungslosigkeit.

Prolog

Der Wind hatte gedreht. Gewohnheitsmäßig hob sie das Gebrech.
Sekunden später ertönte das bellende Geräusch eines schreckenden Rehbocks. Er hatte von Horrhorr und ihrem Nachwuchs Wind bekommen. In hohen Fluchten brachte er sich auf Distanz.
Die Bache wartete, bis wieder Ruhe eingekehrt war. Sie war es gewohnt, dass ihr das Rehwild auswich. Die bellenden Schrecklaute waren ihr genauso vertraut wie der klagende Ruf des Käuzchens, das wenig später in lautlosem Flug über sie hinwegstrich. Die Frischlinge drängten sich dicht an ihre Mutter.
Wenig später bekam Horrhorr die vertraute Witterung ihrer Rotte in den Wurf. Sofort ließ sie das tief aus der Brust kommende Begrüßungsgrunzen hören, das vom Wind in die Richtung der ruhenden Rotte getragen wurde.
Die Antwort ließ nicht lange auf sich warten. Sie registrierte die tiefe Stimme ihrer Schwester, die ihrerseits Horrhorr sofort erkannt hatte.
In Abständen immer wieder beruhigende Laute ausstoßend, führte die Leitbache ihre Frischlinge der Rotte zu.
Die Begrüßung dauerte nicht lange. Als Horrhorr den Familienkessel in der dichten Fichtenkultur betrat, gab es nur ein kurzes Unterordnungsritual. Horrhorr spürte, dass ihr Führungsanspruch noch von allen anerkannt wurde.
Die Frischlinge fanden nach anfänglicher Schüchternheit alles schrecklich aufregend. Orrieh war ganz begeistert, so viele Wildschweine zu sehen. Bisher hatte er gedacht, seine Geschwister und die Mutter seien die einzigen Schwarzkittel auf dieser Welt.

1. Kapitel

1. Kapitel

Ron Kerner zog den Holzschaft seiner halbautomatischen Remington im Büchsenkaliber .35 Whelen an die Schulter und starrte angespannt durch das Zielfernrohr. Langsam, um der alten, klapprigen Kanzel an der Saukirrung keinen Anlass für knarrende Nebengeräusche zu geben, richtete er den schwach glimmenden Leuchtpunkt des Absehens seines modernen Nachtzielfernrohres auf den dunklen Wildkörper des Keilers aus. Der alte Basse, sonst heimlich wie ein Nachtgespenst, zeigte hier, an der versteckt in einer Buchenverjüngung liegenden Kirrung, eine gewisse Sorglosigkeit. Der Wind stand günstig für den Jäger und trug ihm die rauchige Witterung von Buchenholzteer zu, die eindeutig von dem massigen Wildkörper ausging. Kerner selbst hatte die pechartige Masse an verschiedene Fichtenstämme im Revier geschmiert, wo sie von den Schwarzkitteln gerne angenommen wurde. Eine sehr rustikale, aber höchst effektive Art der Sauen Fellpflege zu betreiben, die Parasiten weitgehend fernhielt.

Der Jäger konzentrierte sich. Der Mond stand hoch und hatte eine leuchtende Fülle, die ausreichend schimmerndes Licht auf die kleine Lichtung warf, um einen sauberen Schuss anbringen zu können. Der alte Keiler hielt sich trotz aller Unbefangenheit instinktiv im Nachtschatten der dicht an dicht stehenden Jungbuchen und verschmolz so fast völlig mit dem dunklen Hintergrund.

Er stand etwas spitz, deshalb zögerte Ron Kerner noch. Obwohl das Kaliber, das er auf der Schwarzwildjagd schoss, durchaus als Dampfhammer bezeichnet werden konnte, wollte er dem starken Keiler die Kugel möglichst breitstehend und tief Blatt antragen. Der Recke sollte im Knall zusammenfallen und sich nicht noch in die bürstendichte Dickung ins Wundbett schleppen.

Der Alte ließ sich Zeit. Körnchen für Körnchen nahm er den ausgestreuten Mais auf und knabberte ihn genüsslich, ehe er ihn sich endgültig einverleibte. Dabei bewegte er sich nur in kleinen Schritten vorwärts.

Oh, Mann, dreh dich doch endlich, dachte der Jäger. Die Anspannung, die ihn erfüllte, war nur noch schwer zu beherrschen. Obwohl er es gewohnt war, täglich mit Waffen umzugehen und im Rahmen seines Dienstes zur Übung schon Tausende Schuss Munition abgefeuert hatte, war dies hier eine ganz andere Situation. Der alte Keiler zog schon seit Jahren seine beeindruckende Fährte durch die umliegenden Reviere. In vielen Gesprächen am Jägerstammtisch war der kapitale Basse bereits zum Mythos geworden.

Gerade deshalb hatte sich Kerner an der Verfolgung des Bassen festgebissen. Er war Jäger mit allen Fasern seines Körpers. Ron Kerner verspürte manchmal eine fast symbiontische Verbundenheit mit dem Wald und dem Wild, dem er nachstellte. Dabei war das intelligente, wehrhafte Schwarzwild seine Hauptbeute. Er war einer der erfolgreichsten Saujäger der Gegend.

1. Kapitel

Plötzlich spürte Kerner in der Brusttasche seines Hemdes ein Vibrieren. Ein heftiger Fluch durchzuckte seine Gedanken. Das durfte doch nicht wahr sein! Im Rausch des Jagderlebnisses hatte er völlig verdrängt, dass er Bereitschaft hatte.
Wütend hob er den Kopf und sicherte widerstrebend seine Waffe. Das Handy mit dem Vibrationsalarm hatte dem alten Bassen das Leben gerettet. Der warf kurz auf, blies einmal heftig, dann trollte er sich in die Kultur.
Kerner stellte die Waffe in die Ecke der Kanzel und holte das kleine Mobiltelefon aus seiner Jackentasche.
„Ja", meldete er sich mit gedämpfter Stimme.
„Polizeihauptmeister Kerner, hier Zentrale. Ihr SEK hat einen Einsatzbefehl bekommen. Melden sie sich umgehend auf Ihrer Dienststelle."
„Verstanden", erwiderte Kerner und schaltete das Handy ab.
„So ein verdammter Mist", schimpfte er leise vor sich hin, während er seine Jagdutensilien mit routinierten Bewegungen in seinem Rucksack verstaute. Ausgerechnet am vorletzten Tag seiner Rufbereitschaft musste noch einmal ein Einsatz kommen. Die ganze Zeit war nichts los gewesen. Deshalb hatte er auch angenommen, er könne heute risikolos auf die Jagd gehen.
Er entlud seine Waffe, verstaute das Magazin, schulterte den Rucksack und baumte ab. Der Weg zu seinem Geländewagen war nicht weit. Enttäuscht über den so knapp entgangenen Jagderfolg stapfte er durch die mondbeschienene Feldflur. Das weich zeichnende Licht zauberte silbrigen Schimmer auf die schweren Ähren der erntereifen Getreidefelder. Der Schlamm des vom Regen aufgeweichten Waldpfades wich quietschend dem Profil seiner Pirschstiefel. Es war Sommer und die Tage heiß. Jetzt, in der Nacht, lag dampfige Schwüle über den Feldern. Der Mann schwitzte sofort.
Der dreiunddreißigjährige Ron Kerner, Mitglied eines Sondereinsatzkommandos der Bereitschaftspolizei, war voll durchtrainiert und spürte die Last des Rucksacks und der geschulterten Waffe kaum. Schon bald nach Eintritt in den Polizeidienst war er wegen seiner hervorragenden Schießergebnisse aufgefallen.
Sofort nach dem Abitur hatte er die Polizeilaufbahn eingeschlagen, weil er der Auffassung war, dass es in einem Staat Menschen geben musste, die für Recht und Ordnung sorgten. Dabei hatte ihn sicher ein Erlebnis aus seiner Jugend bleibend geprägt. In dem Viertel, in dem er damals mit seiner mittlerweile verstorbenen Mutter wohnte, gab es eine Gang rechtsradikaler Burschen, die den halben Stadtteil terrorisierten. Der Polizei gelang es nicht diese Bande unter Kontrolle zu bekommen. Eines Tages schlugen die Kerle in Rons Nachbarschaft einen Ausländer zusammen, der von dieser Attacke so schwere Verletzungen davontrug, dass er für immer behindert blieb. Ron war durch Zufall Zeuge dieser Gewalttat geworden.

1. Kapitel

Die Frau des Verletzten, welche die Szene von Fenster aus hilflos mit ansehen musste, rief sofort die Polizei. Als die Beamten kamen, lag der Mann schon blutend am Boden. Von der Bande war keiner mehr zu sehen.
Als die Beamten nach Zeugen suchten, hatte keiner der Anwohner von dem Vorfall etwas bemerkt. Auch Ron behielt sein Wissen für sich. Dieses Erlebnis und seine Feigheit verfolgten ihn seit seiner Jugend.
Kerner schloss seinen japanischen Geländewagen auf, legte seine Utensilien in den Laderaum und warf die Tür zu. Das Geräusch klang in der Nacht wie ein Schuss.
Er schwang sich hinter das Lenkrad, warf seinen Jagdhut auf den Rücksitz, holte das Blaulicht mit dem Magnetsockel unter dem Beifahrersitz hervor, öffnete das Fenster und befestigte die Lampe auf dem Autodach. Einsatz bedeutete, dass er seine Dienststelle schnellstmöglich, also auch unter Nutzung von Sonderrechten, aufsuchen musste.
Er wartete, bis er die Hauptstraße erreicht hatte, dann gab er Gas. Das Heulen der Sirene tönte durch die Nacht und schreckte die Bewohner des angrenzenden Dorfes aus dem Schlaf.
Die Kaserne der Bereitschaftspolizei, in der das Sondereinsatzkommando stationiert war, lag etwas außerhalb der Stadt. Ohne Kontrolle passierte er das Tor der Kaserne und kam mit quietschen Reifen vor dem Hauptgebäude zum Stehen. Kerner holte den Waffenkoffer mit dem Repetierer aus dem Kofferraum. Er würde die Jagdwaffe während des Einsatzes in seinem Spint verwahren.
Vor dem Gebäude standen mehrere Einsatzfahrzeuge. Ein Zeichen dafür, dass etwas Größeres im Gange war.
Kerner hastete über die Treppe in den zweiten Stock. Aus den griffigen Profilen seiner Jagdschuhe lösten sich lehmige Schmutzbrocken und rollten über die steinernen Stufen.
„Ah, Kerner, da sind Sie ja", rief Polizeihauptkommissar Schirmer, Chef des SEK, als Kerner den Besprechungsraum betrat. „Haben Sie wieder mit Ihren Wildschweinen gespielt?"
Ron Kerner wusste, dass sein Vorgesetzter keine Antwort erwartete. Er winkte nur zurück.
Kerner eilte in den Nebenraum, wo die Kleiderspinte untergebracht waren und öffnete mit einem kleinen Schlüssel das Vorhängeschloss an seinem Blechschrank.
Seine schwarze Einsatzuniform lag bereit, so dass er schnell umgezogen war. Er stellte den Waffenkoffer in den Spint und legte seinen privaten .357-Magnum-Revolver auf einen der Zwischenböden. Im Dienst führte er einen Revolver im Kaliber .44 Magnum.
„Nach den Angaben aus dem Lagezentrum des Innenministeriums haben wir es mit einem jugendlichen Geiselnehmer zu tun, der am frühen Abend in

1. Kapitel

die Grundschule am Roten Brunnen eingedrungen ist und dort eine Klasse in seine Gewalt gebracht hat. Die Lehrerin hat mit den Kindern Proben zu einem geplanten Theaterabend durchgeführt, deshalb waren sie so spät noch in der Schule.
Kurze Zeit später hat der Täter die Lehrerin aus uns unbekannten Gründen vor den Schülern erschossen. Durch den Schuss wurde der Hausmeister aufmerksam, der dann die Kollegen verständigt hat.
Bei einer ersten Kontaktaufnahme hat der Geiselnehmer behauptet, neben der Faustfeuerwaffe auch mit Handgranaten ausgerüstet zu sein."
PHK Schirmer stand vor seinen einsatzbereiten Männern im Besprechungsraum und führte das Briefing durch. Auch er trug die vorgeschriebene schwarze Kampfkleidung. Die Helme der Männer lagen vor ihnen auf dem Boden. Ihre Gesichter wirkten angespannt und konzentriert. Es war also bereits ein Mord passiert. Die Sache wurde dadurch hochbrisant.
Die Hand des Leiters wies auf den Stadtplan an der Wand.
„Die Polizeikräfte vor Ort haben die Gegend weitläufig abgesperrt. Die Einsatzleitung und der Psychologe sind bereits am Tatort. Bis jetzt haben sie keinen kontinuierlichen Kontakt zum Täter herstellen können. Es könnte sein, dass wir schnell eingreifen müssen."
„Gibt es irgendwelche erkennbaren Motive?", fragte einer der Männer dazwischen.
„Keine Erkenntnisse", gab Schirmer knapp zurück, dann fuhr er fort: „Wir postieren eine Eingreifgruppe auf dem Flur vor der Klasse. Weitere Männer halten sich in dem Schulzimmer über dem Klassenzimmer in Bereitschaft. Es könnte sein, dass wir von oben durch die Fenster eindringen müssen.
Die Scharfschützen beziehen auf den Häusern gegenüber des Klassenzimmers Posten. Da wir damit rechnen müssen, dass der Täter das Zimmer wechselt, kann es zu kurzfristigen Standortwechseln kommen."
Er sah in die Runde. „Gibt es noch Fragen?"
Als dies nicht der Fall war, kommandierte er: „Also los, Abmarsch!"
Rumpelnd wurden die Stühle zurückgeschoben. Wortlos verließen die Männer den Raum. Sie waren ein eingespieltes Team und wussten, was zu tun war.
Ron Kerner eilte zusammen mit den anderen Schützen in das Waffenmagazin und holte sich den Waffenkoffer mit der Nummer 4. Das Kunststoffmaterial des Hartschalenkoffers war an vielen Stellen abgewetzt und zeugte von häufigem Gebrauch.
Kerner legte den Behälter auf einen der Tische und öffnete ihn.
Das Scharfschützengewehr lag rutschsicher im Schaumstoffbett des Koffers. Das gleiche galt für das Zielfernrohr, das Nachtsichtzielgerät, zwei Magazine, mehrere Schachteln spezieller Munitionssorten.

1. Kapitel

Da er die Waffe regelmäßig schoss und selbst pflegte, war die Überprüfung des Kofferinhalts nur eine Routinehandlung. Kerner schloss den Deckel wieder und verstellte das Nummernschloss. Dann schnappte er sich noch die Tragetasche mit weiteren Utensilien und verließ den Raum.
Minuten später saßen die sechs Männer im Einsatzbus ihres Kommandos. Die Scharfschützen wurden getrennt von den anderen Männern transportiert. In dem Augenblick, in dem sie den Wagen betraten, waren sie nur noch Nummern. Am Einsatzort angekommen würden sie ihre Gesichtsmasken überziehen, um unerkannt zu bleiben. Dieses Vorgehen diente in erster Linie ihrem Eigenschutz. Ihre Arbeit spielte sich im Grenzbereich menschlicher Ethik und Moral ab. Es war eine ständige Gratwanderung zwischen „Liebe deinen Nächsten" und „Du sollst nicht töten". Männer ihres Berufsstandes umgab die Aura der Gewalt und des Todes. Eine Mischung, die für die Presse eine Anziehungskraft hatte wie ein Kadaver für Aasgeier.
Kerner, für die Dauer des Einsatzes nur noch Schütze vier, hatte seinen Standplatz auf dem Flachdach eines sechsstöckigen Versicherungsgebäudes direkt gegenüber der Schule zugewiesen bekommen. Ein nervöser Hausmeister, den man herausgeklingelt hatte, öffnete ihm die Hintertür und wies dem Polizeibeamten den Weg. Die beiden hatten kaum ein Wort gewechselt. Der Mann in Schwarz mit der Gesichtsmaske und dem länglichen Koffer in der Hand, dessen Inhalt unschwer zu erraten war, wirkte ausgesprochen abschreckend. Der Hausmeister atmete befreit auf, als er durch den nächtlichen Flur in seine Wohnung zurückhastete. Er würde das Drama von seinem Wohnzimmerfenster aus verfolgen. Das war besser als Reality-TV im Fernsehen.
Obwohl es auf dem Dach stockfinster war, näherte sich Schütze vier dem Rand des Daches in gebückter Haltung. Es war von einer kniehohen Mauer eingefasst, deren flache Krone eine ausgezeichnete Auflage bot. Vorsichtig spähte er hinüber zur Schule. Eine ganze Reihe der Fenster des ersten Stockwerks des Gebäudes waren hell erleuchtet. Der SEK-Mann befand sich an der richtigen Stelle. Um die Einzelheiten würde man sich später kümmern. Zunächst musste er sich einrichten.
Der Scharfschütze holte eine gepolsterte Matte aus seiner Tasche und rollte sie auf dem Kiesbelag des Daches aus. Mit sparsamen Handbewegungen ordnete er seine Utensilien. Dabei verlor er keine Zeit. Jeder Griff zeugte von Routine. Er hatte schon zahlreiche solcher Einsätze hinter sich gebracht.
Kerner klappte das Zweibein seiner Waffe aus und baute sie auf der Mauerkrone auf. Es handelte sich um ein Heckler & Koch Scharfschützengewehr im Kaliber .308 Winchester. Es hatte einen ausgesuchten Lauf, der auf hundert Meter Treffergruppen von knapp über einem Zentimeter Durchmesser erzielte. Eine Präzision, die für die Aufgabe, für die das Gewehr benötigt

wurde, unabdingbar war. Eine Waffe, die der Polizeibeamte in- und auswendig beherrschte und auf die er sich blind verlassen konnte.
Der SEK-Mann steckte den Ohrknopf seines Funksprechgerätes in sein linkes Ohr, dann kniete er sich hinter das Gewehr auf die Matte. Kerner schaltete das Funksprechgerät ein und meldete sich: „Schütze vier in Stellung."
„Verstanden", kam die Antwort des verantwortlichen Beamten aus dem Kopfhörer. „Geben Sie kurzen Lagebericht."
Der Einsatzleiter saß in einem Ford Transit schräg gegenüber der Schule. Von dort hatte der Mann zwar direkten Sichtkontakt auf das Gebäude, konnte aber in das Klassenzimmer, in dem sich der Geiselnehmer und seine Opfer aufhielten, nicht hineinsehen. Er war deshalb auf Informationen der in den umliegenden Häusern stationierten Scharfschützen angewiesen.
Schütze vier holte das Fernglas, das zu seiner Ausrüstung gehörte, aus seiner Tragetasche und hob es an die Augen. Wie er aus der Einweisung wusste, befand sich der Täter mit seinen Geiseln in einem der Klassenzimmer im ersten Stock.
Mittlerweile hatten sich seine Augen an die Dunkelheit gewöhnt. Langsam suchte er die Fenster ab. Soweit er erkennen konnte, waren alle Räume der Schule, die erleuchtet waren, leer. In die Klassenzimmer, die im Dunkel lagen, konnte er mit dem Fernglas nicht hineinsehen. Dort herrschte undurchdringliche Finsternis.
Kerner legte das Fernglas zur Seite und holte das Nachtsichtzielgerät aus dem Waffenkoffer. Er montierte es auf der Waffe, dann schaltete er es ein. Den Schaft des Gewehres an die Schulter gedrückt, richtete er es auf das dunkle Klassenzimmer. Das grüne Bild des Restlichtverstärkers zeigte schemenhaft Gestalten hinter den Scheiben. Doch für ein genaues Bild fehlte in dem Zimmer das nötige Restlicht. Mit einem Griff schaltete der Beamte die im Gerät integrierte Infrarotlampe zu. Jetzt konnte er das Innere des Klassenzimmers deutlich erkunden.
„Schütze vier an Einsatzleiter." Seine Stimme wurde durch das Kehlkopfmikrofon an seinem Hals übertragen: „Soweit ich durch das Nachtsichtgerät erkennen kann, befindet sich der Täter in dem unbeleuchteten Klassenzimmer direkt neben dem Treppenhaus. Die Kinder sitzen in einer Ecke dicht zusammengedrängt auf dem Boden des Raumes."
„Wo genau im Klassenzimmer befinden sich der Täter und wo die Geiseln?", fragte der Einsatzleiter dazwischen.
Schütze vier drehte am Objektiv, um eine bessere Schärfe zu erreichen.
„Der Täter läuft nervös im Raum herum. Die Kinder sitzen in der hinteren rechten Ecke auf der dem Fenster entgegengesetzten Seite. Im Augenblick scheint keine unmittelbare Gefahr für die Geiseln zu bestehen." Er zögerte

1. Kapitel

kurz, dann ergänzte er: „Der Täter hat eine Schusswaffe in der Hand. Weitere Waffen kann ich nicht erkennen. – Schütze vier Ende."
„Verstanden. Ende", wisperte es ihm ins Ohr.
Kerner entspannte sich und ließ den Schaft wieder auf das Polster sinken. Er kannte solche Einsätze zur Genüge. Die Hauptbeschäftigung bestand in der Regel aus Warten. In den meisten Fällen zogen die Scharfschützen wieder ab, ohne in Aktion getreten zu sein. Neunzig Prozent aller Täter gaben freiwillig auf. Fast alle anderen konnten durch den Einsatz der Kollegen, durch Stürmen der betreffenden Örtlichkeiten, außer Gefecht gesetzt werden. In nur wenigen Ausnahmefällen musste der Täter durch einen gezielten Schuss ausgeschaltet werden. Den finalen Rettungsschuss, der den bewusst herbeigeführten Tod eines Straftäters zur Folge hatte, musste er selbst erst wenige Male ausführen. Schüsse, mit deren tödlichen Folgen er sich bewusst auseinander gesetzt hatte. Während seiner Ausbildung zum Scharfschützen hatte er eine spezielle psychologische Schulung erfahren. Man konnte für diesen Job keine Draufgänger oder Racheengel gebrauchen. Nach seinem Selbstverständnis war der gezielte Todesschuss auf einen Straftäter die allerletzte Möglichkeit der Gesellschaft, schweren Schaden von unschuldigen Opfern abzuwenden. Eine gesellschaftliche Notwehrsituation. Er, Kerner, war nur das ausführende Organ, weil er das Talent besaß in einem entscheidenden Augenblick mit ruhiger Hand einen tödlichen Schuss abzugeben.
Er schob die Gesichtsmaske aus schwarzer Seide aus dem Gesicht. Hier war er alleine. Keiner konnte ihn erkennen.
Gerne hätte er sich jetzt eine Zigarette angezündet, unterdrückte dieses Verlangen jedoch, weil der Glühpunkt der Zigarette seinen Standort verraten konnte.
Es vergingen fast zwei Stunden. Ein Blick auf das Leuchtziffernblatt seiner Armbanduhr zeigte ihm, dass in wenigen Stunden die Nacht vorüber sein würde. Er rollte sich auf den Rücken und schüttelte seine Beine aus. Auch seine Arme bedurften der Lockerung. Er wusste, nichts war einem sicheren Schuss abträglicher als Verspannungen.
Über Funk bekam er mit, wie der Einsatzleiter versuchte den Täter dazu zu bewegen sich mit dem Polizeipsychologen, der vor der Tür auf dem Flur des Schulhauses stand, zu unterhalten. Der Geiselnehmer lehnte es ab. Er drohte damit, sofort eine weitere Geisel zu töten, wenn die Polizei den Flur nicht räumen würde. Der Nervenkrieg war in vollem Gange.
Der Täter hatte bisher keinerlei Gründe für seine Straftat angegeben. Er hatte weder Forderungen gestellt noch sonst irgendwelche Wünsche geäußert.
„Schützen eins bis sechs. Erbitte Meldungen über mögliche Aktionen gegen den Straftäter."

1. Kapitel

Der Polizeibeamte rollte sich in seine Ausgangslage zurück. Nacheinander kamen die Meldungen seiner Kollegen aus dem Ohrstöpsel.
„Schütze eins: Zielobjekt durch Wand verdeckt. Keine Schussmöglichkeit."
„Schütze zwei: Zielobjekt wegen schräger Einsicht nur für Sekundenbruchteile sichtbar. Ebenfalls keine sichere Schussmöglichkeit."
Schütze drei gab eine identisch negative Meldung ab.
Kerner, Schütze vier, zog den Kunststoffkolben wieder fester gegen seine Schulter. Die unterschiedlichen Messstriche des Scharfschützenabsehens seines Nachtsichtgerätes ermöglichten es ihm auf verschiedene Entfernungen punktgenau zu zielen. Das Lasermessgerät, mit dem er die Entfernung mit geringsten Toleranzen bestimmen konnte, lag griffbereit neben ihm. Wenn ein Scharfschütze gezwungen war zu schießen, sollte er dies mit höchstmöglicher Präzision tun können.
„Hier Schütze vier", sagte er ruhig ins Mikrofon. „Täter nach wie vor gut zu erkennen. Im Augenblick allerdings keine Schussmöglichkeit, da er sich zwischen die Geiseln gesetzt hat. Er hält die Schusswaffe immer noch in der Hand. Weitere Waffen nicht erkennbar. Es scheint so, als bestünde im Augenblick keine unmittelbare Gefahr für die Geiseln."
Der Polizeibeamte runzelte die Stirne. Er schien der einzige Beamte des SEK zu sein, der einigermaßen freien Blick auf den Täter hatte.
Seine Hand tastete zum wiederholten Male zum Kammerstengel der Waffe. Der Verschluss war ordnungsgemäß geschlossen. Die Waffe durchgeladen und noch gesichert. Er wusste das Spezialprojektil im Kaliber .308 im Patronenlager seiner Waffe. Es war ein spezielles, für derartige Zwecke konzipiertes Geschoss, das sich sofort nach dem Auftreffen auf ein Ziel explosionsartig in lauter kleine Splitter zerlegte. Ein gewünschter Effekt. Es sollte seine gesamte Energie an das Ziel abgeben und es nicht durchschlagen, damit keine dahinter stehenden Personen gefährdet wurden. Ein Projektil, das dann eingesetzt wurde, wenn ein Täter in Sekundenbruchteilen ausgeschaltet werden musste, weil für Unbeteiligte unmittelbare Todesgefahr bestand.
Er visierte erneut durch die Optik. Der Täter hatte sich nun erhoben und tigerte durch den Raum. Der Polizeibeamte konnte deutlich sehen, dass es sich um einen ziemlich jungen Burschen handelte. Er trug eine Baseballmütze und einen langen schwarzen Regenmantel.
Kerner erinnerte sich an einen ähnlichen Vorfall in den USA. Dort waren mehrere jugendliche Straftäter bewaffnet in eine Schule eingedrungen und hatten wahllos auf Schüler und Lehrer geschossen. Die Folge war ein schreckliches Blutbad gewesen. Vielleicht war der Junge dort drüben ein Nachahmungstäter? Eine irregeleiteter Jugendlicher, der dem Machtrausch todbringender Waffen verfallen war.

1. Kapitel

Der Polizeibeamte hatte es sich schon lange abgewöhnt darüber nachzudenken, warum Menschen zu Gewalttaten neigten. Gewalttätigkeit gehörte zum menschlichen Wesen. Nur hatten die meisten ihre Aggression unter Kontrolle. Die wenigen Ausnahmen richteten genug Unheil an.
Schütze vier konzentrierte sich. Irgendetwas schien den Geiselnehmer plötzlich aufzuregen. Durch das Gerät konnte er erkennen, dass der Junge plötzlich heftige Bewegungen machte. Er gestikulierte mit der Waffe in der Luft herum. An seinen schnellen Lippenbewegungen konnte er erkennen, dass der Bursche etwas sagte. Durch das geschlossene Fenster waren allerdings keine Laute zu hören. Unvermittelt schlug er mit der Faust auf eines der Kinder ein. Nun drangen gedämpft spitze Schreie durch das Fensterglas. Kerner presste die Lippen zusammen. Hoffentlich drehten die Kinder nicht durch. Wenn eine Panik ausbrach, konnte der Straftäter völlig ausrasten. Er musste unter ungeheuerem Stress stehen.
Schütze vier gab diese Information an den Einsatzleiter weiter.
„Verstanden!", kam knapp die unkommentierte Antwort.
Schütze vier schloss die Augen. Der SEK-Mann spürte, dass sich die Situation einem entscheidenden Punkt näherte. Der Beamte hatte das Gefühl, dass er heute noch zum Einsatz kommen würde.
Es war Bestandteil des Trainings die mentale Verfassung der Scharfschützen so zu stabilisieren, dass sie in der Lage waren alle belastenden Gedanken während des Einsatzes zu verdrängen. Geiseln waren Menschen, Opfer, die man befreien musste. Straftäter waren Objekte, Ziele, die notfalls mit einem gezielten Schuss ausgeschaltet werden mussten.
In diesem Augenblick fielen drüben auf der anderen Straßenseite Schüsse. Gleichzeitig zerbarst mit einem lauten Knall die Fensterscheibe des Klassenzimmers. Sekunden später zerschellten die Splitter wie ein zeitverzögertes Echo auf dem Asphalt der abgesperrten Straße.
Binnen Sekundenbruchteilen hatte Schütze vier das Zielglas am rechten Auge. Der Täter gestikulierte wild in der Gegend herum. Die Kinder rückten in panischer Angst immer enger zusammen. Deutlich konnte der Beamte ihre weit aufgerissenen Augen sehen. Vereinzelt drangen Schreie durch die zersplitterte Fensterscheibe. Doch Opfer dieses Schusses konnte der Polizeibeamte nicht erkennen. Offenbar hatte der Geiselnehmer ohne erkennbaren Grund herumgeballert.
Kerner verhärtete sich. Er musste aufpassen, dass er seine Emotionen unter Kontrolle hielt. Er liebte Kinder und konnte ihr Leid nur schwer ertragen.
Nüchtern versuchte er die Lage neu zu analysieren. Für ihn hatte sich durch die Ballerei des Täters die strategische Ausgangssituation deutlich verbessert. Zwischen dem Schützen und dem potenziellen Zielobjekt war die trennende Glaswand verschwunden, die im Ernstfall die Wirkung seines Geschosses hätte beeinträchtigen können.

1. Kapitel

„Hier Schütze vier", meldete Kerner an die Einsatzzentrale. „Täter hat anscheinend unmotiviert geschossen. Keine weiteren Opfer ersichtlich. Fenster wurde zerstört. Finalschuss bei Freigabe nun direkt möglich. – Wird konventioneller Zugriff erfolgen?"

„Danke Vier", erwiderte der Einsatzleiter. „Im Augenblick wegen der Geiseln kein Zugriff möglich. Täter hat offenbar doch eine oder mehrere Handgranaten bei sich."

Die Antwort bedeutete, dass kein Sturmtrupp des Einsatzkommandos in die Schule vordringen konnte, um den Täter durch Blendgranaten oder mit Hilfe von Gas auszuschalten. Falls der Bursche bei einem Zugriff noch in der Lage wäre den Zündstift aus einer Granate zu ziehen, war ein Blutbad unter den Kindern unvermeidlich.

Schütze vier war klar, dass die Anordnung des finalen Rettungsschusses immer wahrscheinlicher wurde. Die Polizei konnte die Situation nicht ewig so dahinplätschern lassen. Früher oder später würde die Lage instabil werden. Nach seiner Einschätzung würde es nicht mehr lange dauern, bis der Täter die Kontrolle über sich verlor. Er würde damit unberechenbarer werden als ein tollwütiger Fuchs.

Als sich der Polizeibeamte seines gedanklichen metaphorischen Vergleichs bewusst wurde, runzelte er die Stirn. Wie kam er dazu ein krankes Wildtier mit diesem Menschen dort drüben zu vergleichen? Vielleicht, weil krankhafte Veränderungen bei allen Lebewesen zu abartigem Verhalten führten.

Schütze vier lauschte in den Kopfhörer. In der Einsatzleitung war die Hölle los. Mit Sicherheit hatte die Presse schon lange von der Angelegenheit Wind bekommen und war vor Ort. Er konnte von seinem Standort aus zwar keine Anzeichen dafür erkennen, war aber davon überzeugt, dass die Haie schon lange das Blut in ihrem Revier gewittert hatten.

Der Polizist ließ den Gewehrschaft wieder sachte auf die Unterlage sinken. Er war es gewohnt das Gewehr mit äußerster Sorgfalt zu behandeln. Bei der Zieloptik handelte es sich um ein hochmodernes Präzisionsgerät, das auf unsanfte Behandlung empfindlich reagierte.

Der SEK-Mann nahm die Getränkeflasche aus seiner Einsatztasche und gönnte sich einen Schluck. Das lange Warten machte durstig.

Im Klassenzimmer drüben war es wieder verdächtig ruhig. Keine Stimme drang an das Ohr des wachsamen Mannes auf dem Dach gegenüber. Der Polizeibeamte überprüfte erneut die Lage durch einen Blick ins Okular des Nachtsichtgerätes.

Der Geiselnehmer stand in einer Ecke des Klassenzimmers und hatte ihm den Rücken zugedreht. Seine Körperhaltung wirkte irgendwie verkrampft. Mit der rechten Hand hatte er weiterhin die Waffe auf die Kinder gerichtet.

1. Kapitel

Vorsichtig drehte der Schütze am Objektiv. Wenn er sich recht erinnerte, befand sich dort das Handwaschbecken. Der Polizeibeamte setzte die Waffe wieder ab. Es gab keinen Zweifel, der Geiselnehmer pinkelte gerade ins Waschbecken. Kerner zuckte mit den Schultern. Auf die Toilette konnte der Kerl ja schlecht gehen.
Der Klang der Sirene war dem Scharfschützen so vertraut, dass er ihn im ersten Augenblick überhaupt nicht bewusst zur Kenntnis nahm. Erst als das Horn ganz nahe klang, richtete der Mann seine Aufmerksamkeit nach unten auf die Straße.
„Welcher Idiot kommt denn hier mit voller Blasmusik angerückt?", knurrte er vor sich hin. Üblicherweise vermied man in der Nähe von Einsatzorten derartige Provokationen.
Aus dem Fenster gegenüber drangen spitze, kindliche Schreie. Kerner riss den Schaft an die Schulter und sah hinüber. Er kam gerade rechtzeitig, um zu beobachten, wie der Straftäter eines der Kinder mit brutaler Gewalt aus der Gruppe herausriss, es von hinten am Hals umschlang und es zum Fenster drängte. Die Waffe hatte er auf den Kopf seiner kleinen Geisel gerichtet. Mit weit aufgerissenen Augen starrte er durch die zerbrochene Scheibe auf die Straße hinunter. Einige der gefangenen Kinder hinter ihm schluchzten laut.
Dort, am Ende des Asphaltbandes, waren die Blinklichter eines Einsatzfahrzeugs zu sehen. Die Sirene heulte noch immer nervenaufreibend. Der Schall fing sich zwischen den Häusern und wurde als Echo zurückgeworfen. Plötzlich verstummte die Sirene und das Licht erlosch. Bedrückende Ruhe trat ein.
Die sich überschlagende Stimme des jungen Geiselnehmers traf überlaut auf die strapazierten Nerven der Einsatzkräfte.
„Verschwindet ihr Scheißbullen!", klang es gellend durch die Stille der Nacht.
„Verschwindet oder ich lasse hier alles hochgehen!"
Schütze vier sah, dass er den Hals seiner Geisel plötzlich losließ, das Kind aber weiterhin mit seinem Körper gegen das Fensterbrett drückte. Die freie Hand verschwand unter dem Mantel und kam eine Sekunde später wieder hervor. Demonstrativ hielt er sie in die Höhe.
„Täter hat Handgranate in der Hand", gab Schütze vier gedämpft an die Einsatzleitung durch. Seiner Stimme war die innere Anspannung, die sich seiner bemächtigte, nicht anzumerken. „Er hat sie unter seinem Mantel hervorgeholt. Es ist nicht ersichtlich, ob er noch weitere Sprengkörper hat. Täter wirkt aufs Höchste erregt. – Sorgt um Gottes Willen dafür, dass nicht noch einmal ein solcher Bockmist wie mit der Sirene passiert", fügte er hinzu.
„Vier, halten Sie den Zugriff einer Einsatzgruppe für möglich?", fragte sein Vorgesetzter, ohne auf die letzte Bemerkung einzugehen.

1. Kapitel

„Negativ", erwiderte Ron. „Viel zu gefährlich. Er befindet sich in unmittelbarer Nähe der Geiseln. Eine explodierende Handgranate würde ein Blutbad auslösen."

„Danke, Vier. Ende", kam die Stimme aus dem Ohrhörer.

Plötzlich hörte er auf der Straße das atmosphärische Knacken eines sich einschaltenden Lautsprechers.

„Hier spricht die Einsatzleitung. Bleiben Sie bitte ganz ruhig", schallte die sanft klingende Stimme eines Mannes über die Straße. Sie kam aus dem Dachlautsprecher des Leitstellenfahrzeugs. „Es war nur ein Rettungsfahrzeug. Nichts, was Sie bedrohen könnte."

Vermutlich war das der Polizeipsychologe. Offenbar hatte der Einsatzleiter entschieden auf diesem Wege mit dem Geiselnehmer Kontakt aufzunehmen. Der Psychologe machte eine kleine Pause, um seine Worte wirken zu lassen, dann fuhr er mit gleicher Stimmlage fort: „Wir würden uns gerne mit Ihnen unterhalten und erfahren, was Sie für Forderungen haben. – Sind Sie damit einverstanden, dass wir Ihnen ein Mobilfunktelefon hoch schicken?"

„Halt dein blödes Maul", kreischte die Stimme des Täters aus dem Klassenzimmer. „Du glaubst wohl, dass ich hier Scheiße erzähle!"

Kerner sah es genau. Plötzlich machte der Bursche eine blitzschnelle Handbewegung. Ein kleiner, dunkler Gegenstand von der Größe einer Frauenfaust wurde aus dem Fenster geschleudert und landete auf dem Asphalt.

Kerners Warnung ging in der peitschenden Explosion völlig unter. Fensterscheiben brachen. Todbringende Metallsplitter prasselten in die Karosserie geparkter Fahrzeuge. Offensichtlich handelte es sich um eine Splittergranate. Instinktiv hatte Schütze vier seinen Kopf hinter die Mauer in Sicherheit gebracht.

„Glaubt ihr mir jetzt!", kreischte der Geiselnehmer im Klassenzimmer. „Haut ab, sonst lasse ich das nächste Ei hier im Zimmer hochgehen!"

„Schütze vier", kam die Stimme des Einsatzleiters aus dem Ohrknopf, „können Sie sehen, ob der Täter noch über einen weiteren Sprengkörper verfügt?" Deutlich konnte Kerner hören, wie sich der Einsatzleiter bemühte keine Emotionen zu zeigen.

„Bitte warten", gab der SEK-Mann zurück.

Nach einem weiteren Blick in das Nachtsichtgerät meldete er: „Täter steht weiterhin am Fenster und hat eine Geisel in seiner unmittelbaren Nähe. Die übrigen Kinder sitzen unverändert am Boden. Er hält die rechte Hand unter seinem Regenmantel verborgen."

Ron Kerner versuchte seine Nackenmuskeln zu entspannen, ohne dabei sein rechtes Auge vom Nachtsichtgerät zu nehmen. Adrenalin schoss in seine Blutbahn und bereitete seinen Körper auf etwaige Höchstleistungen vor. Schütze vier war hellwach, sein Körper im Zustand stärkster Anspannung.

1. Kapitel

Der Geiselnehmer zog die Hand unter seinem Mantel hervor. Er hielt erneut eine Handgranate zwischen den Fingern.
Kerner konnte sehen, wie er dem Kind vor ihm einen Stoß versetzte, wodurch es in den Raum zurücktaumelte. In panischer Angst kroch es auf allen Vieren zu seinen Leidensgenossen zurück.
Der Täter steckte die Faustfeuerwaffe in seine Manteltasche und hielt die Granate demonstrativ in die Höhe. Mit den Fingern der rechten Hand griff er an den Sicherungsstift.
„Täter hat eine weitere Handgranate in der Hand", meldete Schütze vier ins Mikrofon.
„Vier, wie schätzen Sie die Lage ein?", kam die Frage aus dem Kopfhörer.
„Täter zeigt Zeichen sich steigernder Panik. Es sieht so aus, als würde er jeden Moment die Kontrolle verlieren", erwiderte Kerner knapp. „Meines Erachtens besteht die Gefahr, dass er noch eine weitere Granate zündet. Soweit ich das beurteilen kann, hat er seinen Finger nicht in den Sicherungsring eingeführt. Er hält den Ring lediglich zwischen Daumen und Zeigefinger."
Der Einsatzleiter hatte den Hinweis verstanden. Hätte der Täter den Finger im Sicherungsring gehabt, würde er ihn bei einem Sturz mit hoher Wahrscheinlichkeit herausziehen. So aber war die Gefahr einer ungewollten Zündung nicht so hoch. Einen Augenblick war nur Rauschen im Kopfhörer, dann kam die Stimme des Einsatzleiters: „Schütze vier, haben Sie noch immer freies Schussfeld?"
„Positiv", gab der Polizeibeamte ohne Zögern zurück. Während er sprach, hielt er sein rechtes Auge an die Gummimuschel des Nachtsichtgerätes gepresst. Der Zielstachel tastete sich bereits nach der Stirn des Täters. Das Ziel war jedoch nicht ruhig. Der Geiselnehmer ruckte fortlaufend nervös mit dem Kopf.
Wieder hörte er einige Zeit nur das Rauschen in der Leitung, dann kam der entscheidende Befehl: „Schütze vier, Freigabe des finalen Rettungsschusses nach eigenem Ermessen!"
„Verstanden. Finaler Rettungsschuss nach eigenem Ermessen", wiederholte der Polizeibeamte ruhig. Dann war wieder nur noch leises Rauschen aus dem Kopfhörer zu hören.
Kerners weitere Gedankengänge verliefen nüchtern und sachlich. Die Verantwortung lag nun ganz alleine bei ihm.
Kühl schätzte der Schütze seine Möglichkeiten ein. Er musste den Täter so treffen, dass dieser nicht mehr in der Lage war den Zündstift aus der Handgranate zu ziehen. Dazu war es erforderlich ihm frontal in die Stirne zu schießen. Das Splittergeschoss würde dann innerhalb von Sekundenbruchteilen das Gehirn einschließlich des Stammhirns zerstören und zu einer soforti-

gen Lähmung des zentralen Nervensystems führen. Auf diese Weise war der Täter nicht mehr in der Lage koordiniert zu handeln und den Zündstift zu ziehen.
Schütze vier zog den Kolben der Waffe fest an die Schulter. Die Rechte umfasste den Pistolengriff, sein Zeigefinger tastete nach dem Abzug. Irgendwann würde der Täter den Kopf für einen Sekundenbruchteil ruhig halten. Auf diesen entscheidenden Augenblick musste er warten.
Plötzlich ertönte auf der Straße das fauchende Geräusch einer Katze. Offenbar war das Tier durch die Explosion aufgescheucht worden.
Der Kopf des Zielobjekts kam unvermittelt zum Stillstand. Der Scharfschütze handelte wie ein Automat. Er atmete aus, bis er völlig ruhig war. Die Stirn des Täters erschien übergroß hinter dem Zielstachel. Im Zustand größtmöglicher Ruhe und Konzentration verstärkte er den Druck auf den Abzug. Als der Donner des Schusses die nächtliche Stadt aufschreckte, war der Schädel des Täters bereits zerfetzt. Ohne das Auge vom Okular des Nachtsichtgeräts zu nehmen, repetierte Schütze vier routinemäßig in den Knall hinein die nächste Patrone in die Kammer, obwohl er natürlich wusste, dass ihm für einen zweiten Schuss keine Zeit mehr bleiben würde.
Er konnte sehen, dass der Kopf des Täters ruckartig nach hinten gerissen wurde. Gleichzeitig sackte der Junge in sich zusammen. Seine Hände fielen herab.
Die gellenden Schreie der Kinder, die durch die geborstene Fensterscheibe drangen, nahm Kerner nur als Hintergrundgeräusch wahr.
Die zweite Explosion war schrecklich laut und kam völlig überraschend. Kerner zuckte zusammen, als wäre er persönlich getroffen worden.
Der kurze, grelle Lichtblitz im Klassenzimmer aktivierte die Schutzprogrammierung des Nachtsichtgeräts. Es schaltete sich ab.
Mit aufgerissenen Augen musste Schütze vier erleben, wie die noch heil gebliebenen Fensterscheiben mit lautem Bersten nach außen gedrückt wurden. Kleine Mauerteile aus den Fensterrahmen folgten.
Als das letzte Klirren der fallenden Scherben verklungen war, folgte eine schreckliche Stille. Dann begannen die Schreie, das Wimmern und das Weinen.
Ron Kerner starrte noch immer wie gelähmt auf die schwarze Fensteröffnung des Schulgebäudes, aus der die Schmerzensschreie kamen. Es dauerte einige Sekunden, bis er die fordernde Stimme seines Vorgesetzten aus dem Kopfhörer zur Kenntnis nahm.
„Schütze vier. Ist der Täter ausgeschaltet? Was ist passiert? Los, melden Sie sich!"
Es dauerte einige Zeit, bis der Polizist die Bedeutung der Worte erfasste. Schließlich stammelte er: „Oh, mein Gott, ich... ich habe mich geirrt. Er... hat die... Granate noch abgezogen."

1. Kapitel

„Ist er ausgeschaltet?", fragte der Einsatzleiter eindringlich.
„Ja..., aber..."
Der leitende Beamte unterbrach die Verbindung.
Sekunden später stürmten schwer bewaffnete Einsatzkräfte des Sondereinsatzkommandos das Klassenzimmer und schalteten das Licht ein.
Der Anblick, der sich ihnen bot, ließ auch die abgehärteten Polizeibeamten erstarren: Das Klassenzimmer war das reinste Schlachthaus. Zwei Kinder, die dem Fenster am nächsten gesessen hatten, lagen in ihrem Blut. Sie waren tot. Drei andere waren schwer verletzt. Sechs weitere hatten leichtere Verletzungen davongetragen. Alle Überlebenden befanden sich in einem schlimmen Schockzustand.
Der Führer des Stoßtrupps forderte sofort über Funk den Notarzt und Rettungssanitäter an. Er selbst näherte sich dem Geiselnehmer. Er war kaum noch zu erkennen. Nach dem Schuss auf den Kopf hatte er auch noch einen Teil der Explosion abbekommen. Der Polizist verzog das Gesicht. Das hier war auch für einen abgehärteten Mann nicht mehr zu ertragen.
Wie immer nach solchen Einsätzen wurden die Scharfschützen von der Öffentlichkeit und der Presse abgeschirmt und mit ihrem neutralen Einsatzfahrzeug möglichst schnell und unauffällig weggebracht.
Während der Fahrt herrschte in dem Fahrzeug bedrücktes Schweigen. Einige der Männer rauchten. Keiner sah Kerner direkt an, der dumpf brütend vor sich auf den Wagenboden starrte. Sie alle wussten um die Risiken ihres Jobs. Das, was Kerner passiert war, war der Alptraum, vor dem sich alle fürchteten. Niemand würde Kerner Vorwürfe machen. Aber sie alle konnten sich gut vorstellen, was in ihrem Kameraden vorging. Die Hölle war in ihm selbst.

2. Kapitel

2. Kapitel

Orrieh lebte nun schon seit vier Jahren in dem Versuchsgatter im Todwald. Seit fast zwei Jahren zog er seine Fährte alleine. Kurz nachdem er das Überläuferalter erreicht hatte, hatte ihm seine Mutter Horrhorr deutlich klar gemacht, dass er in der Familienrotte zukünftig unerwünscht war. Es dauerte etwas, bis er kapierte, dass er sich gegen dieses Gesetz nicht sträuben konnte. Irgendwann fügte er sich dann in das Unvermeidliche und trennte sich mit seinen männlichen Wurfgeschwistern von der Familie.

Seinen Brüdern schien die Trennung nichts auszumachen. Er aber beneidete seine Schwestern, die weiterhin in der geborgenen Nähe der Leitbache bleiben durften. Ein elementares Verlustgefühl war noch für Monate sein ständiger Begleiter. Irgendwann fand aber dann auch er Gefallen an dem ungebundenen Junggesellenleben. Laut und ungehobelt durchstreifte er mit seinen gleichaltrigen Brüdern das Forschungsgelände. Gefahren gab es keine. Der Mensch begegnete ihnen nur als Futterlieferant.

Orrieh entwickelte sich zu einem prachtvollen Keiler. Die ausgewogene Ernährung trug dazu bei, dass er bald ein Gewicht bekam, das seine Artgenossen jenseits des Zauns in der freien Wildbahn, die sich ihr Futter zusammensuchen mussten, erst Jahre später erreichten.

Nicht nur durch seine massige Statur unterschied sich der Keiler von seinen Geschlechtsgenossen. Er hatte außerdem einen deutlich ausgeprägteren Schädel, der sich durch eine apfelrunde Wölbung im Bereich des Schädeldachs von der Norm erheblich abhob.

Orrieh stand zwischen den tief hängenden Zweigen einer Fichte, die an der Grenze seines Einstandes wuchs, und beobachtete den Menschen, der sich der nahe gelegenen Fütterung näherte. Auch der Gesichtssinn des Keilers war deutlich besser als der seiner Artgenossen.

Von je her gehörte der Mann zur Erfahrungswelt des Keilers. Jeden Tag kam er an die Futterstelle und hinterließ schmackhafte Nahrung. Heute verhielt sich der Mann aber irgendwie anders. Er wirkte angespannt und seine Bewegungen, sonst lässig und unverkrampft, zeugten von einer inneren Anspannung. Orrieh hob den Wurf und versuchte Witterung zu bekommen. Sein Instinkt riet ihm zur Vorsicht.

Der Mensch füllte die Futtertröge. Das Geräusch der klappernden Eimer war weit zu hören. Auch Horrhorr, die mit ihrem Anhang nicht weit von der Fütterung in einer Buchenkultur lagerte, hörte das Signal. Lautstark kam die Rotte herbei geeilt.

Orrieh gab ein ärgerliches Grunzen von sich. Solange die Alte mit ihrer Familie an der Fütterung war, blieb er besser in seinem Versteck. Horrhorr konnte

verdammt ungemütlich werden, wenn sich ein Keiler näherte, während sie mit den ihrigen Nahrung aufnahm.
Der Mensch hatte sich ein Stück von der Fütterung zurückgezogen und beobachtete das geräuschvolle Mahl.
Es dauerte fast zwanzig Minuten, bis die Rotte ihren größten Appetit gestillt hatte. Unvermittelt warf die Bache auf und grunzte zum Aufbruch. Gemächlich trottete sie in Richtung Einstand davon. Gehorsam beeilte sich die Familie ihrer Anführerin zu folgen.
Die Schmatzgeräusche der fressenden Artgenossen hatten Orriehs Hunger gewaltig gesteigert. Den noch immer anwesenden Menschen hatte er völlig vergessen. Als der letzte Pürzel zwischen den dünnen Stämmen der Buchen verschwunden war, stürmte er aus seinem Versteck und machte sich über die Futtertröge her. Seine Hektik war eigentlich unbegründet, denn der Mensch verteilte immer so viel, dass es für alle reichlich war.
Orrieh hatte nur wenige Körner aufgenommen, als ihn der Betäubungspfeil traf. Als er nach kurzer Zeit müde wurde, legte er sich nieder, wo er stand, und gab sich der Schläfrigkeit hin. Er hatte diesen Vorgang schon öfter erlebt und seine Erfahrung sagte ihm, dass es keinen Sinn hatte gegen diese lähmende Müdigkeit anzukämpfen.
Link beobachtete mit zusammengekniffenen Augen, wie sich der Keiler langsam niederlegte. Vor diesem kapitalen Brocken hatte der Pfleger gewaltigen Respekt. Orrieh hatte wirksame Waffen in seinem Ober- und Unterkiefer, zu spitzen Dolchen gewetzte, nach oben ragende Eckzähne, mit deren Hilfe er einem Gegner fürchterliche Wunden schlagen konnte.
Als der Mann sicher war, dass der Keiler schlief, eilte er zu seinem Geländepickup und fuhr an die Fütterung heran. Er öffnete die Heckklappe und zog zwei breite Metallplanken heraus, die als Gleitfläche dienten. An der Rückwand des Fahrerhauses war eine elektrische Winde angebracht. Der Pfleger befestigte an jedem Lauf des Keilers eine gepolsterte Manschette, dann zog er das Stahlseil heraus und hängte die vier Ösen der Befestigungen in den Haken ein. Wenig später zog der Elektromotor der Winde an. Was der Mann aus eigener Kraft nicht geschafft hätte, die Winde hatte keine Probleme, den fast drei Zentner schweren Wildkörper über die Gleitflächen auf die Lastfläche des Pickups zu schleifen. Einige Minuten später war Link mit seiner wertvollen Last auf dem Weg zum Institut.
Dort wurde er schon erwartet.
„Warum hat das so lange gedauert?", fragte Prof. Philipps ungehalten. Er fixierte seinen Mitarbeiter mit zusammengekniffenen Augen.
Linke zuckte mit den Schultern. „Der Bursche ist nicht mehr so leicht zu überlisten", erwiderte er. „Manchmal habe ich das Gefühl, er weiß genau, wann ich mit dem Betäubungspfeil komme."

Er warf seinem Chef einen schrägen Blick zu und beobachtete dessen Reaktionen.
„Reden Sie nicht herum!", fuhr ihn der Professor nervös an und prüfte mit einem Stethoskop die Herztöne des Keilers. „Schaffen Sie ihn schleunigst hinauf in den OP 2 und kleben Sie ihm die Augen zu, damit die Netzhaut nicht austrocknet. Haben Sie die vorgeschriebene Dosis verwendet?"
Link nickte. „Er war ziemlich schnell weg."
Der Institutschef nahm die Antwort kommentarlos zur Kenntnis, dann drehte er sich um und eilte mit wehendem weißen Mantel davon.
Link beeilte sich die fahrbare Liege zu holen. Er stellte sie auf Höhe der Ladefläche des Pickups ein, dann zog er Orrieh keuchend herüber.
Während Link den schweren Wagen zum Aufzog schob, gingen ihm wieder einmal verführerische Gedanken durch den Kopf. Obwohl er sehr aufmerksam war, hatte er es in den letzten Jahren nicht geschafft etwas über die Forschungen im Institut herauszufinden, was man in klingende Münze hätte verwandeln können. Genforschung wurde zwischenzeitlich in vielen wissenschaftlichen Einrichtungen betrieben. Mit dieser Information konnte man keinen Hund mehr hinter dem Ofen vor locken. Jetzt schien sich aber ein Lichtblick am Horizont zu zeigen. Link hatte den starken Verdacht, dass diese Sau ein besonderes Geheimnis barg. Um den Keiler machte der Professor ein auffälliges Getue.
Link musste regelmäßig Wildschweine aus dem Freigelände betäuben und ins Institut bringen. Er wusste auch, dass diesen Schweinen Organe entnommen wurden. Schließlich war er für die Entsorgung zuständig, wenn einzelne Exemplare nach der Organentnahme eingeschläfert wurden. Im Keller des Instituts befand sich ein Kadaverofen, in dem die ausgeschlachteten Wildschweine verbrannt wurden.
Mit diesem Orrieh war das anders. Keines der Organschweine war älter als zwei Jahre geworden. Orrieh hingegen hatte jetzt schon das vierte Jahr überlebt und es war ihm noch nicht ein Organ entnommen worden. Wenn es Link gelang dieses Geheimnis zu lüften, würde er keine Sekunde zögern sein Wissen zu Geld zu machen.
Er zog den Keiler auf den OP-Tisch und schnallte ihn fest, dann verklebte er ihm die Augen. In diesem Augenblick ging die Tür auf und Prof. Philipps kam herein. Er trug bereits OP-Kleidung.
„Gehen Sie raus und ziehen Sie sich um", ordnete er knapp an, „ich werde bei dem Patienten einen kleinen Eingriff vornehmen und Sie assistieren mir dabei."
Link verließ den OP. Er konnte sich ein Grinsen nicht verkneifen. Der Chef sprach immer von Patienten, wenn er eines dieser stinkenden Wildschweine auf dem Operationstisch hatte.

2. Kapitel

Der Helfer eilte in den Vorbereitungsraum und holte sich sterile OP-Kleidung aus dem Schrank. Dann stellte er sich vor das Waschbecken und schrubbte sich die Hände. Er fand es zwar reichlich übertrieben, bei kleinen Operation an einem Wildschwein, das im Wald ständig im Schlamm suhlte, so einen Hygieneaufwand zu betreiben, aber er hütete sich nachlässig zu sein. Der Professor brachte es fertig und kontrollierte ihn.
Als Prof. Philipps alleine war, änderte sich sein Gesichtsausdruck schlagartig. Er beugte sich über den Keiler und betrachtete ihn mit leuchtenden Augen. Sachte, fast liebevoll, fuhr er mit seiner Hand über Orriehs borstigen Kopf.
„Du bist die Krone meiner Schöpfung", murmelte er mit heiserer Stimme. „Du bist der Schlüssel zu unsterblichem Ruhm."
Der Wissenschaftler erwachte wie aus einem Trancezustand. Er musste die Anästhesie durchführen, ehe das Betäubungsmittel in seiner Wirkung nachließ.
Mit gekonnten Bewegungen legte er einen Zugang, dann schloss er die Geräte an, welche die Dosierung des Anästhesiemittels steuerten. Anschließend entfernte er mit Hilfe eines elektrischen Rasierapparates an verschiedenen Stellen des Körpers und des Kopfes die Borsten. Er brachte mehrere Saugnäpfe mit Elektroden an, deren Kabel zu verschiedenen Apparaten führten, die Herz- und Kreislauffunktionen des Keilers überprüften. Mit Hilfe eines Elektroenzephalografen überwachte er die durch die Tätigkeit der Hirnrinde entstehenden feinen Ströme, die während des Anästhesieschlafes deutlich reduziert waren.
Als der Pfleger den OP betrat, warf ihm der Professor einen kritischen Blick zu.
„Sie behalten die Apparate im Auge. Ich werde nur einen kleinen Schnitt in die Kopfschwarte des Patienten machen." Link nickte. Sein wieselflinker Blick fiel auf eine Klarsichthülle, in der mehrere beschriebene Blätter erkennbar waren. Die Hülle lag auf einem Seitentisch neben einer ganzen Reihe von Instrumenten. Der Wissenschaftler musste sie dort abgelegt haben.
Als sich der Professor mit dem Skalpell über den Kopf des Keilers beugte, nutzte Link die Gelegenheit und versuchte den Text zu entziffern. In der kurzen Zeit konnte er aber nur wenige Sätze lesen.
Der Mediziner arbeitete schnell und geschickt. Mit Hilfe des Skalpells schnitt er eine kleine Tasche unter die Kopfschwarte des Keilers, in die er einen kaum zwei Zentimeter durchmessenden Mikrosensor einpflanzte. Dieses elektronische Teil würde permanent die Hirnströme des Keilers messen und die Ergebnisse zum Zentralrechner im Institut schicken.
Als der Eingriff beendet war, klammerte der Operateur die Schnittwunde. Sie würde in wenigen Tagen völlig verheilt sein.

2. Kapitel

„Ich injiziere jetzt ein Kreislaufmittel", erklärte der Professor seinem Assistenten. Zum Glück fiel ihm nicht auf, dass sein Mitarbeiter unkonzentriert war.
„Sie bleiben bei dem Keiler, bis er aufwacht. Sollte es Probleme geben, dann bin ich in meinem Arbeitszimmer zu erreichen."
Der Institutsleiter warf einen letzten Blick auf Orrieh, dann schnappte er sich die Papiere vom Tisch und verließ den OP. Wäre er ein aufmerksamerer Beobachter gewesen, wäre ihm sicher aufgefallen, dass Link plötzlich nicht mehr richtig bei der Sache war.
Der Helfer stand unter dem Eindruck einer Mischung aus Schock und Euphorie. Wenn das, was er da bruchstückhaft entziffert hatte, stimmte, war das die Information, auf die er schon seit Jahren vergeblich gelauert hatte. Link war davon überzeugt, dass der Professor in diesem Fall sicher gerne für das Schweigen seines Mitarbeiters zahlen würde. Da war sich Link ganz sicher.
In Gedanken zählte der Mann bereits Geld.

3. Kapitel

3. Kapitel

Ron Kerner verließ den Aufzug des städtischen Elisabethenkrankenhauses im fünften Stock. Die typische, nach Dampfkost und aseptischen Putzmitteln riechende Krankenhausatmosphäre reizte seine Nasenschleimhäute. Er achtete jedoch nicht darauf. Mit schnellen Blicken orientierte er sich nach beiden Seiten des Ganges. Das Schild mit der Aufschrift „Schwesternzimmer" ragte ein Stück entfernt von der Wand in den Flur hinein und war nicht zu übersehen.

Plötzlich verließ ihn der Mut. Er setzte sich auf einen Sessel einer Besuchersitzgruppe und starrte zum Fenster hinaus. Seit dem folgenschweren Schuss auf den Geiselnehmer waren kaum vierundzwanzig Stunden vergangen.

Sofort nach der Rückkunft aus dem Einsatz war Kerner vom Leiter des SEK beurlaubt worden.

„Bleiben Sie einige Tage zu Hause und gewinnen Sie etwas Abstand.", hatte er gesagt und dann ergänzend hinzugefügt: „Sie werden allerdings morgen früh sofort Dr. Serafin, unseren Psychologen, aufsuchen. Er wird Ihnen sicher helfen können."

Er hatte Kerner kameradschaftlich die Hand auf die Schulter gelegt. „Glauben Sie mir Kerner, wir alle haben in diesem harten Job schon ähnliche Situationen erlebt. Wir SEK-Leute bewegen uns mit unserer Aufgabe leider nur allzu oft in einer juristischen Grauzone. Wir durchbrechen die Grenzen der Moral, um die Ordnung aufrechtzuerhalten. Wir sind Ausputzer, die sich mit dem Strandgut unserer Gesellschaft auseinander setzen müssen. Wir erleben Menschen, Straftäter, in Grenzbereichen, in denen der Unterschied zwischen Menschsein und den Abgründen unserer Kreatürlichkeit kaum noch erkennbar ist. Unsere Beschäftigung mit den Grenzbereichen unseres Daseins hat zwangsläufig zur Folge, dass wir selbst auch in den Strudel dieser Untiefen geraten können. Ein Stück weit müssen wir uns in die Grauzone begeben, ja teilweise den feinen Grat zwischen Recht und Unrecht überschreiten. Wir müssen uns nur eines ständig vor Augen führen: Wenn es uns nicht gäbe, müssten wir das Faustrecht wieder einführen. Wir sind, wenn Sie wollen, im eigentlichen Sinne die letzte Instanz, die auch in extremen Situationen eine Art von Rechtssicherheit gewährleistet."

Er hatte Kerner direkt ins Gesicht gesehen. „Versuchen Sie sich klarzumachen, dass Sie einer ganzen Anzahl Kinder das Leben gerettet haben, die vielleicht von dem Täter in seiner Verblendung getötet worden wären. Sie haben Eltern glücklich gemacht und kleinen Menschen eine Zukunft ermöglicht, die sie ohne Ihren Einsatz wahrscheinlich nicht mehr gehabt hätten. Es ist traurig, dass andere Kinder gestorben sind oder zukünftig ein schreckliches Schicksal tragen müssen. Das aber sind Ereignisse, die wir nicht ändern können. Wir sind nicht Gott."

3. Kapitel

Zu Hause folgten schlimme Stunden voller Selbstvorwürfe und seelischer Selbstzerfleischung. An Schlaf war nicht zu denken. Immer wieder sah er vor seinem geistigen Auge die letzte Szene seines Einsatzes. Hörte die Explosion und vernahm die schreckliche Stille danach, die schließlich vom Geschrei der Kinder durchbrochen wurde. Wie eine Endlosschleife wiederholte sie sich immer wieder und mit gleicher, schmerzlicher Intensität kam die Frage: Warum?

Unruhig wanderte er durch seine kleine Zwei-Zimmer-Wohnung auf der unbewussten Suche nach einem Platz, an dem das schmerzliche Denken aufhören würde.

Er schaltete den Fernseher ein. Das Nachtprogramm bestand aus billigen B-Movies, Werbung für Telefonsex und alten Schwarz-Weiß-Filmen. Ihm war das egal. Er war dankbar für die menschlichen Stimmen, die sich in seine quälenden Gedanken drängten.

Dann griff er doch zum Whisky. Nachdem er die Flasche Scotch in kurzer Zeit halb geleert hatte, sackte sein Kopf auf die Lehne des Sessels zurück und er fiel in einen unruhigen Erschöpfungsschlaf. Erst die Sonnenstrahlen, die wenig später durch das Fenster drangen, erlösten ihn von den Dämonen der Nacht.

Fast war er dankbar für den schweren Schädel, den ihm der übertriebene Alkoholgenuss beschert hatte. Er machte das Denken schwer. Wenn Kerner gekonnt hätte, hätte er sein Gehirn einfach abgeschaltet.

Der Polizeibeamte stellte sich unter die Dusche und ließ den harten, kalten Wasserstrahl auf seinen Schädel herunterprasseln. Er stützte sich mit beiden Händen gegen die Kachelwand der Duschkabine und schloss die Augen. Erst als sein Körper vor Kälte fast gefühllos war, drehte er das Wasser ab.

Während er sich abtrocknete, traf er die Entscheidung den Besuch beim Polizeipsychologen noch zu verschieben. Das würde ihm zwar einen Rüffel seines Chefs einbringen, aber das war ihm egal.

Er musste ins Krankenhaus, um nach den Opfern seines Schusses zu sehen. Er hatte das Gefühl etwas tun zu müssen, um irgendwie aktiv am Leid der Verletzten teilzuhaben.

Ron Kerner gab sich einen Ruck, stand auf und klopfte an die Tür des Schwesternzimmers.

Eine weibliche Stimme forderte ihn eher barsch als freundlich auf einzutreten.

„Ja, bitte?", fragte eine mittelalte Frau in hellblauer Schwesternkleidung, die zusammen mit einer jüngeren Kollegin an einem Tisch mit geblümter Wachstuchauflage saß. Beide tranken Kaffee. Der Ton dieser beiden Worte sprach Bände. „Kann man denn nicht einmal in Ruhe Kaffee trinken", hieß das.

3. Kapitel

Gewohnheitsmäßig huschte Kerners Blick über den küchenähnlich eingerichteten Aufenthaltsraum, dann sagte er:
„Entschuldigen Sie bitte, ich möchte mich gerne nach den Opfern der gestrigen Geiselnahme erkundigen."
Die Ältere der beiden warf ihrer Kollegin einen vielsagenden Blick zu, dann erhob sie sich sichtlich gereizt und baute sich vor Kerner auf.
„Von welcher Zeitung kommen Sie denn?", knurrte sie den Mann zornig an. „Könnt ihr Pressetypen diese armen Kinder denn nicht in Ruhe lassen. Gehen Sie! Hier gibt's keine Story und Sensationen. Das Krankenhaus gibt täglich eine ärztliche Stellungnahme zum Zustand der Patienten heraus. Halten Sie sich daran, mehr gibt's hier nicht zu holen!"
Sie griff Kerner energisch am Arm und wollte ihn aus dem Zimmer hinausdrücken.
„Moment, Moment", wehrte Kerner ab, „ich bin nicht von der Presse."
Er griff schnell in seine Jackentasche und holte den Dienstausweis heraus.
„Ich bin Polizeibeamter."
Misstrauisch prüfte die Schwester den Ausweis. Als sie sich von seiner Echtheit überzeugt hatte, wurde sie schlagartig freundlicher.
„Es tut mir leid", erklärte sie entschuldigend, „aber Sie können sich gar nicht vorstellen, wie viele dieser Pressehaie wir heute schon abwimmeln mussten. Diese Kerle sind schlimmer als eine Seuche."
Kerner nickte verständnisvoll, dann wiederholte er seine Bitte. „Ist es möglich, etwas über den Zustand der verletzten Kinder zu erfahren?"
„Warten Sie", erwiderte die Krankenschwester, sichtlich bemüht ihre Grobheit von vorhin wieder gut zu machen, „ich bringe Sie zum Chefarzt. Der wird Ihnen sicher Auskunft geben. Wir dürfen leider nichts sagen, das werden Sie sicher verstehen."
Kerner folgte der Schwester über den Gang. Sie klopfte an eine Tür und trat sofort ein.
Es dauerte einen Augenblick, dann kam sie wieder heraus.
„Dr. Schecker telefoniert gerade", erklärte sie. „Nehmen Sie bitte kurz Platz, er wird Sie gleich hereinbitten."
Mit einer flüchtigen Handbewegung wies sie auf einige Stühle, die vor dem Arztzimmer an der Wand aufgereiht standen.
Kerner bedankte sich bei der Frau, die wieder im Schwesternzimmer verschwand.
Der Polizeibeamte setzte sich und bedeckte sein Gesicht mit den Handflächen. Seine Augen brannten.
Kerner schrak auf, als ihn unvermittelt eine männliche Stimme ansprach.
„Sind Sie der Polizeibeamte, der mich sprechen will?"

3. Kapitel

Er war so in Gedanken gewesen, dass er nicht gehört hatte, wie die Tür aufging. Schnell erhob er sich und gab dem Mann im weißen Kittel die Hand.
"Kerner", stellte er sich vor.
"Dr. Schecker", erwiderte der Arzt ebenso knapp und drückte Kerners Hand kurz und kräftig.
"Kommen Sie bitte herein", bat er und machte eine einladende Geste. Kerner trat ein.
Dr. Schecker, ein schlanker Mann mit grau melierten Haaren, setzte sich in seinen Sessel hinter den Schreibtisch und warf Kerner durch seine Nickelbrille einen prüfenden Blick zu. Aus seiner zurückgelehnten Haltung sprach der deutliche Wunsch nach Distanz. Er räusperte sich kurz, dann fragte er:
"Was kann ich für Sie tun? Ich nehme an, dass Sie mit Ermittlungen in der Entführungssache befasst sind. Falls Sie meine Patienten vernehmen wollen, muss ich Ihnen leider die gleiche Auskunft geben wie ihrem Kollegen vorhin am Telefon. Keines der Opfer ist vernehmungsfähig."
Er schob mit einer beiläufigen Bewegung ein beschriebenes Blatt auf der Schreibtischunterlage zurecht.
Kerner schüttelte mit dem Kopf. "Es ist nicht so, wie Sie denken", erwiderte er. "Ich ermittle nicht in dieser Angelegenheit."
Dr. Schecker warf ihm einen erstaunten Blick zu.
"Ich..., ich...bin einer der Beamten des Sondereinsatzkommandos, die gestern Nacht die Geiseln befreit haben", machte Kerner den Versuch einer Erklärung. Er durfte aus dienstlichen Gründen nicht sagen, dass er der Todesschütze war. – Er hätte es jedoch auch nicht gesagt, wenn es zulässig gewesen wäre. Seine Schuld und die daraus resultierende Scham lasteten zu schwer auf ihm, als dass er sie einem ihm fremden Arzt anvertraut hätte.
Dr. Scheckers Miene änderte sich. Seine Mimik signalisierte so etwas wie persönliches Interesse an der Person seines Gegenübers. Er beugte sich leicht nach vorne.
"...und warum sind Sie zu mir gekommen?"
Kerner sah auf seine gefalteten Hände, deren Knöchel weiß hervortraten.
"Wissen Sie, ich habe nach dem Einsatz die vielen verletzten Kinder und die zerfetzten Leichen gesehen", sagte er leise. "In meinem Job ist man ja an Gewalt und deren Folgen bis zu einem gewissen Grad gewöhnt...", er zögerte einen Augenblick, dann fuhr er fort, "...aber was ich da gesehen habe, raubt mir den Schlaf. Ich wollte mich einfach mal nach den Kleinen erkundigen."
Er sah den Arzt bittend an.
Dr. Schecker erhob sich und trat auf Kerners Seite des Schreibtisches. Er nahm seine Brille ab und rieb sich mit zwei Fingern die Nasenwurzel.
"Ich kann Sie sehr gut verstehen", sagte er dann anteilnehmend. "Unser beider Berufe ähneln sich in vielem. Sie verlangen von uns immer wieder

traumatische Erlebnisse zu verkraften. – Wenn ich Ihnen irgendwie helfen kann, will ich das gerne tun."
Er setzte die Brille wieder auf und machte einen Schritt in Richtung Tür.
„Kommen Sie mit, ich werde Ihnen die kleinen Patienten zeigen."
Kerner sprang auf die Füße und folgte dem Chefarzt auf den Flur. Wortlos marschierten die beiden auf eine große Tür zu, die verschlossen war. „Intensivstation – Betreten nur für Krankenhauspersonal" schrie ihnen in großen, roten Buchstaben entgegen.
Dr. Schecker holte einen Schlüsselbund aus dem Kittel und schloss die Tür auf. „Sie müssen sterile Kleidung überziehen", erklärte er knapp und deutete auf ein Regal, in dem ein Stapel steriler Mäntel, Plastikkopfhauben und Schuhüberzieher lagen. Der Arzt drückte dem Polizeibeamten einen Mantel in die Hand, dann bediente er sich selbst. Danach folgten die beiden weiter dem mit grüner Farbe gestrichenen Flur.
Es begegneten ihnen zahlreiche Krankenschwestern, die geschäftig über den Flur eilten. Sie hatten für Dr. Schecker und Kerner nur ein flüchtiges Nicken übrig.
Vor einem großen Glasfenster blieben die beiden stehen. Kerner blickte in einen länglichen Raum, in dem vier Einzelbetten standen. Der Raum war mit technischen Überwachungsgeräten und Halterungen für Infusionsflaschen vollgestopft. Unmengen von Schläuchen und Drähten verließen die Apparate und mündeten in kleinen, fast nackten menschlichen Körpern, die unter der Vielzahl der Elektroden und Anschlüsse fast nicht mehr als Kinder zu erkennen waren.
„Es grenzt fast an ein Wunder", riss Dr. Schecker den Polizisten aus seiner betroffenen Betrachtung, „aber wir konnten alle Kinder, die eingeliefert wurden, am Leben erhalten."
Die Stimme des Arztes klang ruhig und besonnen, trotzdem war deutlich die Befriedigung über dieses Ergebnis seiner medizinischen Bemühungen herauszuhören.
„Sicher werden viele der kleinen Patienten noch lange hier bleiben müssen, bis wir sie wieder entlassen können. Einige werden unter den Folgen der Granatsplitter ein Leben lang zu leiden haben. Aber sie werden leben."
Er gab Kerner noch eine Minute, dann legte er ihm sachte die Hand auf die Schulter.
„Herr Kerner, ich denke, wir sollten jetzt wieder gehen. Sie und ihre Männer können stolz auf sich sein. Diese Kinder haben es nicht zuletzt Ihnen und Ihren Kameraden zu verdanken, dass sie hier liegen dürfen und nicht im Leichenschauhaus sind."
Der Polizeibeamte musste sich mit Gewalt von dem Bild losreißen, das sich ihm tief ins Gedächtnis eingrub. Er unterdrücke ein bitteres Lachen, als der Chefarzt unbewusst seinen doppelsinnigen Satz formulierte.

3. Kapitel

Gewiss hatten es die Kinder Kerner und seinem verhängnisvollen Schuss zu verdanken, dass sie hier lagen. Sein Magen schickte Säure in die Speiseröhre, die bis in den Rachenraum brannte.
Hastig verabschiedete sich Kerner von dem Arzt. Dann verließ er fast fluchtartig das Krankenhaus. Der Mediziner sah ihm nachdenklich hinterher.

4. Kapitel

4. Kapitel

Rechtsanwalt Dr. Riemann drückte auf den Knopf seiner Fernbedienung und das schmiedeeiserne Tor zu seinem Anwesen in einem der besten Wohngebiete der Stadt schwang auf. Langsam fuhr er die mehrfach gewundene, von alten Kastanienbäumen gesäumte Auffahrt zum Wohnhaus hinauf.
Gemächlich rollte er an der Pferdekoppel vorbei, auf der hinter der weiß gestrichenen Umzäunung zwei Araberpferde grasten.
Als der Mann der Pferde ansichtig wurde, würgte es ihn in der Kehle. Eine Mischung aus ohnmächtigem Zorn und Schmerz verschloss ihm die Kehle. Unwillkürlich gab er mehr Gas und der Wagen schoss an der Koppel vorbei. Es waren die beiden Stuten seiner zwölfjährigen Tochter Sarah. Das Mädchen, das der Mann abgöttisch liebte, war eine begeisterte Reiterin. An den beiden Araberstuten hing ihr ganzes junges Herz.
Der Mann schlug mit der Faust auf das lederummantelte Lenkrad. Er musste sich korrigieren: Sarah war eine gute Reiterin gewesen. Seit dem Überfall dieses verfluchten Verrückten auf die Schulklasse seiner Tochter und der verhängnisvollen Explosion saß seine Tochter querschnittgelähmt im Rollstuhl. Einige Granatsplitter waren in den Rücken des Mädchens eingedrungen und hatten das Rückenmark verletzt. Seitdem war sie von den Brustwirbeln abwärts gefühllos.
Er brachte das Fahrzeug vor dem Hauptportal seines Hauses zum Stehen, ließ den Schlüssel stecken und stieg aus. Es blieb ihm nur kurze Zeit, um sich umzuziehen.
In einer dreiviertel Stunde musste er zu einem Empfang des russischen Botschafters.
Dr. Riemann sprang die Stufen zum Obergeschoss seines Hauses hinauf. Bevor er sich umzog, wollte er noch schnell einen Blick in das Zimmer seiner Tochter werfen. Er hatte ein schlechtes Gewissen. Sie war in den letzten Tagen zu oft alleine gewesen.
Beide Stockwerke des Hauses hatte der Anwalt behindertengerecht umbauen lassen. Es gab sogar einen Aufzug, so dass Sarah sich im Haus bewegen konnte, wie sie wollte.
Dr. Riemann klopfte an die Tür des Zimmers seiner Tochter, dann trat er ein. Sarah saß im Rollstuhl am Fenster und hatte ein Fernglas an den Augen. Der Mann wusste, dass sie ihre Pferde beobachtete.
„Hallo, mein Schatz", machte der Rechtsanwalt auf sich aufmerksam. Er schlug bewusst einen möglichst fröhlichen Tonfall an. „Wie geht es dir heute?"
Das Mädchen senkte das Glas und drehte den Kopf dem Besucher zu.
„Hi, Paps", antwortet sie, legte das Fernglas in den Schoß und drehte den Rollstuhl in die Richtung ihres Vaters.

4. Kapitel

Der Mann eilte auf seine Tochter zu, beugte sich zu ihr herab, nahm sie in die Arme und gab ihr einen Kuss auf die Wange. Dann zog er sich vom Tisch in der Mitte des Raumes einen Stuhl heran und ließ sich auf der Kante der Sitzfläche nieder.

„Weißt du Paps, es wäre alles nicht so schlimm, wenn ich nicht in diesem blöden Rollstuhl sitzen müsste." Mit plötzlich ausbrechender Wut schlug sie mit der Faust auf die Armlehne des Stuhls.

Dann verstummte sie. In ihren Augenwinkeln erschienen Tränen.

Dr. Reimann kannte diese plötzlichen Stimmungswechsel seines Kindes. Ein heftiger Weinkrampf überwältigte sie.

Wortlos nahm sie der Mann in die Arme und drückte sie an sich. Sanft streichelte er ihr über den Rücken und versuchte ihr ein Gefühl der Geborgenheit zu vermitteln.

Wie immer bei solchen Gelegenheiten erfüllte den Rechtsanwalt eine fürchterliche Wut.

Es dauerte einige Zeit, bis sich Sarah wieder gefangen hatte. Irgendwann löste sie sich aus den Armen ihres Vaters und lehnte sich in ihrem Rollstuhl zurück. Sie wischte sich mit dem Ärmel über die Nase, dann sagte sie halblaut, sichtlich um Tapferkeit bemüht: „Es geht schon wieder."

Dr. Reimann warf einen versteckten Blick auf seine Armbanduhr. Er musste wirklich gehen.

„Was hältst du davon, wenn ich dich mit hinunter nehme? Das Hausmädchen kann mir dir zu den Pferden gehen. Das wird dich sicher in eine bessere Stimmung bringen."

Sarah zögerte einen Augenblick, dann nickte sie.

Der Rechtsanwalt packte den Rollstuhl bei den Griffen und fuhr ihn zum Aufzug. Ein paar Minuten später schob er ihn in die Eingangshalle des Hauses.

Ohne dass er sie rufen musste, erschien Hanna, die Hausdame und seit neuestem auch Sarahs Pflegerin, im Hausflur.

„Sarah möchte gerne zu den Pferden", erklärte der Mann knapp. „Kümmern Sie sich bitte darum. Ich muss jetzt weg."

Hanna nickte und griff nach dem Rollstuhl. Einen Augenblick später waren die beiden durch den Hauseingang verschwunden.

Dr. Reimann eilte in sein Schlafzimmer. Er zog sich aus und hastete in das angrenzende Badezimmer unter die Dusche. Während er die heißen Wasserstrahlen auf seine Haut prasseln ließ, war er noch immer gefangen von dem Gedanken an das Leid seiner Tochter. Als er nach zehn Minuten die Dusche verließ, stand sein Entschluss fest. Er würde heute Abend bei dem Empfang mit Soljoschin sprechen. Soljoschin war Geschäftsmann, sein Klient – und, wie er wusste, der Pate der regionalen Russenmafia. Über Soljoschin wurde

51

4. Kapitel

gemunkelt, dass er früher für den KGB gearbeitet und von daher Verbindungen hatte, die es ihm ermöglichten Menschen, die ihm unliebsam waren, von der Bildfläche verschwinden zu lassen. Dr. Reimann wollte, dass ein Mensch für das Leid seiner Tochter büßen musste. Nachdem der Straftäter, der die Granate gezündet hatte, nicht mehr existierte, blieb nur noch der Polizist übrig, der so unverzeihlich stümperhaft geschossen hatte, dass der Geiselnehmer die Granate noch hatte abziehen können.

5. Kapitel

5. Kapitel

Der Mann schraubte den Verschluss der Whiskyflasche auf und goss einen guten Daumen breit des Edelbrandes in das Whiskyglas ein. Die hauchdünnen Schweinslederhandschuhe, die sich an seine Hände wie eine zweite Haut anschmiegten, waren ihm so selbstverständlich geworden, dass er sich ohne sie nackt vorgekommen wäre.
Nachdem er der Reinheit der Flüssigkeit gegen das Licht genügend Bewunderung gezollt hatte, setzte er das Glas an den Mund. Langsam sank er in die abgewetzten Polster des alten Sofas zurück, während er mit geschlossenen Augen die bernsteinfarbene Kostbarkeit in seine Mundhöhle laufen ließ, bis sie halb voll war. Dann setzte er das Glas auf einem seiner Knie ab. Mit geschlossenem Mund schwenkte er den fünfzehnjährigen Glenfiddich einige Zeit im Mund hin und her, kaute ihn wie einen reifen Wein, um auch jeder seiner Geschmacksknospen Gelegenheit zu geben das Feuer des alten schottischen Whiskys auszukosten. Erst als der reine Schotte das volle Volumen seines Geschmacks entfaltet hatte, schickte er ihn schluckweise in seinen Magen hinunter. Mit immer noch geschlossenen Augen genoss er das Gefühl des Wohlbefindens und beginnender Entspannung.
Er wusste genau, dass er noch einige dieser feurigen Sendboten in seinen Körper schicken musste, bis er jenen Zustand erreicht hatte, der es ihm ermöglichte völlig abzuschalten. Ein Zustand, der für ihn ebenso selten war wie der Genuss des Whiskys. Beide Wohltaten konnte er sich nur hier in seiner Wohnung erlauben, die ihm ein gewisses Mindestmaß an Sicherheit bot.
Der einsame Genießer öffnete die Augen und stellte das Glas auf dem kleinen Couchtisch vor sich ab.
Sein Blick schweifte durch die Behausung, die er seine Wohnung nannte. Die Einrichtung bestand aus wenigen spartanischen Möbelstücken. Dieser Raum diente früher einmal als Lager für einen zur Hauptstraße hin angrenzenden Lebensmittelladen. Nachdem das Geschäft in Konkurs gegangen war, hatte er den Lagerraum billig anmieten können. Er entsprach voll und ganz seinen Bedürfnissen, die völlig anderer Natur waren als die gewöhnlicher Bürger. Wo der normale Mensch Wohnlichkeit, Behaglichkeit und Komfort suchte, waren für ihn Sicherheit und schnelle Fluchtmöglichkeit entscheidend bei der Auswahl seiner Behausung.
Er war von Berufs wegen misstrauisch, man konnte fast sagen paranoid, aber selbst nach seiner kritischen Bewertung war diese Unterkunft sicher.
Die Wohnung lag am Rande der Metropole. Eine Trabantenstadt, wie sie am Rande vieler Städte zu finden war. Die Nachbarschaft bestand aus Wohnblöcken mit einer Unzahl Mietparteien. Mietsilos, in die von der Stadtverwaltung finanziell minderbemittelte Menschen einquartiert wurden. Hier lebte eine Schicht der Gesellschaft, die nicht fragte, wer in der Nachbarschaft wohnte und was er trieb.

5. Kapitel

Solange er pünktlich seine Miete bezahlte, war es dem Vermieter gleichgültig, was er hier machte. Vorne in das ehemalige Lebensmittelgeschäft war ein Esoterikladen eingezogen. Dort gingen weltfremde Spinner ein und aus, die den Lagerraum nicht benötigten und sich ebenfalls nicht um ihren Nachbarn kümmerten.
Er hatte allen Grund sich vor unliebsamen Überraschungen zu schützen. Im Mietvertrag stand der Name Gabriel Brunner, so nannte er sich zur Zeit. Es hätte dort aber ebenso gut Martin Stauffer, Diethard Güttler oder Björn de Halsenson stehen können. Für jeden dieser Namen hatte er gültige Papiere, die auch einer Überprüfung durch ein Landeskriminalamt standgehalten hätten. Die Papiere waren tatsächlich echt. Sie stammten aus der Dokumentenschmiede des Ministeriums für Staatssicherheit (MfS) der ehemaligen Deutschen Demokratischen Republik, dem er fast bis zur Auflösung der DDR angehört hatte.
Brunner war 1952 als Sebastian Großmann, viertes Kind von Helmut und Ilona Großmann, in Chemnitz, dem früheren Karl-Marx-Stadt, geboren worden. Der Vater, überzeugter Kommunist und Parteimitglied, hatte dafür gesorgt, dass sein einziger Sohn eine entsprechende Ausbildung bekam. Eine der Eigenarten des Systems des Arbeiter- und Bauernstaates war es, dass die Karriere eines Menschen nicht von Gut und Geld abhängig war. Eine viel größere Rolle spielten gute Beziehungen. Als seine Mutter und sein Vater bei einem Feuer ums Leben kamen, übernahm der Staat die Erziehung des Kindes. Sebastian kam in ein staatliches Internat. Seine Begabungen lagen im Bereich des Sports und auf dem Gebiet der Fremdsprachen. Schon bald sprach er ausgezeichnet russisch. Er fiel seinen Lehrern dadurch auf, dass er ein ausgesprochener Kämpfertyp war. Wenn er sich etwas vorgenommen hatte, dann biss er sich daran fest und verfolgte sein Ziel wie ein Wolf seine Beute.
Als er alt genug war, musste er seinen Wehrdienst in der Volksarmee ableisten. Sehr schnell bekamen seine Vorgesetzten mit, dass der junge Soldat ein ausgezeichneter Schütze war. Großmann konnte sich in der Armee richtig entfalten. Das war seine Welt.
Nach dem Grundwehrdienst wurde er zu einer Fallschirmspringereinheit versetzt. Großmann zeigte sich sehr begabt, seine imaginären Gegner mit den bloßen Händen oder mit einer Stichwaffe auszuschalten. Bald fand er unter den Kameraden keinen Übungspartner mehr, weil er Mühe hatte zwischen Ernst und Übung zu unterscheiden. Dabei war er nicht jähzornig oder unbeherrscht. Er hatte nur einen natürlichen Instinkt für den Kampf und setzte ihn konsequent ein.
Bei der Einzelkämpferausbildung blühte Großmann richtig auf. Nur mit einem Messer bewaffnet bestand er im unwegsamsten Gelände die härtesten Prüfungen.

Sebastian Großmann war der geborene Menschenjäger. Bekam er die Aufgabe einen Feind auszuschalten, war dieser schon so gut wie tot. Ein Umstand, der in seiner Personalakte deutlich hervorgehoben wurde.
Eines Tages trat der Staatssicherheitsdienst, immer auf der Suche nach Nachwuchskräften, an Sebastian heran und rekrutierte ihn für eine Spezialausbildung. Ziel dieses Trainings war es, frisches Blut für die Auslandsspionage der DDR heranzubilden.
Mit fünfundzwanzig Jahren bekam Sebastian Großmann seinen ersten Auftrag. Ein Republikflüchtling, der mit Hilfe einer Fluchthelferorganisation in den Westen gelangt war, hatte sich in der Bundesrepublik Deutschland eine höchst unangenehme Resonanz in den westlichen Medien verschafft. Großmann und zwei weitere Offiziere der Auslandsaufklärung sollten den Mann in die DDR zurückholen. Die Gruppe wurde über einen der zahlreichen Grenzübergänge in den Westen geschleust. Obwohl er und seine Kameraden sehr umsichtig vorgingen, bekam der Bundesnachrichtendienst von der Aktion Wind. Sie stellten die Zielperson unter Bewachung. Als Großmann und seine Begleiter bei einer günstigen Gelegenheit den Mann in einer dunklen Seitengasse betäuben und in ihr Auto zerren wollten, kam es zwischen den Entführern und zwei Personenschutzbeamten zu einer Schießerei, in deren Verlauf einer der beiden Begleiter Großmanns tödlich verletzt und der andere festgenommen wurde.
Damals zeigte der junge Brunner zum ersten Mal eine Eigenschaft, die ihn später berühmt berüchtigt machen sollte: Es gelang ihm, sich durch eine fast instinktive Ausnutzung der baulichen Gegebenheiten vor Ort und deren Hinterhöfe der Verhaftung zu entziehen. Seine Wut auf die Zielperson war damals unbeschreiblich. War doch der erschossene Offizier sein Freund und Mentor gewesen.
Über einen Verbindungsmann in Westberlin nahm Großmann Kontakt mit seinen Auftraggebern in Ostberlin auf. Diese wollten ihn zurückbeordern, aber Großmann bat darum den Republikflüchtling liquidieren zu dürfen. Einige Zeit später brach er in eine abgelegene Jagdhütte ein und entwendete eines der dort aufbewahrten Gewehre. Diese Waffe, ausgerüstet mit einem ausgezeichneten Zielfernrohr, richtete er einige Tage später von einem Hausdach aus auf den verhassten Mann. Das Jagdgeschoss leistete ganze Arbeit. Der Mann war sofort tot. Ehe dessen Beschützer reagieren konnten, war Großmann spurlos verschwunden. Lediglich das Gewehr ließ er zurück. Ohne jegliche verwertbare Spur.
Dieser erste Mord bewirkte bei Großmann einen seltsamen Wandel. Als er sein Opfer getroffen zu Boden stürzen sah, fühlte er eine zuvor noch niemals empfundene Euphorie. Während der Flucht rannte er wie auf Wolken. Seine Sinne waren wie in einem LSD-Rausch weit über das normale Maß hinaus

5. Kapitel

geschärft. Er empfand ein ungeahntes Gefühl der Macht und war sich absolut sicher, dass niemand ihm etwas anhaben konnte.
Einen Tag später kehrte er in die DDR zurück. Schon wenige Wochen, nachdem er seinen normalen Dienst wieder aufgenommen hatte, bekam er Besuch von einem Russen. Der Mann gab sich als Offizier des sowjetischen Geheimdienstes KGB zu erkennen und befragte Großmann wegen des Vorfalls im Westen. Am Ende der Unterhaltung bot der Mann Sebastian Großmann eine weitere Ausbildung in einem Schulungslager des KGB an.
Großmann sagte zu. Schon am nächsten Tag war er unterwegs in die Sowjetunion.
Im Laufe dieses mehrjährigen Aufenthalts wurde der junge Großmann zu einer vollkommenen Tötungsmaschine ausgebildet. Seine ersten praktischen Erfahrungen während seiner Ausbildung machte er in Afghanistan, wo er im Auftrag des KGB drei Männer der politischen Opposition erschoss. Schon damals entwickelte er eine Eigenart, die ihm Zeit seines Lebens erhalten blieb: Er verwendete bei seinen Aufträgen ausschließlich Präzisionsgewehre. Die positive Erfahrung mit einer Jagdwaffe bei seiner ersten Liquidation war offenbar prägend gewesen.
Als er mit der Ausbildung fertig war, kehrte er unter dem Namen Dimitri Kojschok in die DDR zurück. Er hatte mittlerweile den Rang eines Majors erreicht und wurde nun von Stasi und KGB für die „nasse Arbeit", wie das auftragsgemäße Töten von Menschen im Jargon der Geheimdienste genannt wurde, eingesetzt.

Der Mann auf der Couch nahm einen weiteren Schluck aus seinem Whiskyglas und zelebrierte erneut genussvoll das Ritual des Trinkens, Schmeckens und Schluckens. Dabei blieben seine Gedanken in der Vergangenheit.
Schon bald erhielt er von der Führungsebene den Auftrag sich einen ständigen Wohnsitz im Westen zu nehmen. Dadurch entfielen die dauernden Reisen über die Staatsgrenze. Es war Ende der siebziger Jahre. Die Sowjetunion und die DDR hatten längst im Westen ein dichtes Agentennetz aufgebaut. Sebastian Großmann, alias Dimitri Kojschok, hieß nun Peter Seuffert, war von Beruf Journalist und wohnte in Frankfurt/Main. Dieser Beruf erklärte seine häufige Abwesenheit von seiner Wohnung.
Schon wenige Tage nach seiner Ankunft im Westen bekam er seinen ersten Auftrag. Sein Führungsoffizier teilte ihm mit, dass er in Heidelberg einen Mann, einen amerikanischen Staatsangehörigen, liquidieren solle. Er bekam einen Umschlag ausgehändigt, in dem der Name des Mannes, eine kurze Vita und einige Bilder enthalten waren. Der Grund für die Liquidation wurde ihm nicht genannt. Er interessierte ihn auch nicht. Die Jahre im Ausbildungslager

und seine Prägung aus der Zeit in Afghanistan hatten alle möglichen moralischen Vorbehalte ausgelöscht. Peter Seuffert sah sich nicht als Killer. Nach seinem Selbstverständnis war er ein Menschenjäger. Dank seiner Erziehung frei von moralischen oder religiösen Bedenken betrieb er die Menschenjagd nach dem Lustprinzip. Je schwieriger er an sein Wild herankam, desto mehr reizte ihn die Aufgabe. Seuffert war absolut zuverlässig, schnell und effizient. Der Mann auf dem Bild war eine Woche später tot. Erschossen mit einem tschechischen Jagdgewehr der Marke Brünner, Kaliber 5,6 x 50 R Magnum. Auch in diesem Fall ließ er die Waffe am Tatort zurück. Nach der Tat verschwand er, ohne verwertbare Spuren zu hinterlassen.

So hielt er es auch zukünftig. Er liquidierte seine Opfer und ließ die Tatwaffe zurück. Er mochte es nicht Waffen in seiner Nähe zu haben, die sperrig und auffällig waren und bei einer schnellen Flucht nur behinderten.

Es dauerte nicht lange, dann hatte man ihm in Kreisen der feindlichen Geheimdienste den Namen „Redfox" gegeben. Ein gefährliches Phantom, schlau wie ein Fuchs, das tötete und dann spurlos verschwand.

Jahre später, die bevorstehende Auflösung der Sowjetunion war für die Mitarbeiter in den inneren Zirkeln des KGB schon lange klar erkennbar, trat sein Führungsoffizier an ihn heran und fragte ihn, ob er auch einen privaten Auftrag übernehmen würde. Er sollte einen Industriemagnaten erledigen, der offenbar der Konkurrenz gefährlich wurde. Das Honorar betrug 50.000 US-Dollar. Für Redfox, der bisher nur sein Gehalt als Offizier bekommen hatte, eine unvorstellbar hohe Summe. Er dachte eine Nacht über das Angebot nach, dann sagte er zu. Die Liquidierung des Mannes führte er in Brasilien durch, sie war für ihn ein Kinderspiel.

Die Tatsache, dass ein neuer Mann auf dem Markt war, sprach sich in einschlägigen Kreisen sehr schnell herum. Es war erstaunlich, wie schnell sich sein Geschäft entwickelte. Der Bedarf, unliebsame Mitmenschen aus dem Weg zu schaffen, war enorm.

Als die Sowjetunion zerfiel und der KGB aufgelöst wurde, nutzte Redfox die Gelegenheit in der Versenkung zu verschwinden. Mit sauberen Papieren tauchte er einige Zeit später in der Schweiz als Urs Küngli wieder auf. Eine Gesichtsoperation hatte sein Erscheinungsbild so verändert, dass ihn selbst sein Führungsoffizier nicht wiedererkannt hätte. Von Bern aus pflegte er seine Kontakte, über die er seine Aufträge zugeleitet bekam.

Alle paar Jahre wechselte Redfox das Land und seine Identität. Eine lebenswichtige Notwendigkeit. Zwar hatten die östlichen Geheimdienste viel von ihrer einstigen Effizienz verloren, dafür waren die westlichen Organisationen umso massiver hinter ihm her.

Redfox entwickelte sich zum Meister der Tarnung. Er wohnte stets in Gegenden, in denen viele Menschen lebten und sich kaum einer um den anderen

kümmerte. Er kleidete sich unauffällig und mied Kontakte. Für seine Umwelt war er ein harmloser Eigenbrötler, dem man keine Beachtung schenkte. Kein Mensch hätte hinter diesem unscheinbaren Gabriel Brunner, wie er sich zur Zeit nannte, einen hoch bezahlten Killer vermutet.
Brunner warf einen Blick zur Tür. Sie führte nach hinten in ein Gewirr von Hinterhöfen und Kleingärten, die einem Fuchsbau alle Ehre gemacht hätten. Sein Geschick, nach einem Job im Nichts zu verschwinden, hatte er noch verfeinert.
Die beiden Außentüren waren mit einer Sicherheitsanlage verbunden. Winzige Minikameras übertrugen den Nahbereich rund um die Türen auf zwei Monitore, die Brunner darüber informierten, wer sich in der Nähe seiner Behausung herumtrieb.
Der Mann nahm den letzten Schluck, dann erhob er sich.
Er zuckte zusammen. Ein stechender Schmerz fuhr durch sein rechtes Hüftgelenk. Er fluchte leise und biss die Zähne aufeinander. Dieser Schmerz war ihm schon seit einigen Jahren häufiger Begleiter. Manchmal blieb er monatelang weg. Wenn Redfox hoffte, dass er für immer verschwunden wäre, war er wieder da. Arthrose lautete die Diagnose des Arztes. Abnutzung der Gelenke. Ein nicht ignorierbares Zeichen des Alters. Der Fuchs hatte die Fünfzig überschritten.
Der Mann ging einige Schritte auf und ab, bis sich der Schmerz etwas legte. Es wurde Zeit, dass er sich aus dem harten Geschäft zurückzog. Das war kein leichtes Unterfangen. Einer der gefährlichsten Killer des Westens konnte sich nicht so einfach aufs Altenteil zurückziehen. Redfox hatte mächtige Feinde, die nur auf eine Schwäche von ihm warteten. Er musste seinen Abgang sorgfältig planen.
Der Mann öffnete eine Schublade und entnahm aus einer Schachtel eine Tablette. Er schluckte sie ohne Wasser. In wenigen Minuten würde das starke Medikament den Schmerz vertrieben haben.
Langsam zog er die alte Jeans und das Sweatshirt aus. Achtlos ließ er es auf den Boden fallen. Er ging in die Ecke des Raumes, in der eine gut bestückte Fitnessbank stand. Mit kontrollierten Bewegungen ließ er sich auf der Bank nieder, klemmte seine Füße unter eine mit Schaumstoff gepolsterte Rolle am Fußteil der Bank und begann Sit-ups zu machen. Dabei war sein Blick starr auf einen unbestimmten Punkt an der Decke gerichtet. Sein Atem ging gleichmäßig und sein Herz arbeitete mit der Zuverlässigkeit eines Hochleistungsmotors. Mit seiner Fitness konnte er zufrieden sein. Trotzdem machten sich die Folgen seines unruhigen Lebens immer stärker bemerkbar.
Als er richtig schwitzte, stellte er die Übung ein und erhob sich. Er nahm ein Handtuch und wischte sich die Feuchtigkeit aus dem Gesicht und vom Oberkörper.

5. Kapitel

In der Ecke des Raumes war eine Nasszelle installiert. Er zog sich aus und stellte sich unter die Dusche. Mit Genuss spürte er die heißen Wasserstrahlen auf seinem Körper. Der Schmerz war vorüber.
Während er so mit geschlossenen Augen dastand, beschäftigten sich seine Gedanken wieder mit der Kontaktaufnahme, die vor einigen Tagen stattgefunden hatte. Er hatte in Frankfurt einen Mittelsmann sitzen. Ein ehemaliger Stasimann, der Kontakte pflegte und Aufträge vermittelte. Der Mann hatte Redfox postlagernd eine Nachricht zukommen lassen, in der er ihn bat über das Internet mit ihm in Verbindung zu treten. Brunner war klar, dass auf Redfox ein Auftrag wartete.
Er stellte das Warmwasser ab und ließ nun die kalten Wasserstrahlen auf seinen Körper prasseln. Als die Kälte seine Glieder durchdrungen hatte, stellte er das Wasser ab, verließ die Dusche und rubbelte sich mit einem groben Handtuch kräftig ab, bis sein ganzer Oberkörper krebsrot war.
Danach schlüpfte er in eine Jeans und zog ein kariertes Hemd an. Dann ließ er sich vor einem Schminkspiegel nieder und setzte sich eine dunkelbraune Perücke auf seinen Kurzhaarschnitt. Er schob sich zwei Wangenpolster in den Mund, welche die Konturen seines Gesichts erheblich veränderten. Blaue Kontaktlinsen verbargen seine wirkliche Augenfarbe. Als er fertig war, sah ihm das vertraute Gesicht von Gabriel Brunner entgegen, so wie es die Menschen in seiner Nachbarschaft kannten. Sein wirkliches Gesicht kannten nur ganz wenige lebende Menschen.
Brunner hatte sich entschlossen den Auftrag zu prüfen. Zumal er aus einem Kreis kam, dem man keine Absage erteilte.
Er erhob sich und ging zur Wand. Dort schob er eine Kommode ein Stück nach vorne und griff von hinten in eine Lautsprecherbox, der man von vorne ihre doppelte Funktion nicht ansah. Er entfernte die Rückenwand und holte einen gedrungenen Revolver aus dem Versteck.
Es handelte sich um einen kurzläufigen, sechsschüssigen Bulldog im Kaliber .44 Magnum. Eine Waffe mit enorm mannstoppender Wirkung. Er klappte routinemäßig die Trommel auf und überprüfte die Ladung. Sechs silbrig schimmernde Patronenböden zeugten von der Einsatzbereitschaft der Waffe. Die Patronen waren mit Hohlspitzgeschossen geladen, die in einem menschlichen Körper eine extrem zerstörerische Wirkung entfalteten.
Brunner war eigentlich kein Freund von Faustfeuerwaffen. Sie waren laut und unpräzise. Kein geeignetes Werkzeug für einen Scharfschützen. Er schob die Waffe in seinem Rücken hinter den Gürtel. Leider gab es Situationen, da war eine wirksame Kurzwaffe überlebensnotwendig.
Der Mann erhob sich und warf einen prüfenden Blick auf die Kontrollmonitore, die auf einem Sideboard standen. Er konnte in der Nähe seiner Behausung keine verdächtigen Aktivitäten erkennen.

5. Kapitel

Redfox zog eine Lederjacke an und griff sich den Hausschlüssel. Während seiner Abwesenheit würde die Videoanlage jede Bewegung außerhalb seiner Wohnung aufzeichnen. Dann öffnete er die Tür und trat ins Freie.
Wie er es eingeplant hatte, war es zwischenzeitlich schon recht dämmrig. In einer Ecke des Innenhofes war bereits eine Außenlampe angegangen.
Nachdem er abgeschlossen hatte, warf er nochmals einen vorsichtigen Blick in die nähere Umgebung. Diese Vorsicht war dem Fuchs zur zweiten Natur geworden. Nur ihr hatte er es zu verdanken, dass er noch lebte.
Mit einem Sendegerät aktivierte er die Innenraumüberwachung. Jetzt war seine Wohnung eine elektronisch geschützte Burg, die kein Unbefugter unbemerkt betreten konnte.
Er trat durch einen Torbogen auf die Hauptstraße. Seine Augen huschten nach beiden Seiten über den Gehsteig, musterten die wenigen Passanten, die um diese Zeit noch unterwegs waren. Keiner beachtete den schlanken Mann mit dem Allerweltsgesicht, der mit hängenden Schultern und ausholenden Schritten über den Gehsteig marschierte.
In der Nähe seiner Wohnung befand sich ein großer Parkplatz. Brunner näherte sich einem unauffälligen Kleinwagen, der in der dunkelsten Ecke des Platzes abgestellt war. Die Eingangstür befand sich direkt neben den Büschen der Parkplatzbegrünung. Bei einem etwaigen Angriff konnte er sich sofort in die Deckung werfen. Brunner schaltete mit einem Funkgeber die moderne Warnanlage des Fahrzeugs ab, dann stieg er ein. Der gepflegte Motor startete sofort. Er verließ den Parkplatz und fuhr in Richtung Innenstadt.
Früher hatte er bei solchen Gelegenheiten immer ein erregendes Kribbeln verspürt. Der Jäger vor der Jagd. Diese Art Spannung gehörte schon lange der Vergangenheit an. Ein weiteres Zeichen dafür, dass der Jäger alt wurde.
Vor einem Lokal mit der sinnigen Bezeichnung „Mousepad" parkte er und stieg aus. Bei der Kneipe handelte es sich um ein so genanntes Internet-Café, in dem Freaks aller Altersklassen für eine geringe Gebühr im Internet herumsurfen konnten. Lokale dieser Art gab es mehrere in der Stadt. Brunner trat ein und blieb gewohnheitsmäßig mit dem Rücken zur Wand neben dem Eingang stehen. Mit einem Blick erfasste er die Szene und prüfte sie auf ein mögliches Gefahrenpotenzial.
An den Wänden des Internet-Cafés standen Tische mit fünfzehn Personalcomputern. An den meisten Rechnern saßen vornehmlich jüngere Leute und starrten auf die Bildschirme. Aus Lautsprechern kam Musik. Keiner kümmerte sich um den neuen Gast.
Redfox fühlte sich sicher und trat an den Tresen. Ein junger Bursche mit einem Ring durch einen Nasenflügel legte seine Computerzeitschrift zur Seite und kam nach vorne.
„Eine Chipkarte, bitte", sagte Brunner knapp.

5. Kapitel

Der Mann griff in eine Kassette und holte eine Codekarte von der Größe einer Geldautomatenkarte heraus.
„Dort hinten, Rechner 11 ist noch frei."
Redfox nickte, dann marschierte er zu dem bezeichneten Rechner und ließ sich davor nieder. Er startete den Computer und schob nach Aufforderung durch das Zugangsprogramm die Codekarte in das Lesegerät. Nun hatte er freien Zugang auf das Internet.
Brunner unterhielt unter Decknamen mehrere kostenlose E-Mail-Adressen bei Anbietern in der ganzen Welt. Eine saubere, absolut anonyme Sache, die praktisch nicht zurückverfolgt werden konnte. Das Internet bot auch seiner Zunft ungeahnte Möglichkeiten.
Brunner checkte seine Postkästen. Bei Global-Com war eine Nachricht eingegangen. Die Datei war zwar unverschlüsselt, aber das spielte keine Rolle. Aufmerksam las er die wenigen Worte: „50.000 US-Dollar Vorschuss, weitere 50.000 US-Dollar nach Lieferung. Ansprechpartner siehe Anlage. Auftragsbestätigung wie üblich. Höchste Priorität!!!"
Brunner pfiff lautlos durch die Zähne. Hunderttausend Dollar für diesen Job. Das Angebot lag selbst für einen hoch bezahlten Spezialisten wie Brunner über dem üblichen Tarif. Es musste sich um ein ganz besonderes Wild handeln.
Mit einem Doppelklick öffnete Brunner die an die Mail angehängte Datei. Auf dem Bildschirm erschienen verschiedene Bilder und Auszüge von Zeitungsartikeln, außerdem konnte er den Auszug aus einer Akte erkennen.
Redfox nahm sich nicht die Zeit die Informationen hier zu lesen. Dazu war später Zeit.
Er sah sich kurz um, ob er immer noch unbeobachtet war, dann schickte er die Nachricht auf den Drucker, der neben dem Bildschirm stand. Wenig später hielt er mehrere bedruckte Blätter in der Hand, die er in seiner Brusttasche verschwinden ließ. Sorgfältig löschte er die E-Mail, dann fuhr er den Computer herunter und zog die Codekarte heraus.
Nachdem er den geringen Betrag am Tresen bezahlt hatte, betrat er die Straße und ging zu seinem Auto. Obwohl er gedanklich mit dem Inhalt der Nachricht beschäftigt war, entging ihm keine Bewegung seiner näheren Umgebung.
Der Menschenjäger stieg in seinen Wagen und startete den Motor. Trotz seiner Abgebrühtheit war er nun doch ein wenig gespannt, warum jemand so viel Geld ausgab, um einen Menschen aus dem Weg zu schaffen. Vermutlich war es ein Mann, der besonders gefährlich war. Dass es sich um einen Mann handelte, daran bestand für ihn kein Zweifel, denn der Fuchs tötete keine Frauen und Kinder.
Er scherte aus der Parklücke aus und fuhr in Richtung Trabantenstadt davon.

5. Kapitel

Unter Beachtung aller selbst auferlegter Sicherheitsmaßnahmen betrat der Fuchs wieder seinen Bau. Mit wenigen Handgriffen verwandelte er sich wieder in seine ursprüngliche Identität und ließ sich nieder. Hochkonzentriert machte er sich an das Studium der Ausdrucke.
Die Unterlagen enthielten zahlreiche Zeitungsmeldungen, die sich alle um eine Geiselnahme in einer Schule drehten, die von einer Spezialeinheit der Polizei durch Tötung des Geiselgangsters beendet worden war.
Bei den beiden letzten Seiten handelte es sich offenbar um Auszüge aus einer Personalakte mit dem Passbild eines Mannes. Redfox pfiff leise durch die Zähne, als er feststellte, dass es sich bei dem Typen um einen Polizeibeamten handelte, der laut Akte Mitglied einer Sondereinheit war.
Brunner musste nicht lange überlegen, um die Zusammenhänge zwischen den Zeitungsausschnitten und den Personalunterlagen herzustellen. Der Mann musste einer Person mit Einfluss mächtig auf die Füße gestiegen sein. Warum sonst wollte sein Auftraggeber, dass er den Polizisten tötete?
Redfox lehnte sich zurück und betrachtete intensiv das Gesicht auf der Fotografie. Der Blick des Mannes war offen, ein leichtes Lächeln entschärfte die harten Falten um die Mundwinkel. Das Kinn war energisch und zeugte von Entschlusskraft.
Langsam ließ Redfox das Blatt sinken. Er wusste aus eigener Erfahrung, dass die Mitglieder von Sondereinheiten handverlesen waren und eine ausgezeichnete Ausbildung besaßen. Das war keine Beute, die man mal so eben abschießen konnte. Jetzt war ihm klar, warum der unbekannte Auftraggeber bereit war einen so hohen Preis zu zahlen.
Er warf einen neuerlichen Blick auf das Bild. Der Mann war wesentlich jünger als er, was sein Risiko nicht unerheblich erhöhte. Auf der anderen Seite war das Honorar verlockend. Bot es ihm doch die Chance, sich nach Erledigung des Auftrags endgültig aus dem Job zurückzuziehen. Zusammen mit dem anderen Vermögen, das er auf einem Konto in der Schweiz angesammelt hatte, würde er für den Rest seiner Tage sorgenfrei leben können.
Redfox stand auf und stellte sich vor den Spiegel. Nachdenklich musterte er sein Bild.
„Kannst du das noch?", fragte er sich leise. „Sind die Zähne des Fuchses immer noch scharf genug?"
„Ja, du kannst es noch", gab er sich nach einer kleinen Pause selbst die Antwort. Entschlossen ging er zum Tisch zurück und warf die Blätter auf die Platte.
„Du bist bereits tot", stellte er bestimmt fest, während er dem Abbild des Polizisten einen letzten Blick zuwarf, „du weißt es nur noch nicht."
Redfox hatte den Auftrag angenommen.

6. Kapitel

6. Kapitel

Link hatte lange darüber nachgedacht, wie er seine Forderung an Prof. Philipps herantragen könnte. Zunächst dachte er an einen Erpresserbrief, verwarf diesen Plan aber dann wieder. Der direkte Weg war der schnellere. Link war klar, dass der Professor niemals zu den Bullen gehen würde. Im Kielwasser der Polizei würde unweigerlich die Presse auftauchen. Ein Umstand, den der Wissenschaftler mit Sicherheit vermeiden würde.
Am Donnerstagabend passte er den Institutsleiter vor der Heimfahrt auf dem Parkplatz des Instituts ab. Hier konnte das Gespräch nicht aufgezeichnet werden, da sich hier zwar Überwachungskameras, aber keine Mikrofone befanden.
Professor Philipp sah seinen Mitarbeiter erstaunt an, als dieser unvermutet aus der Dunkelheit der Büsche trat und sich seinem Chef in den Weg stellte.
„Was ist los?", fragte er. Seine Stimme hatte einen besorgten Unterton. „Ist etwas mit Orrieh?"
Der Pfleger schüttelte den Kopf. „Ihrem wertvollen Schwein geht es gut –, ganz besonders gut."
Link sagte das mit einer so eigenartigen Betonung, dass der Professor stutzte.
„Was soll das", knurrte er, „für Scherze habe ich weder Geduld noch Zeit."
Link zögerte einen Augenblick, dann sagte er sich, jetzt oder nie. „Wie ich herausgefunden habe, ist Orrieh eine ganz besonders wertvolle Wildsau. Sie wollen doch sicher nicht, dass dem Keiler in der Zukunft etwas zustößt. So eine Spezialbetreuung ist aufwändig und ziemlich anstrengend. Ich dachte mir, dass da eine Prämie für mich drin sein müsste. Eine deutlich spürbare Prämie. – Sie verstehen was ich meine?"
Prof. Philipps war für einen Augenblick wie erstarrt. Wie kam diese windige Kreatur dazu von ihm Geld zu fordern? Das war eindeutig eine Erpressung. Was konnte der Kerl wissen, dass er so selbstsicher auftrat?
Philipps zwang seine Emotionen unter Kontrolle. Er musste herausfinden, was der Kerl wusste und was er wollte. Er tat so, als würde er einen Augenblick nachdenken, dann erklärte er plötzlich ganz freundlich:
„Link, Sie sind ein cleveres Bürschchen. Sie haben also gemerkt, dass mir Orrieh besonders wichtig ist. Selbstverständlich ist mir daran gelegen, dass er immer optimal versorgt wird. Das haben Sie bisher auch immer zu meiner vollsten Zufriedenheit erledigt. Sie haben recht, ich hätte schon vor längerer Zeit über eine Gehaltserhöhung für Sie nachdenken sollen."
Er steckte den Schlüssel in das Türschloss seines Oldtimer-Sportwagens. „Wissen Sie was, kommen Sie morgen bei mir im Büro vorbei, dann werden wir uns über die Angelegenheit in aller Ruhe unterhalten."
Mit einer schwungvollen Bewegung öffnete er die Tür und fuhr davon. Link blieb völlig sprachlos zurück. Mit allem hatte er gerechnet, nur nicht damit, dass sein Chef so problemlos auf seine Forderung reagieren würde.

6. Kapitel

An diesem Abend hatte Link Ausgang. In Hochstimmung beschloss er seinen unerwarteten Erfolg vorzufeiern.
Kurz nach einundzwanzig Uhr betrat er das „Rosa Flamingo", eine Oben-ohne-Nachtbar mit Tabledance. Nicht sehr anspruchsvoll. Aber die Männer, die hier ihre Entspannung suchten, wollten keine Kunst sehen. Ihnen kam es darauf an, für möglichst wenig Geld möglichst viel nacktes Fleisch anstarren zu können. Diese Bar war so etwas wie Links Stammkneipe, wenn er Ausgang hatte. Der Grund dafür war, dass man es nicht beim bloßen Betrachten belassen musste. Über der Bar gab es mehrere Zimmer, in denen die Damen des Clubs für die Befriedigung der elementaren Bedürfnisse ihrer Kunden zur Verfügung standen, wenn diese genügend Kohle hatten.
In bester Laune betrat Link die Bar. Er hatte sich entschieden, sich zur Feier des Tages etwas ganz Besonderes zu gönnen. Das Besondere war Jenny. Von den Gästen auch die rote Jenny genannt, weil sie feuerrote Haare hatte. Eindeutig gefärbt, aber das war den Kunden des „Rosa Flamingo" ziemlich egal. Jenny war aller erste Sahne. Sie hatte eine Figur, die den Hormonspiegel der Männer in schwindelerregende Höhe trieb. Sie hatte auch keine Probleme damit ihre körperlichen „Geschäftsgrundlagen" so darzubieten, dass bei den potenziellen Kunden keine Unklarheiten darüber blieben, was sie erwartete, wenn sie in ihre Dienste investierten.
Das Problem war nur, dass, nach den Grundsätzen von Angebot und Nachfrage, Jenny das teuerste Mädchen in diesem Etablissement war.
Bisher hatte Link ihr immer nur mit feuchten Augen hinterher gesehen, wenn sie mit lasziven Bewegungen durch die Bar geschwebt war. Hatte sich dann aber immer eines der billigeren Mädchen gekauft. Heute würde er sie sich gönnen. Nachdem er sich mit einigen Wodkas Mut angetrunken hatte, sprach er Jenny an. Die musterte ihn zuerst erstaunt, wusste sie doch, dass dieser Kunde sich für gewöhnlich mit ihren Kolleginnen beschäftigte. Offenbar war er irgendwie zu Geld gekommen. Ihr konnte es egal sein: Freier war Freier. Die beiden waren sich schnell handelseinig, denn Jenny hatte Festpreise. Link buchte sie für eine Stunde.
Nach einem gemeinsamen Drink an der Bar gingen die beiden nach oben.
Die beiden Männer, die kurz nach Link die Bar betreten, sich aber an getrennten Plätzen am Tresen niedergelassen hatten, wechselten kurze, verständigende Blicke, dann verschwand einer nach einiger Zeit über die Treppe nach oben. Der andere folgte ein paar Minuten später. Keiner im Lokal schenkte den beiden Aufmerksamkeit, da einige der Mädchen gerade einen besonders scharfen Tanz aufführten.
Jenny, kaum in ihrem Zimmer, machte sich mit spielerischen Bewegungen an seinem Gürtel zu schaffen und streckte ihm dabei herausfordernd ihre Brüste entgegen. Plötzlich bemerkte Link einen massiven Druck auf der Blase.

„Warte mal, Schätzchen", brummte er, über das schlechte Timing seiner körperlichen Bedürfnisse verärgert, „ich muss erst noch mal für Knaben."
Eilig hastete Link aus der Tür. Schließlich ging dieser Toilettengang von der Zeit ab, die ihm Jenny zur Verfügung stand.
„Beeil dich aber, Darling", gurrte Jenny ihm hinterher, „ich bin echt heiß auf dich."
Jenny, mit bürgerlichen Namen Rosemarie Müller, wusste, was ihre Kunden von ihr erwarten durften: Die Illusion begehrt zu werden.
Als er draußen war, schaltete Jenny auf Alltagsgesicht. Ihr war es gleichgültig wie die Stunde verging, schließlich hatte sie sich im Voraus bezahlen lassen. Sie öffnete eine bemalte Blechdose, die auf dem Beistelltisch stand, und holte mehrere verschiedenartige Kondome heraus. Der Kunde durfte sich eines aussuchen. Denn ohne Gummi ging bei Jenny nichts.
Link, darauf bedacht, sein lästiges Bedürfnis möglichst schnell hinter sich zu bringen, beachtete die beiden Männer auf dem halbdunklen Flur nicht. Irgendwelche Freier, vor oder nach der Befriedigung ihrer Triebe. Mit einer gemurmelten Entschuldigung quetschte er sich an ihnen vorbei und marschierte in die Toilette.
„Du passt auf", befahl der Ältere der beiden leise, dann öffnete er ebenfalls die Toilettentür. Der Jüngere postierte sich mit verschränkten Armen davor. Die Toilette war nicht sehr geräumig. Nur zwei Pissoirs und eine Kabine. Der Geruch war penetrant. Link sah kaum auf, als der Mann eintrat. Der zögerte nicht. Mit einer schnellen Handbewegung zog er eine schallgedämpfte Pistole aus dem Schulterholster und schoss Link von hinten ins Genick. Man hörte nur zweimal kurz hintereinander ein Geräusch, als würde ein Korken aus einer Flasche gezogen, dann brach Link tödlich getroffen zusammen. Als er am Boden lag, jagte der Killer noch sicherheitshalber eine dritte Kugel in die Stirne seines Opfers, dann steckte er seine Waffe wieder weg. Gelassen bückte er sich und hob die drei Patronenhülsen auf, die auf den Boden geschleudert worden waren. Dabei fiel sein Blick auf die offene Hose seines Opfers. Er verzog abschätzend seine Miene. Die Nutte konnte ihm wirklich dankbar sein, dass er ihr diese erbärmliche Begegnung erspart hatte. Ohne Hektik verließ er die Toilette. Die ganze Aktion hatte kaum eine Minute gedauert.
„Alles klar?", fragte sein Partner vor der Tür.
Der Mörder nickte nur. „Lass uns verschwinden. Irgendwann wird die Braut ihren Freier vermissen."
In der Bar verrenkten sich noch immer die Mädchen auf den Tischen und die Gäste johlten vor Begeisterung. Das Verschwinden der beiden Killer bemerkte niemand.
Nach fünfzehn Minuten hatte Jenny keine Lust länger zu warten. Vielleicht umarmte ihr Freier gerade die Kloschüssel und kotzte sich die Seele aus dem

6. Kapitel

Leib. Das war alles schon vorgekommen. Sie hatte allerdings keine Lust sich mit einem Typ herumzuschlagen, der wie ein röhrender Hirsch sein Innerstes nach außen stülpte und dann wie eine Kloake stank. Sie griff nach dem Telefon und bat Ricki, den Rausschmeißer, nach oben. Drei Minuten später wurde Link gefunden.

Da Leichen in diesem Gewerbe ausgesprochen geschäftsschädigend waren, rief Ricky ein paar Kumpels an, die zusammen mit ihm Link bei Nacht und Nebel durch die Hintertür der Bar abtransportierten. Zwei Tage später wurde die Leiche des Ermordeten in der Nähe eines Autobahnrastplatzes gefunden.

7. Kapitel

7. Kapitel

Polizeipräsident Dr. Treutlein erhob sich und marschierte mit auf dem Rücken zusammengelegten Händen zum Fenster seines Dienstzimmers. Er blickte einige Zeit hinaus auf den Hof des Landespolizeipräsidiums, auf dem zahlreiche Einsatzfahrzeuge geparkt waren.
„„...und Sie haben sich die Sache auch wirklich reiflich überlegt?", fragte er zum wiederholten Mal. „Der Einsatz liegt doch erst wenige Monate zurück. Es dauert seine Zeit, bis man derartige traumatische Erlebnisse verkraftet hat. Ich könnte Ihnen zwischenzeitlich ohne Probleme eine durchaus befriedigende Tätigkeit in der Verwaltungsabteilung meines Präsidiums anbieten. Sie müssten nie mehr auf die Straße hinaus und hätten trotzdem die Sicherheit der Beamtenlaufbahn. Sie sind noch ein junger Mann. Später könnten wir Sie bei der Kripo einsetzen."
Dr. Treutlein drehte sich wieder um und sah Ron Kerner, der in Uniform am Besprechungstisch saß, fragend an.
Kerner schüttelte langsam den Kopf. „Ich danke Ihnen für ihr Angebot, aber ich kann einfach nicht mehr als Polizist tätig sein. Auch in der Verwaltung käme ich täglich mit Verbrechen und den damit zusammenhängenden Problemen in Berührung, das schaffe ich einfach nicht. Mental bin ich total am Ende. Seit dem Schuss kann ich nicht mehr schlafen ... nur noch, wenn ich getrunken habe." Er stockte und knetete seine Finger. „Ich brauche Abstand und werde deshalb die Stadt verlassen. Es war keine unüberlegte Entscheidung, als ich mein Gesuch um Entlassung aus dem Polizeidienst geschrieben habe. Der Psychiater hat auch gemeint, dass es vielleicht helfen könnte."
Der Polizeipräsident ließ sich in seinen Sessel fallen. Er wirkte müde. Langsam griff er nach seinem Füllfederhalter. Die Feder schwebte eine Sekunde zögernd über der Urkunde, auf der nur noch seine Unterschrift fehlte, um die Entlassung des Polizeibeamten Ron Kerner rechtswirksam zu machen. Schließlich setzte er seinen Namenszug auf das Papier und fuhr mit der Löschrolle über die feuchte Tinte. Schwerfällig erhob er sich und brachte das Schriftstück zum Besprechungstisch.
„Lieber Kerner, es fällt mir sehr schwer Ihnen diesen Wunsch zu erfüllen, zumal Sie einer unser zuverlässigsten Beamten waren. Sie wissen, dass wir für diesen harten Job nur die besten nehmen können."
Er legte die Urkunde vor Kerner auf den Tisch, dann schob er ein weiteres Blatt nach.
„Hier müssen Sie mir noch den Empfang der Entlassungsurkunde bestätigen", bat er formell werdend.
Ohne zu zögern setzte Kerner seinen Namenszug auf das Papier. Seine Hand zitterte leicht. Er steckte die Urkunde, ohne sie gelesen zu haben, in seine Aktentasche, dann erhob er sich.

7. Kapitel

"Alles Gute, Kerner", sagte Dr. Treutlein und gab dem ausscheidenden Beamten die Hand, dann brachte er ihn zur Tür.
Ron Kerner trat ins Freie vor das Präsidium. Gerade fuhr ein Einsatzfahrzeug mit eingeschaltetem Blaulicht und Martinshorn aus der Toreinfahrt und entfernte sich mit steigender Geschwindigkeit in Richtung Stadtmitte.
Nachdenklich sah Kerner ihm nach. Eigentlich hatte er gedacht, er würde sich jetzt wie ein Ausgestoßener fühlen. Wie ein Abtrünniger, der aus einer Glaubensgemeinschaft ausgetreten war. Aber nichts von dem war der Fall. Kerner fühlte sich im Gegenteil irgendwie befreit. Er hatte sich selbst die gerechte Strafe für sein Versagen auferlegt.
Langsam schlenderte er zur Straßenbahnhaltestelle.
Als er in der Nähe seiner Wohnung ausstieg, kam er an einem Kiosk vorbei. Er kaufte sich eine Flasche billigen Whisky, dann ging er in seine Wohnung.
Langsam zog er die Uniform aus. Da sie ihm persönlich gehörte, hatte er sie nicht abgeben müssen. Kerner holte sich aus der Küche einen Müllsack und stopfte die Kleidungsstücke hinein, dann warf er den Sack in eine Ecke.
Er packte die Whiskyflasche am Hals und marschierte in Unterhosen ins Wohnzimmer. Schwer ließ er sich in einen Sessel fallen und schraubte die Flasche auf. Er setzte sie an den Mund und nahm mehrere kräftige Schlucke. Wie Wasser ließ er das scharfe Zeug in seinen Hals fließen. Keuchend setzte er sie wieder ab. Er musste husten.
Eigentlich mochte er Schnaps überhaupt nicht. Während seiner Dienstzeit hatte er nie Alkohol zu sich genommen. Seit dem Todesschuss hatte sich das schlagartig geändert.
Er rülpste laut, dann nahm er noch einen Schluck.
Ron Kerner hatte den Polizeipräsidenten angelogen. Seine Pläne die Stadt zu verlassen bestanden lediglich aus dem vagen Wunsch zwischen sich und dem Ort des Geschehens möglichst viel Distanz zu bringen. Der Psychiater hatte ihm empfohlen sich seinen Problemen zu stellen und sie zu bewältigen. Kerner wusste, dass der Mann recht hatte. Irgendwann würde er dafür auch bereit sein, im Augenblick war er dazu allerdings nicht in der Lage.
Nach einem weiteren langen Schluck aus der Flasche trat endlich das schwebende Gefühl ein, das ihn die erdrückende Last auf der Seele etwas leichter ertragen ließ.
Als die Flasche dreiviertel geleert war, sank Kerners Kopf auf das Polster zurück. Die Lider fielen herab und er schlief ein.
Nur mit Mühe drang das Schrillen der Türklingel in seinen betäubungsähnlichen Schlaf. Fluchend kämpfte er sich in die Wirklichkeit zurück. Kerner hatte keinerlei Lust in seinem Zustand irgendjemand zu sehen. Taumelnd wankte er zur Tür. Gewohnheitsgemäß sah er nach seiner Dienstwaffe, die

7. Kapitel

üblicherweise in ihrem Holster an der Garderobe hing. Sie war nicht mehr da. Da fiel ihm ein, dass er sie ja in der Waffenkammer abgegeben hatte.
Er spähte durch den Türspion. Draußen stand PHK Schirmer, sein ehemaliger Chef beim SEK. Kerner schüttelte den Kopf. Was wollte er hier. Zögernd machte er auf.
„Störe ich", fragte der Polizeibeamte. Er warf einen Blick auf Kerners Äußeres. „Läuft bei Ihnen vielleicht eine Party?" Es war der klägliche Versuch eines Witzes.
„Quatsch", brummte Kerner und trat zur Seite.
Schirmer trat ein und schloss die Tür. Als er das Wohnzimmer betrat, sah er sofort die fast leere Whiskyflasche. Er äußerte sich allerdings nicht. Langsam setzte er sich auf die Couch.
Kerner hatte sich schnell eine Jeans angezogen und ließ sich ihm gegenüber auf seinem Sessel nieder.
Schirmer wusste offenbar nicht so recht, wie er sich gegenüber seinem ehemaligen Mitarbeiter verhalten sollte. Schließlich holte er ohne Vorrede einen Zettel aus seiner Tasche und legte ihn auf den Couchtisch. Er räusperte sich, dann erklärte er:
„Ich habe einen alten Bekannten, der wieder einen Bekannten hat. Sie wissen ja, wie so etwas geht. Wie der Zufall es will, hat mich der Bekannte gefragt, ob ich nicht jemand wüsste, der in einem Forschungsinstitut als Tierpfleger mitmachen würde."
Er machte eine Pause und betrachtete sein Gegenüber. Kerners Interesse war mäßig.
„Dieses Labor hier", er deutete auf das Papier, „sucht jemanden, der die Versuchstiere betreut. Die scheinen Forschungen an Wildschweinen zu machen. Einzelheiten kenne ich aber nicht. Aber ich dachte, da Sie Jäger sind, könnte Sie das Angebot vielleicht interessieren."
„Danke", sagte Kerner ziemlich lahm. Er hatte plötzlich pochende Kopfschmerzen.
Schirmer erhob sich wieder.
„Die Adresse steht auf dem Zettel. Es muss irgendwo im Todwald sein." Er wandte sich zur Tür. Bevor er sie öffnete, warf er einen Blick zurück. „Wenn Sie etwas brauchen, können Sie mich jederzeit anrufen." Er ging. Kerner drehte sich nicht um, als die Tür ins Schloss fiel. Er griff zur Flasche und trank sie auf einen Zug leer. Den Zettel beachtete er nicht.

8. Kapitel

8. Kapitel

Ron Kerner näherte sich mit seinem Geländefahrzeug dem Pförtnerhäuschen des Forschungsinstituts. Er war bereits mehrere Kilometer auf einer betonierten Nebenstraße durch den Todwald gefahren, ehe er das Areal der MIG erreichte.
Der ehemalige Polizist betrachtete den Zaun und die Sicherheitseinrichtungen am Tor mit sachkundigen Augen.
„Die scheinen hier Gold herzustellen", murmelte er vor sich hin.
Die Wache in der Pforte musterte ihn und seinen kleinen japanischen Jeep mit kritischen Augen.
„Ich habe einen Vorstellungstermin bei Herrn Professor Philipps", erklärte Kerner und schob dem Mann die schriftliche Einladung durch den schmalen Schlitz im unteren Teil der Glasabtrennung.
Panzerglas, dachte Kerner automatisch und fragte sich, ob die Wissenschaftler hier mit einem terroristischen Angriff rechneten.
Der Mann telefonierte, dann schob er Kerner den Brief wieder zurück.
„Einen Augenblick bitte, Sie werden gleich abgeholt", erklärte der Mann knapp. Kerner nickte und schlenderte zu seinem Fahrzeug zurück. Eigentlich war es purer Zufall, dass er hier war. Nachdem er nach seiner Entlassung einige Tage mehr oder weniger im Alkoholnebel verbracht hatte, war ihm zufällig der Zettel seines ehemaligen Chefs wieder in die Hände gefallen. Er wollte weg aus der Stadt und der Job bot ihm diese Chance.
Ohne große Hoffnung hatte Kerner schließlich angerufen. Zu seinem Erstaunen wurde er nach einigen Tagen aufgefordert seine Bewerbungsunterlagen zu faxen und zu einem Vorstellungsgespräch zu kommen.
Ron Kerner hörte knirschende Schritte auf dem Schotterweg innerhalb der Anlage herankommen und drehte sich um. Ein jüngerer Mann in weißer Arztkleidung kam herbeigeeilt. Er wechselte ein paar Worte mit dem Wächter, dann wurde das Tor elektrisch geöffnet.
Der Mann kam zu Kerner und schüttelte ihm die Hand.
„Ich bin Dr. Popke, ich bin der Assistent von Professor Philipps. Lassen Sie Ihren Wagen bitte hier außerhalb stehen und kommen Sie mit. Der Professor führt gerade eine wichtige Untersuchung durch, anschließend hat er Zeit für Sie."
Während Kerner dem Mann folgte, entgingen ihm nicht die zahlreichen Kameras, die überall auf dem Gelände jeden Winkel des Areals einsahen.
Dr. Popke, der die aufmerksamen Blicke des Besuchers bemerkt hatte, erklärte: „Sie dürfen sich über die Sicherheitsmaßnahmen nicht wundern. Wir betreiben hier geheime biologische Forschungen, an denen unsere Konkurrenz auf dem Weltmarkt natürlich ein reges Interesse hat. Es ist deshalb notwendig, dass wir unser räumliches Umfeld und natürlich auch unsere Mitarbeiter ständig strengstens überwachen."

8. Kapitel

Ron Kerners Neugierde erwachte.
Eine Stunde später empfing Professor Philipp den ehemaligen Polizeibeamten in seinem Büro. Die Wartezeit hatte Kerner in einem Besucherzimmer verbracht, ständig angestarrt von einer Überwachungskamera, die jede seiner Bewegungen verfolgte. Kerner hatte schon häufiger dienstlich die Hochsicherheitstrakte von Justizvollzugsanstalten besucht. Die Schutzmaßnahmen hier waren durchaus vergleichbar.
„Nehmen Sie Platz", forderte Prof. Philipps den Bewerber auf. Der Wissenschaftler musterte Kerner mit durchdringendem Blick. „Sie haben sich um die vakante Position des Versuchsassistenten beworben. Der Mitarbeiter, der diese Stelle bisher besetzt hatte, musste uns leider aus...", er machte eine kleine Pause, dann räusperte er sich und fuhr fort: „...aus persönlichen Gründen verlassen."
Er blätterte in Kerners Bewerbungsunterlagen, die in einem Hefter vor ihm lagen.
„Sie werden verstehen, dass mich die Frage bewegt, wieso ein Polizeibeamter seinen sicheren Arbeitsplatz aufgibt, um sich um eine völlig fremdartige Beschäftigung in einem Forschungsinstitut zu bewerben."
Wieder dieser bohrende Blick.
Kerner hatte sich entschlossen mit offenen Karten zu spielen. Mit einigen Sätzen erläuterte er dem Institutsleiter seine Beweggründe.
„Da ich passionierter Jäger bin und mich sehr intensiv mit Wildschweinen beschäftigt habe, dachte ich, der Job wäre was für mich."
„Sie wollen also gewissermaßen aussteigen, weil Sie einen Menschen getötet haben", stellte der Wissenschaftler nachdenklich fest.
Kerner wischte sich über die schweißnasse Stirne. Er war noch lange nicht in der Lage über die schrecklichen Ereignisse der Vergangenheit zu sprechen, ohne sich aufzuregen.
„Ich habe einen schrecklichen Fehler begangen", ergänzte er mit gesenktem Blick.
Professor Philipps versuchte den Mann auf dem Sessel vor seinem Schreibtisch einzuschätzen. Als er gelesen hatte, dass der Mann ehemaliger Polizist war, wollte er die Bewerbung gleich von vornherein ablehnen. Polizisten waren die geborenen Schnüffler. Diesbezüglich war sein Bedarf gedeckt. Lediglich, dass der Mann angegeben hatte mit Schwarzwild Erfahrungen zu haben, hatte ihn veranlasst sich Kerner anzusehen. Jetzt, nachdem er den Bewerber selbst gesehen und seine Motive gehört hatte, änderte er seine Meinung. Dieser Mensch war ziemlich fertig. Philipps war Psychologe genug, um zu erkennen, dass Kerner nur mühsam eine Fassade der Selbstbeherrschung aufrecht hielt. Dieser Mann suchte Ruhe, Abgeschiedenheit und Selbstfindung.

8. Kapitel

„Ich muss Ihnen leider sagen, dass ihre jagdliche Passion hier keine Befriedigung finden wird. In unserem Forschungsgebiet wird nicht gejagt."
Kerner sah auf. „Keine Sorge. Ich habe nicht die Absicht, jemals wieder eine Schusswaffe in die Hand zu nehmen!"
Diese Aussage kam so schnell und heftig, dass der Wissenschaftler an ihrem Wahrheitsgehalt keinerlei Zweifel hegte.
„Gut", er stand auf. „Ich will es mit Ihnen versuchen. Wenn Sie den Vertrag unterschreiben, haben Sie einmal im Monat ein Wochenende Ausgang. Ansonsten müssen Sie auf dem Institutsgelände wohnen und können es nur mit meiner ausdrücklichen Genehmigung verlassen. Kost und Logis sind frei. Das Gehalt trägt den persönlichen Einschränkungen, die Sie auf sich nehmen müssen, Rechnung.
Ihr Job besteht darin, die Versuchswildschweine zu füttern und zu betreuen. Zu Ihren Aufgaben gehört es außerdem, auf meine Anweisung hin einzelne Exemplare im Wald zu betäuben und in das Institut zu transportieren. Sie müssen die Patienten zu diesem Zweck mit einem Betäubungspfeil beschießen. Werden Sie damit Probleme haben?"
Kerner schüttelte nach kurzem Nachdenken den Kopf. „Wo werde ich wohnen?", wollte er noch wissen.
„Ihr Vorgänger hat es vorgezogen in einem Zimmer im Institut zu wohnen. Es liegt separat im Parterre und hat freien Zugang zum Versuchsgelände."
Der Wissenschaftler zögerte kurz, dann fuhr er fort: „Soweit ich weiß, gibt es ein Stück im Wald, aber noch auf dem Versuchsgelände, eine ehemalige Jagdhütte. Sie wird nicht genutzt. Wenn Sie dafür sorgen, dass Sie immer über Funk erreichbar sind, können Sie sich meinetwegen auch dort niederlassen. Das würde ihrem Wunsch nach Selbstfindung sicher entgegenkommen."
Er warf dem Bewerber einen prüfenden Blick zu. Wenn der Mann diesem Angebot zustimmte, konnte er ziemlich sicher sein, dass er hier nicht herumspionieren wollte. Ein Wissenschaftsspion hätte sicher versucht, so nahe an die Quelle seines Zieles zu kommen wie möglich.
Kerner blickte auf. „Vielen Dank, das ist sehr freundlich."
Der Professor erhob sich und sah auf seine Armbanduhr.
„Sie entschuldigen mich jetzt bitte. Mein Assistent wird sich um den Vertrag kümmern und Sie in die Einzelheiten Ihrer Aufgabe einweihen. Wann können Sie anfangen?"
„Ich muss noch meinen Hausstand in der Stadt auflösen", erklärte Kerner knapp. „Das wird einige Tage dauern. Ich denke, dass ich Montag nächster Woche anfangen kann."
„Gut", erwiderte Prof. Philipps, „auf gute Zusammenarbeit." Er gab ihm keine Hand. Kerner war entlassen. Draußen wartete bereits Dr. Popke.

… *9. Kapitel*

9. Kapitel

Der Fuchs war auf der Fährte. Redfox verließ sein Fahrzeug und schlenderte langsam an dem Mehrfamilienhaus vorbei, in dem Ron Kerner laut seinen Unterlagen wohnen sollte. Er ging den Plattenweg entlang und blieb kurz vor dem Hauseingang stehen. Mit einem schnellen Blick erfasste er die Namen der Mietparteien. Eines der zehn Namensschilder war ohne Inschrift.

Während Brunner las, öffnete sich die Tür und eine ältere Dame kam heraus. In ihrem Schlepptau befand sich ein fettleibiger Dackel, der sofort schrill zu kläffen anfing, als er Brunner bemerkte.

„Entschuldigen Sie", wandte sich die Frau an Redfox, „Burli ist immer so aufgeregt, wenn ich mit ihm Gassi gehe. Er meint es nur gut, nicht böse."

Brunner lächelte die Frau freundlich an und fragte:

„Sagen Sie mir mal, ich dachte, hier in Hausnummer zwölf würde Ron Kerner wohnen. Habe ich mich da in der Adresse vertan?"

Die alte Dame, offenbar erfreut einmal einen anderen Gesprächspartner als ihren Hund gefunden zu haben, gab bereitwillig Auskunft.

„Ach, dieser Herr Kerner war so ein netter junger Mann. Vor ein paar Tagen ist er ausgezogen. Ich glaube, er war Polizeibeamter oder so was Ähnliches und ist versetzt worden. Er hat immer so freundlich gegrüßt."

„Ach, schade", erwiderte Brunner mit betroffener Miene, „jetzt wollte ich ihn besuchen. Wir haben uns auf einem Lehrgang kennen gelernt und uns schon lange nicht mehr gesehen. Wissen Sie vielleicht, wohin er verzogen ist?"

Die Frau zog ein bedauerndes Gesicht. „Leider nein. Er ist ziemlich Hals über Kopf verschwunden. Ich konnte mich gar nicht von ihm verabschieden. Gestern hat eine Spedition die letzten Möbel abgeholt."

Redfox hatte genug erfahren. Mit Geschick würgte er das weitere Gespräch ab und eilte davon. Der Dackel kläffte ihm heiser hinterher.

Er betrat eine einzeln stehende Telefonzelle und öffnete das Buch mit den Gelben Seiten. Die Anzahl der Möbelspeditionen in der Stadt war überschaubar. Er rief sie der Reihe nach an, gab sich als Ron Kerner aus und beschwerte sich darüber, dass bei einem Möbeltransport ein Transportschaden an einem Schrank entstanden sei, den er jetzt reklamieren wolle.

Bei der siebten Firma hatte er Glück. Er bekam eine Sekretärin an den Apparat, die sofort ihren Computer befragte.

„Das verstehe ich nicht, Herr Kerner", erwiderte sie verwundert, „Sie haben ihre Möbel doch bei uns eingelagert. Wenn Sie allerdings einen Schaden reklamieren wollen, müssen Sie ihn schriftlich melden und den Schrank genau bezeichnen. Wir überprüfen das natürlich. Wenn tatsächlich ein Schaden vorliegt, den wir verschuldet haben, wird er selbstverständlich reguliert. Wir sind entsprechend versichert."

9. Kapitel

Redfox hielt den Atem an. Er fühlte, dass er nur einen fingerbreit von der gewünschten Information entfernt war.
„Gut, einverstanden", erwiderte er. „Überprüfen Sie bitte noch einmal meine neue Adresse. Wenn mich nicht alles täuscht, habe ich die Hausnummer dreizehn angegeben, richtig ist aber Hausnummer fünfzehn."
Er hörte Tastengeklapper durch den Hörer, dann sprach wieder die Sekretärin. Ihre Stimme hatte einen leicht misstrauischen Unterton angenommen.
„Das verstehe ich nicht, wir haben hier als Postanschrift Waldburg, postlagernd angegeben."
„Ach, stimmt ja", beeilte sich Brunner nun das Gespräch zu beenden. „Vielen Dank!", dann legte er auf.
Er atmete tief durch. Eines war klar. Das Ziel war nicht mehr in der Stadt. Kerner lebte jetzt irgendwo in der Nähe von Waldburg. Was ihn nur störte, war der Umstand, dass der Mann keine Möbel mitgenommen hatte. So verfuhren oftmals Menschen, die sich auf eine Weltreise begaben oder aus anderen Gründen ihren festen Wohnsitz aufgaben. Hatte Kerner etwa von seiner Verfolgung Wind bekommen?
Redfox musste seine Nachforschungen nach Waldburg verlegen.
Einen Tag später verließ er seine Wohnung. Die wenigen Habseligkeiten, die er mitnahm, passten ohne Probleme in einen Koffer.

Der Ort Waldburg lag am Rand des Todwaldes. Größenmäßig irgendwo zwischen Dorf und Kleinstadt angesiedelt war es beliebtes Urlaubsziel meist älterer Touristen, die in den Gasthäusern des Ortes wohnten.
Redfox kam an einem Freitag an und mietete sich im größten Gasthaus der Ortschaft ein Zimmer. Er gab an einige Wochen Urlaub machen zu wollen, um zu wandern. Sofort erkundigte er sich nach dem Postamt.
„Die Sparmaßnahmen der Post haben leider auch Waldburg nicht verschont", gab die Wirtin bereitwillig Auskunft, „unser Postamt wurde vor einem Jahr geschlossen. Wenn Sie Postkarten verschicken wollen oder Briefmarken brauchen, müssen Sie zur Tankstelle. Der Pächter hat die Poststelle übernommen."
Redfox bedankte sich.
Nachdem er sich in seinem Zimmer eingerichtet hatte, verließ er das Gasthaus und schlenderte durch den Ort. Er wollte sich informieren, wie er die Tankstelle unauffällig überwachen konnte. Er war sich sicher, dass Kerner früher oder später dort auftauchen würde, um seine Post abzuholen.
Redfox hatte nicht vor die Zielperson bei dieser Gelegenheit zu liquidieren. Er hatte es nicht eilig. Überstürzte Handlungen waren nicht seine Methode. Es war seine bewährte Praxis, sein Opfer und dessen Umfeld erst zu studieren, bevor er seinen Job erledigte. Gerade bei Kerner musste er besonders

9. Kapitel

sorgfältig vorgehen. Der Ex-Polizist war sicher gefährlich. Noch war nicht klar, warum der Mann seinen Beruf aufgegeben und sich hier in die Einsamkeit des Todwaldes zurückgezogen hatte. Es war nicht auszuschließen, dass der Mann einen Hinweis bekommen hatte. Wenn er wusste, dass ein Mordauftrag erteilt worden war, war er sicher besonders auf der Hut.
Zum Glück befand sich gegenüber der Tankstelle, der einzigen im Ort, ein Bistro. Das Lokal war nur mäßig besetzt. Redfox ließ sich am Fenster nieder und bestellte eine Kleinigkeit zu Essen. Von seinem Sitzplatz aus konnte er die Tankstelle genau beobachten. Er hatte sich eine Illustrierte aus dem Ständer genommen und gab vor zu lesen. Ein harmloser Gast, der sich dem Müßiggang hingab.
Der Zufall kam dem Menschenjäger schon am nächsten Tag zu Hilfe. Er konnte nicht wissen, dass seine Beute an diesem Wochenende Ausgang hatte. Es war am Samstag, gegen fünfzehn Uhr, als ein japanischer Geländewagen an der Tankstelle vorfuhr. Wie viele Fahrzeuge vorher musterte Redfox, der wieder seinen Platz am Fenster eingenommen hatte, den Wagen genau. Der Mann, der ausstieg, löste bei dem Beobachter ein leises Knurren aus. Er hatte nicht damit gerechnet so schnell Erfolg zu haben.
Er legte einen Geldschein neben seine Kaffeetasse und verließ das Bistro. Er bemühte sich dabei die Tankstelle nicht aus den Augen zu lassen. Er setzte sich hinter das Steuer seines Wagens und wartete.
Es dauerte nur wenige Minuten, dann kam Kerner wieder heraus. Redfox kniff die Augen zusammen. Er taxierte Kerner mit den Augen des Jägers.
Aus den Bewegungen des Mannes konnte er sehen, dass er körperlich fit war. Kerner war extrem schlank. Er hatte sich offenbar einen Bart stehen lassen. Nach Ansicht des Verfolgers ein sehr bescheidener Versuch der Tarnung. Redfox fiel auf, dass der Ex-Polizist seiner Umgebung keine besondere Aufmerksamkeit schenkte. Für einen Mann mit seiner Ausbildung ein leichtfertiges Verhalten. Dies konnte nur bedeuten, dass er nicht mit einer Bedrohung rechnete.
Kerner warf eine Plastiktüte auf den Rücksitz, deren Inhalt der Beobachter nicht erkennen konnte, dann stieg er in den Geländewagen. Er startete und fuhr in die entgegengesetzte Richtung davon.
Redfox gab ihm etwas Vorsprung, dann folgte er ihm.
Sehr schnell ließen sie die letzten Häuser des Ortes hinter sich. Da die Straße nur wenig befahren war, hielt Redfox reichlich Abstand. Er ging davon aus, dass seine Beute routinemäßig die Fahrbahn hinter sich im Rückspiegel im Auge behalten würde. Derartige Verhaltensweisen waren Menschen wie Kerner und Redfox zur zweiten Natur geworden. Insofern waren sich Jäger und Beute sehr ähnlich.

9. Kapitel

Die Straße führte durch waldreiches Gebiet. Nach einer weitläufigen Kurve war Kerner plötzlich verschwunden. Redfox gab Gas. Hatte der Ex-Polizist den Verfolger doch bemerkt und versuchte nun ihn abzuschütteln? Ein paar hundert Meter weiter wurde die Strecke gerade und Redfox konnte die Straße weit überblicken. Es war kein Fahrzeug zu sehen.
Der Verfolger stieß einen Fluch aus. Hastig suchte er nach einer Gelegenheit zum Wenden. Kerner musste irgendwo in der Kurve von der Hauptstraße abgebogen sein.
Langsam lenkte Redfox seinen Wagen zurück. Seine Blicke suchten beiderseits die Waldränder ab.
Die Einfahrt war unauffällig und konnte leicht übersehen werden. Er verminderte die Geschwindigkeit zum Schritttempo und warf einen vorsichtigen Blick auf den abzweigenden Weg. Es handelte sich um eine schmale Betonstraße, die tiefer in den Wald hineinführte. Ein gut sichtbares Schild wies daraufhin, dass es sich um eine Privatstraße handelte, die von unbefugten Personen nicht befahren werden durfte. Da es nur diesen einen Abzweig gab, musste Kerner hier abgebogen sein.
Redfox parkte sein Fahrzeug, bewaffnete sich mit Fernglas und Revolver, dann folgte er dem Privatweg. Immer bereit, sich mit einem Sprung in die Deckung der Büsche zu bringen, falls ihm jemand entgegenkam.
Er war fast eine Stunde stramm marschiert, als er nach einer Kurve einen hohen Zaun vor sich sah. Ein Tor versperrte die Straße, die weiter ins Innere des abgesperrten Areals führte. Innerhalb des Tores befand sich ein Wachhaus, in dem er die Konturen eines Mannes ausmachen konnte. Er kauerte sich hinter einen Baumstamm und spähte durch das Glas. Das Schild, das auf die Forschungseinrichtung der MIG hinwies, war deutlich zu lesen. Es gab keinen Zweifel, seine Beute war hinter dem Tor dieser Einrichtung verschwunden.
Redfox drehte um. Für den Augenblick hatte er genug herausgefunden.
Der Menschenjäger fuhr in die Stadt und suchte ein anderes Internet-Café auf. Er wollte Kontakt zu seinem Mittelsmann aufnehmen. Der Fuchs benötigte als Nächstes eine geeignete Waffe und andere Ausrüstungsgegenstände. Er hatte in Waldburg vorsichtig Erkundigungen nach dem Eigentümer des Privatwegs im Wald eingeholt, auf dem Kerner verschwunden war. Man hatte ihm erzählt, dass er zu einem Forschungsinstitut der Firma Medical-Innovation-Group (MIG) führt. Eine Einrichtung, die streng von der Außenwelt abgeschirmt wurde. Über seine Kanäle hatte er erfahren, dass dort Gen-Experimente an Wildschweinen durchgeführt wurden. Man bestätigte ihm, dass die Einrichtung vor kurzem einen neuen Pfleger für die Versuchstiere eingestellt hatte. Diese Informationen hatten Redfox für den Augenblick ausgereicht. Dem Jäger war klar, dass er sein Wild wahrscheinlich in dieser für

9. Kapitel

ihn ungewohnten Gegend jagen musste. Eine Situation, die eine Anpassung seiner Ausrüstung erforderte.
Auf dem Bildschirm erschien eine Meldung. Es war eine Mail für ihn im Postfach.
„Was wird benötigt?", stand auf dem Schirm.
„Ich suche etwas ganz Spezielles. Handlich, aber mit ausreichender Wirkung und Zielgenauigkeit auf mittlere Distanzen. Für den Einsatz im Gelände geeignet. Ausgerüstet mit Schalldämpfer, Zielfernrohr und Nachtsichtzielfernrohr. Ich muss wahrscheinlich in einem Waldgebiet agieren."
Er schickte die Mail ab.
Kurze Zeit später kam die Antwort.
„Nimm in zwei Tagen um die gleiche Zeit wieder Kontakt auf. Ende."
Redfox fuhr nach Hause.
Zwei Tage später bekam er auf demselben Weg die Information, die er benötigte.
„Der Italiener kann liefern", war zu lesen. Der Menschenjäger wusste, wer gemeint war. Als er noch für das MfS tätig war, hatte er seine Ausrüstung von der technischen Abteilung der Abwehr erhalten. Seit er auf eigene Rechnung arbeitete, hatte er seine waffentechnische Ausrüstung von Spezialisten bezogen, von denen es in Europa einige gab. Einer dieser Fachleute war Mario Caputo.
Caputo lebte schon seit Jahrzehnten in München. Der Italiener, wie er in der Branche nur genannt wurde, mochte mittlerweile schon weit über siebzig Jahre alt sein. Trotzdem war er noch immer ein Topspezialist, wenn es darum ging Waffen zu bauen, die sonst auf dem Markt nicht zu bekommen waren.
Redfox verkleidete sich, setzte sich ins Auto und fuhr in Richtung München. Caputo war der Besitzer einer Weinhandlung für mediterrane Weinsorten in der Lorenzstraße.
Der Fuchs betrat den kleinen Laden, an dessen Wänden bis zur Decke Weinregale standen, kurz vor 18.00 Uhr. Wie erwartet war der Ladenraum leer. Kaum dass er das Geschäft betreten hatte, kam die Gestalt eines alten Mannes aus einer Tür im hinteren Bereich des Ladens.
Caputo hatte sich, seit Redfox ihn das letzte Mal gesehen hatte, kaum verändert. Der lauernde Ausdruck in seinen Augen war noch immer vorhanden. Er musterte Redfox von Kopf bis Fuß, dann fragte er in akzentreichem Deutsch:
„Was kann ich für Sie tun, Signore?"
„Ich suche nach einem 1949er Merlot aus dem Rhonetal", erwiderte Redfox. „Können Sie mir da eventuell weiterhelfen?"
Der Alte verzog keine Miene, als er die Codeworte hörte, die er schon vor vielen Jahren mit Redfox vereinbart hatte. Er hatte dabei den Menschenjäger

in immer wechselnden Verkleidungen kennen gelernt, so dass ihm eine optische Identifizierung nicht möglich war.

„Es könnte sein, dass ich noch ein paar Flaschen in meinem Weinkeller habe", erwiderte er langsam. „Würden Sie mir bitte folgen."

Redfox nickte.

Caputo schlurfte zur Tür und schloss von innen ab. Dann deutete er seinem Besucher an ihm zu folgen.

Sie verließen den Laden nach hinten und betraten mehrere Zimmer, die dem Italiener als Wohnung dienten. Obwohl das ganze Haus dem Alten gehörte und er ohne weiteres eine der großen Wohnungen in den oberen Stockwerken hätte in Anspruch nehmen können, zog er es vor hinter seinem Laden zu hausen.

Der Alte öffnete eine Metalltür, hinter der eine Treppe sichtbar wurde, die in die Tiefe des Hauses führte. Der typische Geruch eines Weinkellers schlug ihnen entgegen. Wenig später betraten sie den Keller. Bis zur Decke lagerten Weinflaschen, die für sich ein Vermögen darstellten. Caputo hätte ohne Probleme von seinem Weinhandel leben können.

In einer Ecke standen mehrere große Weinfässer, die fast mannshoch waren. Der Alte schlurfte zu einem der Fässer und manipulierte an der Vorderfront herum. Einen Augenblick später hörte man das feine Surren eines Elektromotors und das Vorderteil des Fasses schwang zur Seite. Es war nur eine Attrappe. Dahinter kam eine Tresortür zum Vorschein, die mit einem Zahlenschloss geschützt war. Mit flinken Fingern gab der Alte eine Zahlenfolge ein und die Tür öffnete sich.

Es wurde eine Kammer sichtbar. Das Licht in dem Raum war automatisch angegangen. Es war das Allerheiligste des Waffenspezialisten.

An der rechten Wand standen zahlreiche Schusswaffen verschiedenster Bauart und Kaliber in speziellen Halterungen.

Der Alte griff sich ein relativ kleines Gewehr von der Wand und hielt es seinem Besucher hin. Es war verhältnismäßig schwer und bestand ausschließlich aus Stahl.

„Die Basis für diese Waffe ist das Survivalgewehr der amerikanischen Airforce-Piloten. Sie haben dieses Gewehr standardmäßig in ihrem Überlebensgepäck. Es ist schwer, weil es weitgehend aus Edelstahl besteht. Es besitzt ein sehr robustes System, das nicht störanfällig ist. Das Gewehr ist normalerweise mit einem Schrotlauf und einem darunter liegenden Kugellauf ausgerüstet. Ich habe ein paar Verfeinerungen vorgenommen."

Er nahm die Waffe wieder in die Hand und öffnete den Kippverschluss.

„In den Schrotlauf habe ich einen Kugellauf eingebaut. Dadurch kann das Gewehr jetzt als Doppelbüchse verwendet werden. Die beiden Kugelläufe schießen auf hundert Meter auf einen Fleck zusammen. Das Kaliber habe ich auch etwas verändert. Ursprünglich schoss die Waffe .22er Kleinkaliberpatronen. Jetzt kann man die .222 Remington Magnum laden. Das erhöht die Reichweite und die Wirksamkeit des kleinen Gewehrs beträchtlich und hat den Vorteil, dass man sie trotzdem mit einem Schalldämpfer verwenden kann. Ich habe da ein paar spezielle Patronen entwickelt. Sie sind mit Projektilen bestückt, die eine absolute Overkill-Wirkung haben. Allerdings sollte man nicht weiter als hundertzwanzig Meter schießen, denn dann lässt die Präzision deutlich nach. Da die Geschosse recht leicht sind, sind sie etwas empfindlich. Da genügt ein Grashalm und sie sind weg." Er machte eine wegwerfende Handbewegung.

Redfox nahm die kleine Waffe wieder entgegen und wog sie in der Hand.

„Wie sieht es mit einem Zielfernrohr aus?", fragte er.

Caputo öffnete eine an der Wand hängende Holzvitrine und holte eine längliche Pappschachtel heraus.

„Die Deutschen bauen immer noch die besten Zielgläser", stellte er fest und holte ein kleines, variables Markenzielfernrohr heraus. Es besaß bereits eine Montagevorrichtung. Er kippte es seitlich auf das System der Waffe und arretierte es.

„Das Gewehr ist auf hundert Meter eingeschossen. Du kannst es gleich ausprobieren."

Er griff nochmals in die Vitrine und holte einen länglichen Gegenstand heraus, der in ein rostschützendes Umschlagtuch eingewickelt war.

„Der Doppelschalldämpfer", erläuterte er und wickelte ihn aus. Mit einer geschickten Bewegung führte er das Zusatzteil in die Führung an der Doppelmündung des Gewehres ein und drehte eine Rädelschraube fest.

„Das Nachtsichtzielgerät?", fragte Redfox knapp.

„Hier", gab der Alte zurück und holte eine weiter Schachtel aus der Vitrine.

„Es ist ein amerikanisches Nachtsichtgerät, das hervorragende Leistung bringt. Das Gewehr ist damit eingeschossen."

Der Italiener strich sanft über die Waffe. „...und vor allen Dingen ist alles absolut sauber. Keine Registriernummern, keine Beschusszeichen, kein gar nichts."

Redfox nickte zufrieden. „Gut, das habe ich nicht anders erwartet. – Sag mir deinen Preis."

Caputo kniff die Augen zusammen und betrachtete seinen Gast prüfend.

„Mit dem Nachtsichtglas eingeschlossen und hundert Schuss Munition – fünfundzwanzigtausend Dollar."

Redfox zuckte mit keiner Wimper. Dieser Preis war durchaus normal. Dafür konnte er sich darauf verlassen, dass die Angaben des Alten richtig waren. Anders hätte Caputo in diesem Geschäft niemals so lange überlebt.

„In Ordnung", gab Redfox zurück. „Ich werde die Waffe gleich ausprobieren."

Der Italiener nickte zustimmend. „Komm mit."
Redfox wusste aus früheren Besuchen, dass er gleich eines der Geheimnisse dieses Hauses betreten würde. Ein weiterer Grund, warum der kauzige Alte im Parterre wohnte.
Unter dem Haus lag der Zugang zu einer vergessenen Bunkeranlage aus dem Zweiten Weltkrieg. Caputo hatte sich mit großem Aufwand einen geheimen Zugang geschaffen und in dem Bunker eine moderne Schießanlage eingerichtet. Hier, zehn Meter unter der Oberfläche der Großstadt, konnte man auf einer hundert Meter langen Schießbahn die stärksten Kaliber schießen.
Über eine weitere Treppe betraten die beiden die Katakomben der Stadt.
Der lange Schlauch der Schießbahn wurde von Neonröhren taghell erleuchtet. Caputo hatte am Ende des Schießstandes ein Dreibein aufgestellt, auf dessen Spitze eine Wassermelone von der Größe eines Menschenkopfes steckte.
Redfox setzte sich hinter einen Schießtisch. Der Alte, der die Waffe die ganze Zeit nicht aus den Händen gelassen hatte, legte sie vorsichtig auf einen Sandsack. Dann holte er eine Schachtel seiner Spezialmunition aus der Jackentasche und stellte sie daneben.
Redfox ergriff das Gewehr und öffnete den Verschluss. Sorgfältig führte er zwei Patronen in das Patronenlager ein.
„Aufpassen Fox, der Abzug steht sehr fein", instruierte der Alte den Schützen.
Redfox lümmelte sich bequem zurecht, so dass er beide Ellbogen auflegen konnte. Durch den Schalldämpfer hatte die Waffe zwar eine deutliche Vorderlastigkeit, die er aber mit Hilfe der Unterlage ausglich.
Der Blick durch das Okular des Zielfernrohrs zeigte ein messerscharfes Bild der Melone. Er stellte die Vergrößerung auf siebenfach. Mit leicht korrigierenden Bewegungen brachte er das Fadenkreuz des Zielabsehens auf die Mitte der Melone. Dann spannte er den außen liegenden Hahn der Waffe. Langsam fühlte er mit dem Zeigefinger nach dem Abzug und verstärkte den Druck.
Der Rückschlag der Waffe war kaum spürbar. Dank des Schalldämpfers war das Schussgeräusch nicht lauter, als würde man einen Korken aus einer Weinflasche ziehen.
„Volltreffer!", stellte Caputo zufrieden fest. Er hatte das Ergebnis des Schusses durch ein Fernglas beobachtet.
Auch Redfox sah durch die Zieloptik, dass es die Wassermelone praktisch zerfetzt hatte.
„Sehr gut", lobte er. „Stell mir mal eine Zielscheibe auf. Ich möchte sehen, wie die Schüsse beieinander liegen."

9. Kapitel

Auch das Ergebnis dieses Tests war ausgesprochen zufriedenstellend. Die fünf Probeschüsse, die Redfox abgab, lagen auf einem gedachten Kreisdurchmesser von drei Zentimetern. Das Ergebnis mit dem Nachtzielgerät, mit dem er anschließend schoss, war gleich gut. Diese Waffe würde ganze Arbeit leisten.

Eine Stunde später war Redfox wieder auf der Rückfahrt. Das Gewehr nebst Zubehör war sorgfältig in einer Weinkiste verpackt und stand auf dem Rücksitz seines Wagens.

10. Kapitel

10. Kapitel

Die Welt bestand nur aus Blut und verspritzter Gehirnmasse. Wie eine von Kinderhand geworfene Wasserbombe platzte der getroffenen Schädel auseinander und hinterließ an der weißen Wand des Zimmers ein bizarres Gemälde aus Blut und Gehirn. Das verzerrte Gesicht, dessen Mund gerade noch hasserfüllte Worte geschrieen hatte, zerplatzte wie ein durch einen Steinwurf zerstörtes Spiegelbild. Zurück blieb ein zerfetzter, schwarzroter Krater aus Schädelknochen und Blut. Die Hand des Zielobjekts zuckte in einer letzten, verebbenden Nervenreaktion.
Eine Sekunde nach dem großen Knall bestand die Welt nur noch aus Schmerzgeschrei, Blut und Tod.
Ron Kerner fuhr schweißgebadet von der durchgelegenen Matratze in die Höhe. Das Echo der Schreie der gequälten Opfer fand seinen Weg aus dem Traum in die Wirklichkeit und gellte in seinen Ohren. Keuchend tastete seine Hand nach der Taschenlampe neben seinem einfachen Lager. Geblendet kniff er die Augen zusammen. Trotzdem war er dankbar, dass das Licht die Dämonen der Finsternis vertrieb. Der Mann warf die Decke von sich und schwenkte seine Füße auf die alte Sauschwarte, die ihm als Bettvorleger diente. Kerner wischte die nasse Haarsträhne von der verschwitzten Stirn und stand auf. Das hoch gerutschte T-Shirt klebte an seinem nass geschwitzten Oberkörper. Der scharfe Lichtstrahl der Taschenlampe holte die Konturen der Einrichtungsgegenstände der Jagdhütte aus der Dunkelheit und gab ihm Orientierung. Auf Socken schlurfte er zu dem einfachen Tisch in der Ecke. Auf dem abgewetzten Wachstuch der Tischdecke stand eine halb gefüllte Petroleumlampe.
Kerner legte seine Taschenlampe auf das Tuch und griff sich die Schachtel Streichhölzer, die neben der Lampe bereitlag. Er hob den Glaszylinder und hielt die aufzischende Flamme des Streichholzes an den Docht. Sofort breitete sich warmer Lichtschein aus und nahm der gleißenden Lichtquelle der Taschenlampe ihre nüchterne Kälte.
Der Mann schaltete die Taschenlampe aus und legte sie auf die Eckbank der Sitzecke. Dann zog er die auf dem Tisch stehende gebrauchte Tasse zu sich heran, deren Außenseite angetrocknete Kaffeeschlieren aufwies, und warf einen Blick hinein. Ein Rest kalter, abgestandener Kaffee schillerte schwarz auf dem Grund.
Die vom übertriebenen Nikotingenuss gelblichen Finger des Mannes umschlossen die Tasse und führten sie an die Lippen. Er schüttete sich das kalte, bittere Gesöff in den Mund. Am liebsten hätte er es gleich wieder ausgespuckt. Doch er beherrschte sich und schwenkte damit seine Mundhöhle. Immerhin trug die abgestandene Brühe dazu bei, den schalen Nachgeschmack auf seinen Schleimhäuten zu mindern. Mit ekelgequälter Miene schluckte er das Zeug hinunter.

Sein Blick wanderte zur Schnapsflasche, die auf dem Fensterbrett des Hütte stand. Sie war farblos und hatte kein Etikett. Die klare Flüssigkeit füllte nur noch etwa Daumenbreite. Ron Kerner schüttelte den Kopf. Ein Schwindelanfall war die Folge. Erst vor wenigen Stunden war der Flüssigkeitspegel noch weit über die Hälfte der Flasche gegangen. Der Restalkohol in seinem Blut war noch erheblich und trug dazu bei, dass er sich in diesem erbärmlichen Zustand befand.

Sein Verstand sagte ihm, dass diese immer wiederkehrenden Alkoholexzesse sinnlos waren. Auch der Alkohol war nicht in der Lage ihn von seinen schrecklichen Alpträumen zu befreien.

Ein Hustenanfall erschütterte seinen Körper. Schleimiger Auswurf füllte seinen Mund. Ohne zu überlegen gab er dem Reflex nach und schluckte das Zeug hinunter.

Er war offenbar wieder einmal in seinen Kleidern auf dem Bett gelandet. Er wusste nicht mehr wie und schon gar nicht mehr wann. Die fleckige Jagdhose war zerknittert, der geöffnete Gürtel baumelte lose herab.

Er sah auf seine Armbanduhr. Ein Überbleibsel aus seinem früheren Leben, als die Kenntnis der Zeit noch ein wesentlicher Bestandteil seines täglichen Tagesablaufes war.

Kurz nach vier. Wieder eine jener Nächte, in denen er keine Erholung im Schlaf finden konnte. Wenn die betäubende Wirkung des Alkohols verflogen war, kam der Traum. Und mit dem Traum der schreckliche, seelische Schmerz. Ein Schmerz, der sich nicht betäuben ließ, so oft er es auch versuchte.

Mit einer fahrigen Bewegung seines Arms wischte er Reste von Zigarettenasche vom Wachstuch. Dann stand er auf und fuhr in seine abgetretenen Pantoffeln. Mit wenigen Schritten hatte er die Tür der Hütte erreicht. Er schlug den einfachen, aber massiven Eisenriegel zurück und ließ die grob zusammengeschreinerten Buchenbohlen zurückschwingen.

Kühle Nachluft schlug ihm entgegen und erzeugte auf seiner heißen Gesichtshaut ein willkommenes Gefühl der Linderung.

Einen Augenblick blieb er stehen und kostete diese Empfindung aus. Die Augen hielt er dabei geschlossen. Er hätte sowieso nichts sehen können, denn seinen ans Licht der Lampe gewöhnten Augen erschien die Schwärze der Nacht fast vollkommen. Als er sie wenig später wieder öffnete, hatten sich seine Netzhäute langsam an die Finsternis gewöhnt und filterten das Restlicht heraus, das ihm ermöglichte ein konturenarmes Bild von der näheren Umgebung der Hütte zu erkennen.

Kerner tastete seine Hosentasche ab. Er fühlte die kantige Form der Zigarettenschachtel. Mechanisch stieß er sich eine Zigarette aus der Schachtel und zündete sie an. Tief sog er den beißenden Rauch in die Lunge. Mit tastenden

10. Kapitel

Schritten näherte er sich einem hohen Holunderstrauch neben der Hütte. Er öffnete die Hose und schlug sein Wasser ab. Dann schlurfte er zu einer Bank, die nur wenige Meter entfernt unter den weit ausladenden Ästen einer Eiche stand. Langsam ließ er sich darauf nieder. Der Wind kam schwach aus Osten und fing sich in seinem ungepflegten Vollbart.
Ron Kerner nahm einen Zug, dann er lehnte sich zurück und legte seinen Hinterkopf auf die grobe Lehne der Bank. Erneut schloss er seine Augen. Sofort wanderten seine Gedanken fast zwanghaft in die Vergangenheit zurück. Jede Szene des schrecklichen Ereignisses, das sein Leben total verändert hatte, war unauslöschlich in sein Gedächtnis eingebrannt. Deutlich spürte er seinen Finger am Abzug. Die Bewegung, die nötig war, um einen Schuss auszulösen, war für das menschliche Auge kaum zu erkennen. Sein überreizter Geist gaukelte ihm vor, er könne den rotierenden Flug des Geschosses im Zeitlupentempo verfolgen. Er sah es in den Kopf des jungen Mannes einschlagen und er hörte das Kommando, welches das sterbende Gehirn in letzter Sekunde an die Finger der rechten Hand des Jungen weitergab: Zündstift ziehen!
In der schrecklichen Nacht nach diesem Ereignis hatte er das erste Mal diesen fürchterlichen Traum gehabt, der ihn seitdem verfolgte.
Der Ex-Polizist erhob sich von der Bank vor der Jagdhütte und wischte sich über die Stirn. Er warf einen Blick zum Himmel. Durch das Blätterdach der hohen Bäume konnte er einige Sterne blinken sehen. Sie hatten etwas Beruhigendes.
Langsam schlurfte Ron Kerner zur Jagdhütte zurück. Er zögerte kurz, dann zog er sich bis auf das T-Shirt und die Unterhose aus und löschte das Licht. Er legte sich nieder. Auf der nackten Haut seiner Schenkel fühlte er die von seinem Schweiß klammen Stellen des grobfaserigen Betttuches. Er lag und starrte in die Nacht, bis die Erschöpfung ihn in einen flachen Schlummer zwang.
Als der Morgen dämmerte, stand er auf und zog sich an. Der Lebenswandel der letzten Zeit hatte seinen trainierten Körper noch schlanker werden lassen. Er besaß keinerlei überflüssiges Körperfett mehr. Seine Muskeln zeichneten sich wie dicke Stränge unter der Haut ab. Beiläufig hatte er festgestellt, dass sich in seinem ungepflegten Haar die ersten Silberfäden zeigten. Ein Umstand, der ihm allerdings völlig gleichgültig war.
Kerner besann sich auf seine Pflicht. Er musste die Fütterung beschicken. Vom Institut hatte er den Auftrag bekommen, morgen einen der Überläuferkeiler aus der großen Rotte zu betäuben und ins Labor zu bringen. Ron Kerner wusste, dass Arbeit die wirksamste Methode war, um sich von seinen quälenden Gedanken abzulenken.
Einige Zeit später parkte der Betreuer sein Fahrzeug in der Einfahrt zu einem Hohlweg. Als er ausstieg, umgab ihn sofort der vertraute feuchtmodrige

10. Kapitel

Geruch des Waldes. Kerner hob einen Plastikeimer von der Ladefläche des Pickups, der ihm von der MIG zur Verfügung gestellt worden war.
Der Mann folgte einem grasbewachsenen Pirschpfad, der von seinem Vorgänger angelegt worden war. Er führte etwa zweihundert Meter durch eine mehrjährige Fichtendickung. Am Ende dieses Pfades befand sich die Futterstelle für die Versuchstiere. Dieser Pirschpfad war Bestandteil eines ganzen Netzes innerhalb des Versuchsgeländes, dessen Pflege ebenfalls zu seinen Aufgaben gehörte.
Kaum hatte der Ex-Polizist den Weg betreten und eine Strecke zurückgelegt, spürte er die Gegenwart eines Lebewesens. Einen Augenblick später roch er die typische Schwarzwildwitterung. Das Wildschwein musste ganz dicht bei ihm sein.
Kerner hatte sich in den letzten Wochen daran gewöhnen müssen, dass die Wildschweine hier im Versuchsrevier sehr vertraut waren und vor dem Menschen wenig Furcht empfanden. Für ihn als Jäger, der bisher Sauen in erster Linie übers Zielfernrohr betrachtet hatte, eine ganz neue Erfahrung. Wusste er doch, dass die Schwarzkittel durchaus wehrhafte Wildtiere waren.
Kerner hatte sich angewöhnt in der Nähe der Sauen leise vor sich hin zu sprechen. Die Schwarzkittel sollten sich neben seinem Geruch auch seine Stimme einprägen.
Der Mann war sich sicher, dass es nur eine einzelne Wildsau war, die ihn parallel zum Pirschpfad innerhalb der Dickung begleitete. Im Stillen hoffte er, dass es sich wieder um den kapitalen Keiler handelte, der Orrieh genannt wurde. Dieser Bursche schien ausgesprochen neugierig zu sein. Immer wieder trieb er sich in der Nähe von Kerners Hütte herum. Er schien ihn regelrecht zu beobachten. Dabei war dem erfahrenen Wildschweinjäger aufgefallen, dass der Keiler eine gänzlich untypische Kopfform hatte. Während bei den ihm bekannten Vertretern der Schwarzkittel der Schädel eine fast keilförmige Gestalt hatte, war der Kopf dieses Keilers zwischen den Tellern erhaben und rundlich ausgeformt. Was ihn besonders faszinierte waren seine Augen. Ron Kerner hatte in seiner Eigenschaft als Jäger schon zahllose Male in die Augen von Wildschweinen geschaut. Meist waren es die Augen erlegter Schwarzkittel. Ab und zu aber auch die Lichter angeschossener Sauen, die man dann durch einen Fangschuss erlösen musste. Immer aber waren es typische Wildschweinaugen mit einem animalischen Ausdruck gewesen. Orrieh hingegen hatte ganz dunkelbraune Augen, die in einer schwer definierbaren Form Persönlichkeit widerspiegelten. Augen, die Seele enthielten. Der Mann konnte es nicht anders empfinden.
Ron Kerner vermutete, dass diese Abweichung das Ergebnis wissenschaftlicher Experimente sein könnte, wobei er sich keine Gedanken über den Inhalt dieser Versuche machte. Er hatte andere Probleme.

10. Kapitel

Orrieh prüfte die Witterung, die vom Pirschpfad zu ihm herüber wehte. Er erkannte den Geruch des Mannes, der seit einiger Zeit das Futter brachte. Er mochte diese Witterung. Sie hatte etwas Scharfes und zugleich Wildes an sich. Häufig gab dieser Mensch, anders als sein Vorgänger, leise Töne von sich. Seine Stimme war tief und beruhigend. Der Keiler blieb stehen, um den Tönen mit gesenktem Haupt zu lauschen. Er spürte, dass dieser Mensch eine besondere Aura besaß. Eine Ausstrahlung, die auf ihn anziehend wirkte.
Orrieh beeilte sich dem Menschen zu folgen. Als der das Futter in die Tröge schüttete, verließ der Keiler die schützenden Fichten und blieb in einiger Entfernung abwartend stehen.
Der Mensch hatte ihn sofort entdeckt. Er sah kurz herüber, dann arbeitete er weiter. Dabei sprach er ständig weiter und murmelte besänftigende Töne.
Orrieh zögerte. Etwas in der Stimme des Menschen übte eine fast magische Anziehungskraft aus, so dass der Keiler gerne hingegangen wäre, um dem Zweibeiner näher zu sein. Doch da war seine angeborene Scheu vor dem natürlichen Feind. Obwohl er selbst noch niemals schlechte Erfahrungen mit Menschen gemacht hatte, gab es die in den Genen verankerte Vorsicht, die seit Jahrhunderten Wildtiere seiner Gattung vor dem Jäger schützte.
Der Mensch bewegte sich ein Stück von den Futtertrögen weg, verließ aber die Futterstelle nicht. Vielmehr setzte er sich auf einen Baumstumpf und blieb dort. Weiter gab er beruhigende Töne von sich.
In Orrieh fand ein Kampf zwischen ererbter Scheu vor diesem Lebewesen und einer unerklärlichen Empfindung statt, die man bei Menschen wohl mit Zuneigung umschrieben hätte.
Plötzlich ging durch den massigen Wildkörper des Keilers ein Ruck. Schritt für Schritt näherte er sich dem Mann, der ganz ruhig stand und ihm entgegensah.

Professor Philipps saß vor dem Monitor und beobachtete die Linien und Kurven, die auf verschiedenen Ebenen des Bildschirms vom Halsband des Keilers Orrieh übertragen und hier dargestellt wurden. Ganz besonders faszinierten den Wissenschaftler die beiden Wellenlinien, die von dem implantieren Sensor unter der Kopfschwarte des Keilers übertragen wurden. Er hatte schon vor einigen Tagen gesehen, dass der Keiler für ein Wildschwein atypische Emotionen zeigte. Jetzt, wo die obere Wellenlinie zum wiederholten Male einen starken Ausschlag zeigte, war er sich sicher, dass das Experiment einen ungeahnt positiven Verlauf nahm.
Der Wissenschaftler lehnte sich in seinen Sessel zurück und starrte mit glühenden Augen auf den Monitor.

11. Kapitel

11. Kapitel

Kerner betrachtete den Keiler, der sich ein Stück neben ihm im Gras niedergelegt hatte. Mittlerweile war eine Woche vergangen. Zwischenzeitlich war Orrieh so zutraulich geworden, dass er immer häufiger aus dem Wald zur Jagdhütte kam und sich in der Nähe des Menschen aufhielt. Nur wenn der Hunger ihn trieb, verschwand er für einige Stunden. Wenn Kerner durch den Wald marschierte, um die Fütterungsstellen zu betreuen oder sonst nach dem Rechten zu sehen, folgte ihm Orrieh wie ein Schatten.
Bis jetzt hatte sich Kerner sehr zurückgehalten. Er wollte das Vertrauen des wuchtigen Burschen nicht auf die Probe stellen und etwas zerstören, was sich gerade als empfindliches Pflänzchen entwickelte. Er war noch immer viel zu sehr von der Erfahrung geprägt, die er als Jäger mit Schwarzwild gemacht hatte: intelligent, wehrhaft und extrem menschenscheu.
Orrieh passte überhaupt nicht in dieses Bild. Kerner hatte sich angewöhnt mit dem Keiler zu sprechen. Am Spiel der Teller war zu sehen, dass Orrieh aufmerksam seinen Worten lauschte.
Ständig musste Kerner an ein Erlebnis denken, das er vor einigen Tagen gehabt hatte. Er hatte das Versuchsgelände durchstreift, um ihm noch unbekannte Teile kennen zu lernen. Dabei hatte er einen dicht bewachsenen Weg eingeschlagen, der nicht gepflegt war. Es befanden sich auch keine Kameras in den Bäumen. Offenbar handelte es sich um eine Ecke, die vom Institut nicht erschlossen worden war.
Orrieh befand sich immer in Kerners Nähe. Mal lief der Keiler voraus, dann wieder bewindete er eine feuchte Stelle oder er marschierte in einigem Abstand neben dem Mann her.
Plötzlich stand wie hingezaubert ein Rehbock auf dem Weg. Er war von kräftiger Gestalt und hatte ein ausgesprochen kapitales Gehörn auf dem Haupt. Mit ruckartigen Kopfbewegungen musterte er den Eindringling. Seine Körperhaltung glich einer sprungbereiten Feder.
Kerner erstarrte in seiner Bewegung. Der Wind kam von der Seite und konnte dem Bock nicht als Informationsquelle dienen. Der Jäger in ihm bestimmte instinktiv sein Verhalten.
Auch der Keiler war in seinen Bewegungen verharrt. Schnaufend sog er den Wind ein.
Dieses Geräusch hielt der Bock nicht mehr aus. Mit einer weiten eleganten Flucht verschwand er im Unterholz. Einen Augenblick später kündete sein lautes Schrecken von seinem Unmut über die Störenfriede in seinem Revier.
Kerner ging weiter. Wenig später begann der Weg anzusteigen. Die Bäume blieben zurück. Stattdessen dominierten Holundersträucher, Schlehen und Haselnussbüsche, die ihre grünen Arme weit über den Weg streckten und das Durchkommen erschwerten. Es war nicht möglich den Weg vorausschauend zu überblicken.

11. Kapitel

Orrieh, der in den letzten Minuten etwas zurückgeblieben war, verharrte plötzlich und prüfte den Wind. Von einer Sekunde zur anderen warf er sich in einen wilden Galopp und raste an dem völlig verdutzten Kerner vorbei. Einige Meter vor dem Mann bremste der Keiler ab und drehte sich ihm zu. Die massige Gestalt des Wildschweins versperrte den schmalen Weg völlig.
„Was ist denn los, Orrieh?", fragte Kerner erstaunt und machte Anstalten weiterzugehen.
Der Keiler stellte die Federn und blies erregt, dann wetzte er seine eindrucksvollen Waffen. Er spielte offensichtlich das gesamte Repertoire des Warnverhaltens durch.
Kerner überlegte kurz, dann machte er einige Schritte rückwärts. Sofort wurde der Keiler ruhiger. Probeweise ging Kerner einige Schritte nach vorne. Augenblicklich zeigte sich der Keiler wieder erregt.
Es war offensichtlich, sein vierbeiniger Begleiter wollte verhindern, dass er, Kerner, auf diesem Weg weiterging. Obwohl sich der Ex-Polizist nicht erklären konnte, was die Ursache für dieses Verhalten war, gab er nach. Er drehte um und ging den Weg wieder zurück. In der Hütte hatte er eine Karte des Versuchsgeländes. Sie würde ihm vielleicht Aufklärung geben.
Kaum hatte sich Kerner umgedreht, kam Orrieh heran und drückte sich eng an ihn. Dabei gab er eine Reihe von sanften Blaslauten von sich und rieb seinen Wurf in die Hand des Mannes hinein.
Kerner blieb stehen. Konnte es sein, dass der Keiler sich bei ihm wieder einschmeicheln wollte? Dies hätte ja bedeutet, dass der Schwarzkittel so eine Art Unrechtsempfinden hatte. Orrieh wurde ihm immer rätselhafter.
Zurück in der Jagdhütte breitete der Mann eine Karte des Versuchsgeländes aus und versuchte den Weg nachzuvollziehen, den er gerade gelaufen war. Mit dem Finger fuhr er die Linien, welche die Wege kennzeichneten, nach. Plötzlich stutzte er. Ungefähr an der Stelle, wo Orrieh ihm den Weg versperrt hatte, war ein aufgelassener Steinbruch eingezeichnet. Konnte es sein, dass ihn der Keiler davor schützen wollte in den Abgrund zu stürzen?
Kerner zündete sich eine Zigarette an und trat vor die Hütte. Der Keiler war im Augenblick nicht zu sehen.
Der Mann ließ sich in den Holzsessel fallen, der dort stand, und blickte versonnen den sich kringelnden Rauchwolken nach, die vom Zündpunkt der Zigarette aufstiegen.
Kerner hatte sich schon immer gewundert, dass der Keiler niemals betäubt werden musste, um ins Institut gebracht zu werden. Allerdings erkundigte sich der Professor immer wieder eingehend nach Orrieh. Dieses besondere Interesse des Wissenschaftlers musste einen Grund haben.
Kerners Polizistengehirn begann zu arbeiten. Er wusste, dass sich Wissenschaftler auf der ganzen Welt mit Gen-Experimenten beschäftigten. Er

11. Kapitel

wusste auch, dass die diesbezüglichen Möglichkeiten in Deutschland aus humanitären Gründen gesetzlich wesentlich eingeschränkter waren als in anderen Ländern. Konnte es sein, dass der Keiler Bestandteil eines geheimen, weil verbotenen Experiments war? Der Mann beschloss der Sache auf den Grund zu gehen.

Professor Philipps studierte am Nachmittag routinemäßig die Kontrollausdrucke des Computers, mit dessen Hilfe er die Funktionen Orriehs überwachte. Als er die Linien der Hirnströme betrachtete, runzelte er die Augenbrauen. Heute, am Vormittag, hatte der Schreiber bei den Aggressions- und Emotionslinien einige bisher noch nie beobachtete Ausschläge aufgezeichnet. Der Patient musste sich über irgendetwas sehr aufgeregt haben.
Nachdenklich ließ der Wissenschaftler das Papier auf den Schreibtisch sinken. Er würde diesen Kerner anweisen Orrieh ständig im Auge zu behalten. Er musste wissen, worüber sich der Keiler erregte, um ausschließen zu können, dass es krankhaften Erregungsschübe waren.

12. Kapitel

12. Kapitel

Der geländegängige Van rollte in mäßiger Geschwindigkeit den betonierten Feldweg entlang. Seine groben Geländereifen wirbelten eine leichte Staubwolke auf, die er wie eine Rauchfahne hinter sich her zog.
Die Nachmittagssonne brannte ziemlich heiß herunter. Redfox hatte die Scheibe auf der Fahrerseite herunter gelassen.
Der öffentliche Flurbereinigungsweg schlängelte sich, parallel der geschwungenen Linie des Waldrandes folgend, in sanften Bögen durch die Flur. Es handelte sich um einen Ausläufer des Todwaldes, der außerhalb des Forschungsgebietes der MIG lag und daher für jeden frei zugänglich war.
Redfox hatte diesen Wagen von einem Camperverleih für mehrere Wochen gemietet. Wieder einmal hatte er seine Identität geändert. Im Augenblick hatte er Papiere auf den Namen Horst Henning Kunze und war von Beruf Journalist. Sein Journalistenausweis war echt. Sein Vorbesitzer lag schon seit Jahren in einem Grab auf einem der zahlreichen Friedhöfe der Republik. Er war bei einer Messerstecherei im Nuttenviertel der Landeshauptstadt ums Leben gekommen. Ehe die Leiche weggebracht werden konnte, hatten schnelle Finger sämtliche Ausweispapiere gestohlen.
Redfox trug einen Dreitagebart. Er hatte sein blondes Naturhaar diesmal nicht unter einer Perücke versteckt, da dies bei dem bevorstehenden Einsatz unzweckmäßig erschien. Eine leichte Brille mit getönten Gläsern vervollständigte sein neues Äußeres. Im Wagen, gut sichtbar, lagen die Behältnisse einer Fotoausrüstung, die seine neue Rolle unterstrich. Der Inhalt bestand allerdings nicht aus Fotoapparaten.
Bei der Mietwagenfirma hatte er angegeben, dass er eine Fototour entlang der französischen Atlantikküste machen wollte. Der Wagen war ein geländegängiges Modell, das alles enthielt, was man für einen längeren Aufenthalt in der Natur benötigte.
Redfox hielt an und holte eine Karte aus der Seitentasche des Vans. Es handelte sich um eine militärische Geländekarte, auf der alle Einzelheiten des Terrains eingezeichnet waren.
Der öffentliche Campingplatz, den er suchte, musste in südöstlicher Richtung liegen.
Der Menschenjäger hatte sich sein Vorgehen genau überlegt. In dieser herbstlichen Jahreszeit würde der Platz wohl noch frequentiert sein. Inmitten anderer Wohnwagen und Camper würde Redfox nicht sonderlich auffallen.
Der Fuchs gab Gas und fuhr weiter. Der Campingplatz, der dicht am Kerngebiet des Todwaldes lag, würde sein Basislager werden. Von hier aus würde er die Jagd beginnen.
Der Campingplatz „Eichenholz" war mit einer hohen Hainbuchenhecke und einem Maschendrahtzaun von der Umgebung abgegrenzt. Der Eingang war

mit einer rotweißen Schranke verschlossen. Den Platzbetreuer musste er mittels einer Klingel herbeirufen, die neben der Schranke angebracht war.
Der Mann kam nach einiger Zeit aus der Tiefe des Platzes. Er war mittleren Alters, trug einen verwaschenen Trainingsanzug und wirkte ziemlich ungepflegt. „Was gibt's", brummte er unfreundlich. Dem Ankömmling schlug eine Mischung aus Knoblauch und Bier entgegen. Der Typ sah aus, als käme er gerade aus dem Bett.
Redfox verzog keine Miene. Ein nachlässiger Platzwart kam seinem Vorhaben entgegen. Die von Neugier geprägte Hausmeistermentalität dieser Spezies konnte ausgesprochen lästig sein. Der hier schien froh zu sein, wenn er in Ruhe gelassen wurde.
„Ich hätte gerne für einige Wochen einen Stellplatz. Wenn Sie eine ruhige Ecke haben, wäre ich ganz froh. Ich bin Journalist und möchte im Todwald Tieraufnahmen machen. Da bin ich zu den unmöglichsten Zeiten unterwegs. Vielleicht haben Sie einen Platz, von dem aus ich einen direkten Zugang zum Wald habe."
Um seine Worte zu unterstreichen, griff Redfox in die Tasche und holte einen Fünfzig-Mark-Schein heraus. Mit einer lässigen Bewegung und einem vertraulichen Zwinkern steckte er den Geldschein dem Platzwart in die Brusttasche seines Anzugs.
Der Mann setzte ein schiefes Grinsen auf. Offenbar das Limit seiner Freundlichkeit.
„Kein Problem, Mann", entgegnete er. „Bei uns ist im Herbst zwar immer noch Betrieb, aber ganz hinten ist was frei. Dort will keiner hin, weil die Ecke im Waldschatten liegt. Wenn Sie das nicht stört..."
Redfox nickte zustimmend.
„Fahren Sie den Weg geradeaus", erklärte der Platzwart, „dann biegen Sie bei den drei Lindenbäumen nach links. Noch hundert Meter, dann sind Sie in der Nähe des Hinterausgangs des Platzes. Die dortige Maschendrahttür ist immer offen. In der Nähe dieser Tür sind mehrere freie Stellplätze mit Strom und Wasseranschluss. Sie können sich einen davon aussuchen."
„Da bin ich Ihnen aber sehr dankbar", erklärte Redfox. Er entrichtete die Stellmiete gleich für zwei Wochen im Voraus und gab nochmals ein großzügiges Trinkgeld.
„Wenn Sie irgendwas brauchen, Getränke, Lebensmittel oder so. Ich fahre einmal in der Woche in die Stadt, ich kann ihnen mitbringen, was Sie wollen."
Der Platzwart war überzeugt, dass dem Burschen das Geld locker saß. Ein Umstand, den man nutzen musste.
Redfox bedankte sich nochmals und fuhr auf den Platz. Den Kerl würde er nach Erledigung seines Jobs wohl beseitigen müssen. Dieser geschwätzige Mann würde seine Person mit Sicherheit gut beschreiben können.

12. Kapitel

Die angegebene Stelle war leicht zu finden. Er stellte den Camper auf den Platz, der dem Hinterausgang am nächsten war. Das Areal war so bepflanzt, dass zwischen den Stellplätzen schmale Hecken wuchsen, die für eine gewisse Intimität sorgten. Der nächste Wohnwagen stand von Redfox Platz ungefähr siebzig Meter entfernt. Das war ausreichend Sicherheitsabstand.
Der Menschenjäger stellte den Motor ab und lehnte sich zufrieden zurück. Tief sog er die Luft des nahen Waldes in seine Lungen. Die Ausgangsbedingungen für seine Jagd waren geradezu ideal.
Nachdem er seinen Van an die Versorgungsleitungen angeschlossen hatte, betrat er den Wohnbereich des Wagens. Er wollte sich eine Kleinigkeit kochen und dann etwas versäumten Schlaf nachholen. Heute Nacht würde er auf Erkundigung gehen. Es gab keinen Grund unnötig Zeit zu vergeuden.
Als er gerade den letzten Bissen eines Nudelfertiggerichts hinunterschluckte, klopfte es an die Tür des Campers.
Redfox Körper spannte sich. Mit einer gleitenden Bewegung griff er nach dem Bulldog, den er neben sich auf das Polster gelegt hatte, und schob sich den Revolver hinter den Gürtel.
Als er durch die Seitenscheibe den Platzwart erkannte, entspannte er sich wieder. Was wollte er Typ?
„Sind Sie zufrieden?", fragte der Mann ungeübt freundlich, nachdem Redfox die Tür einen spaltbreit geöffnet hatte. „Brauchen Sie noch etwas?"
Redfox schüttelte den Kopf. „Alles klar. Prima Platz. – Ich werde jetzt erst mal eine Mütze voll Schlaf nehmen. Bin heute schon ziemlich lange unterwegs gewesen."
„Alles klar, alles klar, ich wollte nicht stören", beeilte sich der Mann zu sagen und trat den Rückzug an. „Schönen Aufenthalt noch." Er winkte kurz, dann schlurfte er davon.
Redfox sah ihm mit verkniffener Miene hinterher. Hoffentlich entwickelte sich der Kerl nicht zum Problem. Er schien anhänglich zu sein wie eine Klette. Wobei seine Anhänglichkeit wohl in erster Linie den Scheinen in seinem Geldbeutel galt. Er schloss die Tür und warf einen Blick auf seine Uhr. Noch gut drei Stunden Zeit, ehe er aufbrechen musste.
Redfox schob die dichten Vorhänge an den Fenstern vor und baute die Sitzbank zum Bett um. Er musste jede Gelegenheit nutzen, um sich auszuruhen. Die nächsten Tage würden anstrengend werden.
Er zog sich aus und legte sich nieder. Den Revolver steckte er griffbereit unter sein Kopfkissen. Mit ein paar Handgriffen aktivierte er den Alarmmechanismus seiner Armbanduhr. Der Chronograf würde ihn zuverlässig in zwei Stunden wecken.
Er legte den rechten Arm locker über seine Augen. Einige Augenblicke später kündeten gleichmäßige Atemzüge davon, dass er eingeschlafen war. Ein-

12. Kapitel

schlafschwierigkeiten waren noch nie das Problem des Menschenjägers gewesen.

Es dauerte nur Sekunden von dem Zeitpunkt, als Redfox das Surren seiner Armbanduhr registrierte, bis zu dem Moment, als er sich aufsetzte und die Füße auf den Boden stellte. Er rieb sich kurz über die Augen, stand auf und ging zum Waschbecken. Das kühle Wasser, das er sich über das Gesicht laufen ließ, erfrischte ihn und vertrieb den Rest von Müdigkeit.

Der Mann zog einen der Vorhänge zurück und warf einen Blick zum Fenster hinaus. Das Licht des Tages war bereits gebrochen und die Dämmerung kroch durch die Wipfel der Bäume. Bei seinen Nachbarn brannte Licht im Wohnwagen, sonst war es ruhig.

Der Menschenjäger räumte seine Schlafstelle auf, dann setzte er einen Wasserkessel auf den kleinen Herd. Ein Schluck Kaffee würde ihm jetzt gut tun. Während die Gasflamme zischend ihre Arbeit verrichtete, öffnete Redfox den schmalen Schrank neben der Spüle und holte seinen Rucksack hervor. Es handelte sich um einen tarnfarbenen Militärnachbau, der aus geräuschlosem Material bestand.

Redfox legte die Sachen auf den Tisch. Da er normalerweise in Städten agierte, hatte er sich einige Gedanken machen müssen, welche Ausrüstung für diese Jagd erforderlich war. Seine Einzelkämpferausbildung in der Wildnis Russlands lag schon lange zurück und seine entsprechenden Kenntnisse und Fertigkeiten waren längst in Vergessenheit geraten. Trotzdem sah er kein Problem. Redfox konnte sich nicht vorstellen, dass er im Todwald auch nur annähernd den Strapazen ausgesetzt sein würde, die er bei seiner Ausbildung meistern musste.

Der Mann nahm eine der Fototaschen und packte sie in den Rucksack. Sie enthielt eine Panzerfahrerbrille, ein Nachtsichtgerät, das man über den Kopf zog, wodurch man die Hände frei behielt. Dieses Gerät war ohne Probleme legal auf dem freien Markt zu bekommen. Er überprüfte, ob die Zehnmeterrebschnur sauber aufgerollt war und sich nicht mit den anderen Ausrüstungsgegenständen verheddern konnte.

Sein erster Ausflug diente lediglich seiner Information. Er wollte das Terrain sondieren, damit er sich später sicher bewegen konnte. Auch bei seinen anderen Einsätzen hatte er sich Zeit gelassen und seine Beute tagelang beobachtet, bis er sicher war, dass er mit minimaler Gefahr für sich selbst einen tödlichen Schuss abgeben konnte. Sauber, ohne spektakuläre Aktionen, die in der Presse breitgeschrieben wurden. Es war ein teuer bezahlter Job, bei dem es auf Präzision und kühle Überlegungen ankam.

Als der Wassertopf zischte, drehte er die Gasflamme ab und brühte sich den Kaffee auf. Während er am Tisch saß und das heiße Getränk schlürfte, wanderte sein Blick zum Fenster.

12. Kapitel

Plötzlich legte er seine Hand auf seinen Bauch. Da war es wieder. Dieses kribbelnde Gefühl, das er so lange vermisst hatte. Es kam aus der Magengegend und eroberte alle seine Nerven. Es wusste, dass es Jagdfieber war. Ein Gefühl, das ihm Höchstleistungen ermöglichte. Er schloss die Augen und gab sich dieser Empfindung hin.

Wenig später zog er sich um. Die Kleidung, die er bei einem Jagdausrüster gekauft hatte, passte wie angegossen. Er trug wadenhohe Einsatzstiefel, wie sie von Sondereinsatzkräften getragen wurden. Sie hatten griffige Gummisohlen, die lautloses Gehen ermöglichten. Den Bulldog schob er in ein Schulterholster. In die Stiefelscheide steckte er ein Al-Mar-Kampfmesser, das er auch als Wurfwaffe beherrschte. Am Gürtel trug er ein Werkzeugtool. Das Gewehr steckte im Rucksack. So war er für alle Fälle gerüstet.

Statt der Lederhandschuhe zog er eng anliegende Tarnhandschuhe über. Sie würden verhindern, dass seine Hände in der Dunkelheit leuchteten. Sein Gewehr führte er auf diesem Erkundungsgang nur deshalb mit, weil er es nicht im Van zurücklassen wollte. Er hatte nicht vor heute schon auf seine Beute zu schießen.

Redfox überlegte einen Augenblick, dann steckte er noch die Dose mit der Gesichtstarnfarbe in eine der Beintaschen. Man konnte nicht wissen, ob man sie benötigte. Nachdem er die Karte und einen Kompass in die andere Beintasche geschoben hatte, warf er den Rucksack über und öffnete leise die Tür. Er traute diesem neugierigen Platzwart nicht. Soweit er aber feststellen konnte, war auf dem Platz keine Menschenseele zu sehen.

Schnell verließ er den Wohncamper und schloss die Tür mit einem Sender. Er hatte den Wagen nach seiner Abholung bei einer spezialisierten Firma mit einer besonderen Sicherheitsausrüstung ausstatten lassen, die es unmöglich machte den Camper mit normalen Mitteln aufzuknacken.

Nach einem letzten Rundblick durchschritt er den Hinterausgang des Platzes und verschwand im Wald. Der Menschenjäger wusste, dass er eine ganze Strecke auf einem nicht markierten Waldweg zurücklegen musste, ehe er in die Nähe des abgegrenzten Versuchsgeländes kam. Obwohl ihm bekannt war, dass es hier keine Jäger oder Forstpersonal gab, bewegte er sich vorsichtig und achtete sorgfältig auf seine Umgebung. Der bemooste Waldweg schluckte das geringe Geräusch seiner Schritte völlig. Das abendliche Vogelkonzert empfand er als störend, weil es ihm das Erkennen eines eventuell sich nähernden Menschen erheblich erschwerte.

Als es so dunkel wurde, dass er fast nichts mehr sehen konnte, blieb er stehen und holte die Panzerbrille aus dem Rucksack. Während er sich das Nachtsichtgerät über den Kopf zog, hielt er plötzlich inne. Seine Muskeln spannten sich und seine Sinne tasteten die nähere Umgebung ab. Seine Rechte kroch in die Nähe des Revolvergriffs. Irgendetwas war mit einem Male anders. Es

dauerte einen Augenblick, bis er realisierte, dass es die Vögel waren, die mit einem Schlag verstummt waren. Die Stille war regelrecht greifbar und wirkte anfänglich fast bedrohlich.
Der Mann klappte die Brille herab und schaltete das Gerät ein. Sofort nahm er die Umgebung in einem angenehm grünen Licht war. Im Augenblick war es noch nicht nötig, die integrierte Infrarotlampe einzuschalten. Das vorhandene Restlicht genügte noch vollkommen.
Redfox marschierte weiter.
Nach etwa einer Stunde stieß er unvermutet auf einen Zaun. Er hatte das Versuchsgelände der MIG erreicht. Sofort ging der Mann in die Hocke und verbarg sich im Schutz eines Busches. Langsam suchte er die stacheldrahtbewehrte Zaunkrone ab. Die Umzäunung schien nicht unter Strom zu stehen. An mehreren Stellen berührten Äste das Metall. Stromführende Litzen hätten die Blätter verbrannt.
Sein suchender Blick prüfte die Wipfel der nächststehenden Bäume innerhalb des abgegrenzten Areals. Er nahm zur Kenntnis, dass innerhalb des Zauns, zwischen dem Draht und den ersten Bäumen, ein freier, künstlich angelegter Streifen lag, der eigentlich nur dann einen Sinn machte, wenn Kameras den Zaunbereich überwachten.
Kurze Zeit später hatte er die Kamera entdeckt. Sie befand sich am Stamm einer dünnen Buche und schien auf einer beweglichen Achse zu sitzen. Im Augenblick spähte das Objektiv der Kamera links den Zaun entlang. In dieser Position konnte es Redfox nicht erfassen. Der Beobachter vermutete, dass das Gerät in bestimmten Intervallen umschwenkte, um auch den anderen Bereich abzudecken.
Er sah auf seine Uhr. Nach genau einer Minuten setzte sich die Kamera plötzlich in Bewegung und schwenkte langsam in die entgegengesetzte Richtung. Da sie dabei auch den Bereich erfasste, wo sich Redfox aufhielt, erstarrte dieser zur Bewegungslosigkeit. Die Kamera musste auch Nachtsichteigenschaften haben, sonst hätte ihr Einsatz zu dieser Tageszeit keinen Sinn gemacht. Zum Glück hatte Redfox seine Infrarotlampe nicht aktiviert. Dieser Lichtstrahl wäre von einer nachtsichttauglichen Kamera sofort bemerkt worden.
Als das Objektiv wieder stillstand, sah der Mann erneut auf seine Uhr. Wieder dauerte der Stillstand eine gute Minute, bis das Überwachungsgerät den Rückschwenk vollzog.
Redfox überlegte. Es blieben ihm immer eine Minute, in der er unbeobachtet versuchen konnte den Zaun zu überwinden. Eine sehr knappe Zeitspanne.
Der Mann am Zaun wartete angespannt, bis die Kamera in die von ihm abgewandte Richtung zeigte, dann huschte er blitzschnell zum Draht. Das Tool hielt er bereits in der Hand. Zügig knipste er entlang eines der Pfähle

12. Kapitel

in einer geraden Linie von oben nach unten das Drahtgeflecht durch. Als sich die Kamera wieder in Bewegung setzte, war er mit einem Satz hinter dem Busch. Nach dem dritten Anlauf hatte er es geschafft. Aus dem Draht war eine rechteckige Öffnung herausgeschnitten. Beim nächsten Stillstand der Kamera schlüpfte Redfox durch die Öffnung. Schnell befestigte er das Geflecht wieder notdürftig, dann brachte ihn eine geschmeidige Rolle vorwärts aus dem Kontrollbereich des Objektivs.

Der Eindringling warf einen kritischen Blick zurück. Die Öffnung war aus dieser Entfernung nicht mehr zu erkennen.

Redfox prägte sich die örtlichen Gegebenheiten genau ein, damit er die Stelle leicht wiederfand, dann drehte er sich um und drang in das Versuchsgelände ein.

13. Kapitel

13. Kapitel

Orrieh erhob sich mit einem Ruck aus der Suhle und hob witternd den Wurf in den Wind. Wie immer wetteiferten Tausende Gerüche um seine Aufmerksamkeit. Sein wachsames Gehirn filterte sie automatisch.
Die Teller, die feinen Ohren des Keilers, hatten einen kaum wahrnehmbaren Laut vernommen, der nicht zu den natürlichen Geräuschen des Waldes gehörte. Regungslos stand die trutzige Gestalt im Schlamm. Nur das leise Platschen einiger Schlammfladen, die von seiner Schwarte in die Suhle zurückrutschten, unterbrachen die Stille – und eben dieses Geräusch!
Der Keiler stieß ein ärgerliches Blasen aus. Immer wieder prüfte er den Wind. Nichts! Langsam, Schritt für Schritt, stapfte er aus der Suhle. Seine handtellergroßen Schalen siegelten sich in den schlammigen Untergrund. Fast lautlos schob er sich unter die tief hängenden Zweige einer alten Fichte. Jetzt war seine Tarnung vollkommen. Regungslos und mit der Umgebung verschmolzen war er für ein unbewaffnetes menschliches Auge nicht mehr zu erkennen.
Eigentlich hatte er vorgehabt nach dem ausgiebigen Suhlen seinen Lieblingsmalbaum aufzusuchen, um sich den Schlamm tief in die Schwarte einzumassieren, dorthin, wo die kleinen, stechenden Parasiten saßen und ihm das Leben schwer machten. Dieser merkwürdige Laut hatte ihn allerdings misstrauisch gemacht.
Orrieh stand lange und geduldig. Er wusste, dass Menschen solche Geräusche verursachten. Aber hier durfte es eigentlich keine Zweibeiner geben. Selbst der Mensch aus der Hütte, zu dem er sich auf seltsame Weise hingezogen fühlte, kannte diese Stelle nicht. Der Keiler hatte ihn vor einigen Stunden verlassen. Der Mensch war in der Behausung zurückgeblieben, die ihm als Einstand diente.
Nachdem Orrieh lange genug gesichert hatte und kein weiteres Geräusch sein Misstrauen bestätigte, verließ er langsam wieder den Nachtschatten der Fichte. Der Malbaum kam ihm wieder in den Sinn.
Einen Steinwurf weit trollte er entlang einem mit Farn zugewucherten Graben, dann querte er geräuschvoll die Erdfurche und näherte sich einer schmalen Lichtung, an deren Rand der dicke Malbaum wuchs. An der gegenüberliegenden Seite der Lichtung verhoffte er nochmals kurz, dann war er am Baum.
Der Fichtenstamm war gezeichnet von den regelmäßigen Besuchen des Keilers. Rundum hatte er mit seinem beeindruckenden Gewaff die Rinde aufgerissen, um den Harzfluss anzuregen. Zusammen mit dem Schlamm gab dies eine Mischung, die auf seiner Schwarte eine undurchdringliche Schutzschicht hinterließ, an der sich die stechenden Plagegeister die Stachel verbogen. Rund herum war die Rinde mit einer dicken Schlammschicht bedeckt. Orrieh gab wohlige Grunzlaute von sich, als er sich ausgiebig schubberte.

13. Kapitel

Redfox hatte von der Gegenwart des Keilers nichts bemerkt. Viele seiner menschlichen Sinne waren in dieser Umgebung bedeutungslos. Als Sichtjäger musste er sich auf seine Augen verlassen, die nur mit Hilfe der Technik auch in der Nacht ausgezeichnete Informationen lieferten.
Zum Glück gab es innerhalb des Versuchsgeländes brauchbare Wege, die offenbar auch gepflegt wurden. Auf diese Weise kam der nächtliche Eindringling gut voran. Hin und wieder blieb er stehen und studierte die Karte und den Kompass. Er hatte die Lage des Instituts auf dem Kartenblatt eingezeichnet. Nach seiner Einschätzung hatte er noch gut einen Kilometer zu bewältigen, dann war er am Ziel. Er musste herausfinden, wo seine Zielperson wohnte.
Als er einige Meter weitergegangen war, zuckte er plötzlich zusammen. Links von ihm brachen prasselnd Äste. Durch das Nachtsichtgerät erfasste er einen huschenden Schatten, dann hörte er den trommelnden Hufschlag eines davon galoppierenden Waldbewohners.
Instinktiv hatte er sich mit einem Satz hinter einem dicken Baumstamm in Sicherheit gebracht. Seine Hand war unter die Jacke geschossen und hatte den Bulldog herausgerissen.
Sekunden später verebbte das Geräusch. Fast gleichzeitig schallte ein heiseres Bellen durch den Wald, das sich in unregelmäßigen Intervallen wiederholte.
Redfox verharrte. Was war das? Wurden innerhalb des Versuchsgeländes vielleicht auch noch andere Wildtiere gehalten, von denen er keine Ahnung hatte. Er dachte unwillkürlich an Wölfe, verwarf diesen Gedanken aber wieder.
Mit Erstaunen registrierte er, dass seine Stirn mit kaltem Schweiß bedeckt war. Eine Reaktion seines Körpers, die ihm neu war.
Das Bellen entfernte sich. Der Mann hinter dem Baum entspannte sich. Langsam steckte er den Revolver in das Holster zurück.
Er trat auf den Weg zurück und folgte weiter der eingeschlagenen Richtung. Dabei war er jetzt aber deutlich angespannter. Immer wieder blieb er stehen und lauschte.
Plötzlich drang ein heller Schein an die Filter seines Nachtsichtgeräts. Irgendwo war eine Lichtquelle. Redfox klappte die Panzerbrille nach oben und schaltete sie aus. Es dauerte einige Zeit, bis sich seine Netzhäute an die veränderten Lichtverhältnisse gewöhnt hatten. Für einige Augenblicke war er geblendet. Als er wieder sehen konnte, erkannte er durch die Stämme des Hochwaldes zwei Lichter, deren Ursprung er im Moment nicht genau orten konnte.
Der Mann holte die Dose mit der Tarnfarbe aus der Beintasche und schmierte sich mit zwei Fingern die dunkle Creme ins Gesicht. Quer über die Jochbogen seiner Wangen, längs über den Nasenrücken und breit über die Fläche seiner Stirne. Es war lediglich eine Vorsichtsmaßnahme.

13. Kapitel

In gebeugter Haltung pirschte der Menschenjäger näher.
Schon bald erkannte er, dass er ein Haus vor sich hatte. Es hob sich schwach wie ein monolithischer Block vor dem helleren Hintergrund des Herbstwaldes ab. Die erleuchteten Fenster glühten in der Nacht wie die Augen eines Fabelwesens. Das Haus stand auf einer Lichtung.
Redfox blieb im Schutz der Randbäume stehen und beobachtete.
Plötzlich verlosch das Licht. Der Beobachter kauerte sich zusammen und klappte die Nachtsichtbrille herunter. Gerade als sich seine Augen wieder auf das Gerät eingestellt hatten, sah er, dass sich die Tür öffnete. Ein Mann kam heraus, den Redfox trotz des Nachtsichtgerätes nicht gleich erkennen konnte. Der Beobachter schaltete die Infrarotlampe zu. Jetzt hatte er ausgezeichnete Sicht. Der Mann war Kerner!
Mit einem so schnellen Zusammentreffen mit seiner Beute hatte der Menschenjäger nicht gerechnet. Der Mann dort drüben fühlte sich völlig unbeobachtet. Er ließ sich auf einen Stuhl fallen, der vor der Hütte stand. Langsam zündete er sich eine Zigarette an und begann genussvoll zu rauchen. Der Glühpunkt der Zigarettenspitze glimmte überhell im Nachtsichtgerät auf. Wenn sich der Mann dabei bewegte, erschienen in der Optik grüne verglimmende Streifen.
Der Ex-Polizist hatte keine Ahnung, dass er aus geringer Entfernung intensiv studiert wurde.
Plötzlich tauchte aus der Nacht neben der Hütte schemenhaft eine massige Tiergestalt auf. Redfox kniff die Augen zusammen. Handelte es sich um einen großen Hund? Hunde waren immer gefährlich, weil unberechenbar.
Wenig später entspannte er sich wieder. Es war offensichtlich ein Wildschwein. Logisch. Hier wurden Versuche mit diesen Tieren gemacht. Wahrscheinlich gab es jede Menge dieser Viecher hier auf dem Versuchsgelände. Allerdings hatte er nicht damit gerechnet, dass diese Tiere so zahm waren. Das Schwein war unglaublich groß und kräftig. Kerner schien mit dem Ungetüm ziemlich vertraut zu sein.
„Da bist du ja, du Herumstreuner", hörte er den Mann sagen. Der Wind trug die Worte klar und deutlich über die Lichtung. „Bleib mir bloß vom Leib, du hast dich wieder in der Suhle gewälzt. Du stinkst wie ein Schwein!" Der Mann lachte verhalten.
Redfox beschloss seinen Beobachtungsposten aufzugeben. Ihm war klar, dass die Sinne des Tieres ihn leicht bemerken konnten, wenn der Wind umschlug. Er erhob sich. Für heute hatte er genug gesehen. Leise entfernte er sich von dem Holzhaus und machte sich auf den Rückweg. Als er bereits einige hundert Meter entfernt war, schlug der Wind für einen Augenblick um.
Orrieh, der neben Kerner im Gras lag, sprang plötzlich auf die stämmigen Läufe und hob den Wurf in den Wind. Hörbar prüfte er die Botschaft, die

ihm die Brise zutrieb. Zwar nur schwach, aber eindeutig erkannte er die Witterung eines fremden Menschen.
„Was ist denn los, Orrieh", brummte Kerner, der schon leicht schläfrig war.
„Zieht ein Fuchs durchs Revier?"
Er hatte keine Ahnung, wie nahe er mit seiner Vermutung der Wahrheit gekommen war.

Tief in der Nacht, als Ron Kerner schlief, durchstreifte Orrieh den Wald. Er hatte sehr schnell die Stelle gefunden, wo ihm fremder Menschengeruch in die Nase stach. Mit der Sorgfalt eines ausgebildeten Schweißhundes verfolgte der Keiler die Fährte bis zum Zaun. Ausgiebig bewindete er das Drahtgitter, wo die Kleidung des unbekannten Menschen das Metall berührt hatte.
Lange Zeit blieb der Basse stehen und konzentrierte sich auf den Bereich jenseits des Zauns. Doch die Informationen, die der Wind mit sich brachte, wurden immer schwächer, bis die Witterung schließlich fast völlig verblasste. Orrieh drehte sich um und trottete davon. Mit sich nahm er ein unerklärliches Gefühl der Bedrohung. Diese Witterung trug den Beigeschmack der Gefahr.

14. Kapitel

14. Kapitel

Am nächsten Tag saß Kerner in der Abenddämmerung inmitten des Familienverbandes von Horrhorrs Rotte. Es war erstaunlich, wie schnell die Schwarzkittel ihre Toleranzgrenze ihm gegenüber erweitert hatten, nachdem einmal eine bestimmte Schwellenangst überwunden war.
Die Frischlinge tobten in wildem Spiel über seine Füße. Die Leitbache erhob gegen das Verhalten des Nachwuchses keine Einwände, hielt sich selbst aber vornehm zurück. Kerner bewunderte ihren natürlichen Adel, der aus einem unerschütterlichen Selbstbewusstsein kam. Ihre trutzige, unzerstörbar wirkende Gestalt stand wie ein Fels in der Brandung der meist unbesorgt durcheinander wirbelnden Rottenmitglieder. Kerner sprach auch mit ihr. Hin und wieder gab sie dann einen tiefen Grunzlaut von sich, der unschwer als freundlicher Gruß interpretiert werden konnte.
Orrieh hatte sich wie immer, wenn die Rotte in der Nähe war, verdrückt und stromerte irgendwo auf dem Gelände herum.
Wenig später hatte die Anführerin genug und gab mit einem autoritären Blasen das Zeichen zum Aufbruch. Ohne Eile, aber widerspruchslos, folgte die Rotte ihrer Anführerin in den Wald.
Es dauerte nur Minuten, dann tauchte Orrieh wieder auf. Mit hohem Wurf kontrollierte er die Witterung an der Fütterung, dann kam er zu Kerner und drückte sich an ihn.
Plötzlich, wie vom Blitz getroffen, brach der Basse zusammen und lag still.
Verwundert betrachtete der Mann das Stück. War das ein neues Spiel? Das sah ja fast so aus, als wäre er ... Kerner kniete neben dem Keiler nieder und fuhr ihm über den Schädel.
Seine Finger fühlten klebrige Nässe. Die Erkenntnis traf ihn wie ein Blitzschlag: Auf Orrieh war geschossen worden!
Jahrelang antrainierte Verhaltensweisen liefen ab wie ein Computerprogramm. Kerner machte eine Hechtrolle zur Seite, die ihn in die Deckung eines dicken Eichenstammes brachte. In der Bewegung zuckte seine Hand zur Hüfte. Nur Sekundenbruchteile später realisierte er, dass er unbewaffnet war.
Seine Ausbildung, die es ihm immer ermöglicht hatte auch in extremen Stresssituationen die Nerven zu bewahren, half ihm auch jetzt. Konzentriert suchten seine Augen die umliegende Umgebung ab. Es war aber zwischenzeitlich so düster, dass er die schwarzen Schlagschatten der Bäume nicht mehr durchdringen konnte.
Kerner überlegte fieberhaft. Warum hatte man auf ihn geschossen? Für ihn gab es keinerlei Zweifel, dass er das Ziel gewesen war, der Schütze ihn lediglich verfehlt hatte. Der Keiler war nur versehentlich getroffen worden.
Orrieh lag noch immer als regloser Klumpen auf der Stelle. Der Ex-Polizist schüttelte unwillkürlich den Kopf. Es durfte einfach nicht sein, dass der Keiler, den er so lieb gewonnen hatte, tot war.

14. Kapitel

Konnte es sein, dass ihn hier in der Abgeschiedenheit des Todwaldes jemand aufgestöbert hatte, der eine alte Rechnung mit ihm begleichen wollte? Ron Kerner hatte sich in seiner Dienstzeit zwangsläufig in Verbrecherkreisen zahlreiche Feinde gemacht. Für einen gezielten Anschlag sprach auch, dass er keinen Schuss gehört hatte. Das Projektil war offenbar aus einer schallgedämpften Waffe abgefeuert worden. Ein Schallabsorber wirkte aber nur dann so vollkommen, wenn das Geschoss unter der Schallgrenze blieb. Projektile dieser Art waren aber normalerweise nicht in der Lage, einen Keiler von Orriehs Größe schlagartig zu töten.

Kerner war klar, dass Nachforschungen zu dieser Tageszeit von vornherein zum Scheitern verurteilte waren. In der Zwischenzeit war es fast dunkel geworden.
Ron Kerner ahnte die Bewegung mehr, als er sie sehen konnte. Orrieh bewegte sich, schnaubte vernehmlich und versuchte sofort auf die Läufe zu kommen. Der Ex-Polizist verschwendete keinen weiteren Gedanken an den Heckenschützen, der mit Sicherheit schon über alle Berge war. Er eilte zu dem Keiler, der mittlerweile wieder stand.
„Mein Gott, bin ich froh, dass es dich offenbar nicht ernstlich erwischt hat", brach es aus ihm hervor, während er Orrieh streichelte und dabei nach einer Wunde suchte.
„Komm, wir gehen zum Haus", forderte er schließlich den Keiler auf, „damit ich dich untersuchen kann."
Er marschierte los und Orrieh folgte ihm. Er war noch immer etwas benommen.
Als sich Kerner nach hundert Metern nach seinem vierbeinigen Freund umsah, war dieser verschwunden.
Besorgt rief der Mann nach ihm, bekam aber als Antwort nur sein eigenes Echo. Nachdem er den Keiler nirgendwo liegen sah, eilte er weiter zur Hütte. Er musste den Vorfall so schnell wie möglich dem Professor melden.

Der Menschenjäger hatte das Versuchsgelände wieder am späten Nachmittag dieses Tages an der präparierten Stelle betreten.
Er beobachtete sein Ziel, als es das Haus verließ und mit zwei Eimern bewaffnet zu einer Fütterung in der Nähe der Blockhütte aufbrach. Die große Wildsau begleitete Kerner wie ein Hund.
Seine Tarnkleidung ließ Redfox, der den beiden folgte, zwar völlig mit seiner Umgebung verschmelzen, er achtete jedoch ständig auf die Windrichtung, damit der Keiler keine Witterung von ihm bekam.
Dieser Job hier war anders. Er konnte nicht genau erklären, woran es lag, aber dieser Mann übte einen merkwürdigen Reiz auf ihn aus. Kerner hatte

14. Kapitel

eine Ausstrahlung, die eine längst verklungene Saite in Redfox wieder zum Klingen brachte. Kritisch fragte er sich, ob der Menschenjäger in ihm nicht langsam gefährlich sentimental wurde.

So hatte er vor vielen Jahren auch einmal ausgesehen. Hager, drahtig, kraftvoll. In seinen jungen Jahren gab es keine Aufgabe, vor der Redfox zurückgeschreckt wäre.

Und trotzdem war Kerner auf faszinierende Art anders als er. An seinen ganzen Bewegungen konnte er sehen, dass der Mann hier in diesem Wald zu Hause war. Dazu kam seine Vertrautheit mit diesen Wildschweinen. Redfox verstand nicht viel von Wild, aber er wusste immerhin so viel, dass diese urigen Geschöpfe, die eine enorme Kraft ausstrahlten, normalerweise sehr scheu waren.

Redfox empfand ganz anders. Der Wald war für ihn ungewohnt. Er empfand die Büsche und die Bäume, die Unwegsamkeit des Terrains, die stechenden Insekten und die lärmenden Vögel als lästig, ja fast feindlich. Er gab es ungern zu, aber dieser Wald verunsicherte ihn. Hier waren Fähigkeiten erforderlich, die er in vielen Jahren der Menschenjagd in urbaner Umgebung verloren hatte.

Und trotzdem, oder vielleicht gerade deshalb, gab es da einen Gedanken, der irgendwann in der Nacht aufgetaucht war und sich wie eine Zecke in seinem Gehirn festgesetzt hatte:

Wäre er, Redfox, noch in der Lage diese Beute zu erlegen, wenn sie von ihrem Verfolger wusste? Konnte er in seinem Alter den weitaus jüngeren Mann besiegen?

Wie Redfox musste Kerner eine Jägermentalität besitzen. Sonst hätte er niemals den Job als Scharfschütze machen können. Es spielte dabei für Redfox keine Rolle, dass Kerner im Namen des Gesetzes handelte. Für ihn war ausschlaggebend, dass Kerner, genau wie er, fähig war einen Menschen zu töten. Ließ man das ganze Beiwerk weg, bestand zwischen ihnen eigentlich kein Unterschied. Sie waren beide Menschenjäger!

Aus Kerners Personalakte wusste Redfox, dass Kerner ein besonnener Mann war. Auch der Fuchs war kein Hektiker. Für diese Tätigkeiten war kühle Planung Grundvoraussetzung.

Redfox wusste, dass er die Antwort auf seine Fragen nur auf eine Weise bekommen konnte. Er musste Kerner klarmachen, dass er anwesend war. Es musste ein Zeichen sein, das den Ex-SEK-Mann aus seiner Reserve lockte. Nachdem er den Mann beobachtet hatte, stand sein Plan fest.

Als sich der Menschenjäger in sicherer Deckung mit gutem Wind dem Futterplatz näherte, konnte er gerade noch sehen, dass der Keiler in entgegengesetzter Richtung im Wald verschwand. Redfox fluchte leise, jetzt musste er die Umsetzung seines Plans verschieben.

14. Kapitel

Er sah sich um. Eine verkrüppelte, aber stämmige Buche war geeignet. Er kletterte drei Meter hoch auf den untersten Ast und lehnte sich an den Stamm. Mit seiner Tarnkleidung war er im bunten Herbstlaub nicht auszumachen. Das Schussfeld auf die Lichtung war frei. Die Kamera, die den Bereich überwachte, befand sich ein ganzes Stück von ihm entfernt. Der Fuchs befand sich in ihrem toten Winkel.

Redfox legte das Gewehr quer über seine Oberschenkel und wartete. Der Wind wehte ihm konstant ins Gesicht.

Als die Wildschweinrotte zur Fütterung kam, verschwand Kerner ein wenig zur Seite des Platzes, wodurch er von mehreren Ästen und Zweigen teilweise verdeckt war.

Die Rotte machte solchen Lärm, dass jede Bewegung Redfox' verschluckt wurde.

Endlich hatten die grunzenden Vierbeiner genug gefressen und verschwanden wieder im Wald. Als kurz darauf der Keiler auf der Waldbühne erschien, nickte der Mann im Tarnanzug zufrieden. Er hatte die Situation richtig eingeschätzt.

Das Licht war mittlerweile stark geschwunden und der Menschenjäger erwog einen Augenblick vom Zielfernrohr auf das Nachtzielgerät zu wechseln. Dann verwarf er den Gedanken wieder. Die Umrüstung hätte zu viel Zeit gekostet und möglicherweise auch Geräusche erzeugt.

Redfox zog das Gewehr an die Schulter, fasste den dicken Schädel des Keilers ins Ziel und drückte ab. Das leise Plob des Schusses ging im Abendgesang der Vögel unter. Zufrieden stellte er fest, dass das Wildschwein schlagartig zusammenbrach. Die Wirkung der Projektile war offenbar hervorragend.

Er hatte Kerner richtig eingeschätzt. Sein instinktiver Griff an den Gürtel war ihm ebenso wenig entgangen wie der konzentrierte Blick, mit dem der Mann die Umgebung nach dem vermeintlichen Schützen absuchte.

Die Dunkelheit war aber zwischenzeitlich so weit fortgeschritten, dass sich der Fuchs gefahrlos entfernen konnte, ohne bemerkt zu werden. Für heute hatte er genug getan, um seine wehrhafte Beute auf sich aufmerksam zu machen. Er schlug den Weg ein, auf dem er gekommen war.

15. Kapitel

15. Kapitel

Der alte Waldkauz stieß einen ärgerlichen Klageruf aus, dann strich er lautlos ab. Es war es nicht gewohnt bei seinen nächtlichen Jagdflügen gestört zu werden.
Orrieh lauschte dem nicht allzu fernen Ruf des Nachtgreifvogels, dann entfernte er sich lautlos von seinem Menschen, der vor ihm durch die Dunkelheit lief. Er wusste, dass sich der Kauz von den Tieren des Waldes nicht stören ließ. Es musste eine andere Ursache sein, die seinen Unmut erregt hatte. Die fremde menschliche Witterung, die er am Vortag gespürt hatte, fiel ihm wieder ein.
Der Kopf schmerzte dem Keiler und immer wieder schüttelte er das Haupt, um das Schädelbrummen zu vertreiben. Trotz der Beeinträchtigung führte ihn seine feine Nase sicher durch die Dunkelheit. Irgendein Instinkt ließ ihn die Schmerzen mit dem feindlichen Geruch des unbekannten Menschen verknüpfen. Eine bisher nicht gekannte Wut pochte in seinem Blut und drängte den Schmerz in den Hintergrund.
Er beachtete die Mäuse nicht, die vor seinem tief geführten Wurf davonhuschten und ängstlich pfiffen. Sein hoch entwickelter Geruchssinn, der mit jeder noch so feinen Hundenase problemlos konkurrieren konnte, war voll auf Suche ausgerichtet.
Als die feindliche Witterung wenig später frisch und konzentriert auf seine Schleimhäute traf, stieß er ein wütendes Blasen aus. Unwillkürlich wetzte er seine starken Waffen und führte einen seitliche Kopfschlag gegen den Stamm einer Birke. Sein Gewaff hinterließ tiefe Spuren in der Rinde.
Er saugte sich an der Fährte fest und hatte keine Probleme ihr zu folgen. Die Standzeit der Trittsiegel der Schuhe im Erdreich war kurz und wurde immer frischer. Der Mensch musste dicht vor ihm sein. Orrieh setzte seine mächtigen Schalen so leise auf, dass er über den Waldboden zu schweben schien.
Unmittelbar verwandelte sich das Geruchsbild zu einer schemenhaften Gestalt im finsteren Hochwald, die erstaunlich sicher ihren Weg fand.
Orrieh verharrte, richtete sich zu seiner imponierenden Größe auf und blies dem Menschen seine Kampfansage entgegen. Das heftige Wetzen seiner Waffen hätten jeden Artgenossen schlagartig in die Flucht geschlagen.
Der Mensch hingegen war völlig überrascht. Für eine Sekunde stand er wie gelähmt, als Orrieh das Gewaff senkte und angriff.

Dank seiner trainierten Reflexe hatte Redfox die Schrecksekunde sehr schnell überwunden und griff zum Revolver. Merkwürdigerweise hatte der Mann keinen Moment Zweifel daran, dass es das von ihm beschossene Wildschwein war, das auf ihn losstürmte. Für einen Wimpernschlag empfand Redfox so etwas wie Ärger, dass er offenbar nicht richtig getroffen hatte, dann war der Angreifer über ihm.

15. Kapitel

Der Keiler griff ihn nicht frontal von vorne, sondern, wie es seiner Art eigen war, schräg von der Seite an, so dass er seinem Gegner den schützenden Schild, eine verdickte Hautstelle am Schulterblatt, darbot.
Redfox fühlte sich wie von einer Dampframme getroffen. Der Revolver, den er bereits in die Hand bekommen hatte, flog im hohen Bogen durch die Luft und landete in einer Ansammlung Hirschfarn.
Der Angegriffene rollte sich geistesgegenwärtig zur Seite, wobei die Panzerbrille nach unten rutschte. Da er aber einen Rucksack trug, gelang die Rolle nur unvollständig, so dass er auf der Seite liegen blieb. Dieser Umstand war aber auch sein Glück. Die wuchtigen Schläge, die der Keiler mit seinem Gewaff gegen den Körper des Liegenden führte, wurden vom Rucksack weitgehend abgefangen.
Redfox herumschlagenden Hände trafen einen schlanken Baumstamm. Während der Angreifer seine Attacke fortsetzte, riss sich der Menschenjäger in die Höhe und kletterte so schnell er konnte auf den Baum. Blind, wie er in der Dunkelheit ohne sein Nachtsichtgerät war, konnte der Mann nicht sehen, dass der Baum für seine Flucht ungeeignet war. Als er eine geringe Höhe erreicht hatte, begann sich das Stämmchen, das nur die Stärke eines Oberarms hatte, bedenklich zu biegen. Redfox kletterte nicht mehr weiter. Seine Beine waren noch immer in Reichweite der Waffen des Angreifers. Mit einem heftigen Schlag drangen die Haderer des Keilers in die Wade des Mannes ein und rissen sie tief auf. Redfox stieß einen heiseren Schrei aus. Zum ersten Mal seit ewiger Zeit empfand der Menschenjäger wieder ein Gefühl, das er eigentlich vergessen hatte. Er hatte Angst. Angst vor dieser Kampfmaschine zu seinen Füßen, die nichts davon abhielt ihn zu attackieren.
Plötzlich änderte der Keiler seine Taktik. Er nahm Anlauf und rammte den Stamm des Baumes. Beim zweiten Anlauf konnte sich Redfox nicht mehr halten. Mit einem Aufschrei knallte er auf den Waldboden. Dabei landete er so unglücklich, dass sein Kopf auf einem Stein aufschlug. Sofort wurde er ohnmächtig.

Als Orrieh merkte, dass sein Gegner regungslos war, ließ er von ihm ab. Er wartete noch einen Augenblick, nahm noch einmal tief Witterung, dann drehte er sich um und trottete davon.
Sein Schädel schmerzte fürchterlich. Der Kampf hatte seine Kopfwunde, die schon leicht verschorft gewesen war, wieder aufreißen lassen. Das Blut lief ihm an der Seite herunter. Sein Ziel war der Mensch in der Hütte. Sein Instinkt sagte ihm, dass er dort Hilfe bekommen würde.

Kerner saß auf der Bank vor seiner Behausung und rauchte nervös eine Zigarette nach der anderen. Er konnte sich nicht erklären, wohin Orrieh

15. Kapitel

verschwunden war. War die Verletzung doch so schlimm, dass er irgendwo im Wald lag und auf seine Hilfe wartete? Nach ihm zu suchen hatte in der Nacht aber absolut keinen Sinn. Da hätte er genauso gut nach der berühmten Stecknadel im Heuhaufen suchen können. Ihm war klar, dass er seine Pflichten vernachlässigte, weil er das Institut noch nicht alarmiert hatte. Er würde noch eine halbe Stunde warten, dann konnte er die Benachrichtigung nicht länger hinauszögern. Die Konsequenzen waren ihm klar. Wenn er Orrieh verloren hatte, würde er gefeuert werden.
Die Überlegungen nach der Identität des Schützen hatte er zunächst in den Hintergrund verdrängt.
Plötzlich hörte er im Hochwald das laute Knacken eines brechenden Astes. Erregt sprang er auf. Da roch er auch schon die Wildausdünstung eines Wildschweins. Das musste Orrieh sein.
Da war der Keiler auch schon bei ihm.
„Da bist du ja endlich, mein Junge", freute sich der Ex-Polizist mit leicht vorwurfvollen Unterton in der Stimme. „Wo hast du dich denn herumgetrieben?"
Während er mit dem Keiler sprach, drängte er ihn sanft in Richtung Jagdhütte. Er wollte sich die Verletzung bei Licht besehen.
„Da haben wir ja noch einmal Glück gehabt", stellte er aufatmend fest, als er den Streifschuss in der Kopfschwarte des Keilers betrachtete. „Aber was ist denn das...?"
Während er, das Haupt des Keilers auf dem Schoß liegend, die Wunde untersucht hatte, bemerkte er am Gewaff des Keilers ebenfalls Blutspuren. Die konnten keinesfalls von der Kopfverletzung stammen. Aufgeregt untersuchte er Orriehs Schädel, konnte aber keine weiter Verletzung feststellen.
„Wenn ich nur wüsste, was sich da im Wald abgespielt hat, nachdem du verschwunden warst", murmelte er vor sich hin und sah seinem vierbeinigen Freund nachdenklich in die Augen. Er wusste, dass er darauf wohl keine Antwort bekommen würde.
Langsam ging er zum Funkgerät und rief den Wachraum im Institut. Er hatte keine andere Wahl – wenn er seinen Job behalten wollte, musste er die Verletzung melden.

Professor Philipp tobte. Die Wache hatte ihn aus dem Bett geholt und er war sofort ins Institut gekommen. Höchstpersönlich hatte er Orrieh mit einem Spezialfahrzeug von der Jagdhütte abgeholt. Mit Hilfe Kerners war es kein Problem gewesen, dem Keiler eine Betäubungsspritze zu geben. Nachdem Orrieh von dem Wissenschaftler versorgt worden war, lag er jetzt in einem Aufwachraum des Instituts. Die Verletzung hatte sich tatsächlich als harmloser Streifschuss herausgestellt, der den Schädel kaum angekratzt hatte.

15. Kapitel

Der Professor wollte noch einige Messungen vornehmen, um zu sehen, ob die Sonde unter der Kopfschwarte nicht beschädigt war, bevor er den Keiler wieder in die freie Wildbahn entließ.
Jetzt befand er sich mit Kerner in seinem Arbeitszimmer und lief erregt auf und ab. Der Ex-Polizist lehnte entspannt an der Wand. Seit er erfahren hatte, dass dem Keiler nicht viel geschehen war, war er wieder ruhiger.
„Wissen Sie eigentlich, welchen Wert jedes einzelne dieser Wildschweine dort draußen hat?", schrie er mit hochrotem Kopf. „Orrieh alleine ist ein Vermögen wert! – In diesen Tieren stecken Millionen von Forschungsmitteln und Sie lassen zu, dass auf Sie geschossen wird!"
Jetzt wurde es Kerner doch zu bunt.
„Jetzt halten Sie aber mal die Luft an. Sie haben das ganze Gelände abgesichert wie eine militärische Raketenbasis. Wenn schon alle diese Sicherheitsmaßnahmen versagen, wie soll ich dann verhindern, dass irgendein Idiot eindringt und aus welchen Gründen auch immer auf die Versuchstiere schießt. Ich kann mir gar nicht vorstellen, was das einem bringen soll? – Ich habe mir schon überlegt, ob es ein Gruß aus meiner Vergangenheit sein könnte. Vielleicht hat irgendein Gangsterboss, dem ich einmal auf die Füße getreten bin, den Auftrag gegeben mich zu beseitigen."
„Ach, was", winkte der Professor heftig ab, „da gibt es ganz andere Interessenten, die zu solch einer Tat fähig sind. Was glauben Sie, was die Konkurrenz dafür geben würde, wenn sie ein Exemplar unserer Versuchstiere tot in die Hände bekommen würde? Glauben Sie vielleicht, wir betreiben den ganzen Sicherheitsaufwand so zum Spaß? Was wir hier machen ist absolut streng geheim!" Er trat ans Fenster und starrte in die Nacht. Dann schien er einen Entschluss gefasst zu haben.
„Ich bin überzeugt, dass dies nicht der letzte Versuch sein wird sich eines der Tiere anzueignen. Wir können sie nicht in Ställen einsperren, da würden sie eingehen. Ich werde dafür sorgen, dass die Sicherheitseinrichtungen massiv verstärkt werden. Für Orrieh und seine Sicherheit sind mir aber Sie alleine verantwortlich. Wenn dem Keiler etwas geschieht, dann..." Der Mann ließ den Satz unvollendet.
Kerner kniff die Augen zusammen. „Soll das eine Drohung sein?", fragte er leise.
„Wie Sie das auffassen, ist mir egal", erwiderte der Wissenschaftler, der wieder zu seiner Kühle zurückgefunden hatte. „Sie sind Ex-Polizist und Jäger. Verschaffen Sie sich eine Waffe und sorgen Sie dafür, dass dem Keiler nichts geschieht – notfalls unter Einsatz ihres Lebens. Wenn sich einer dem Keiler nähert, machen Sie von der Waffe Gebrauch. Sollten Sie versagen..., glauben Sie mir, der Globus ist nicht groß genug, dass die MIG Sie nicht finden könnte, um Sie zur Rechenschaft zu ziehen." Der Mann ging zur Tür.

15. Kapitel

„Warten Sie draußen. Ich werde jetzt noch einmal nach dem Keiler sehen, dann lassen wir ihn aufwachen und Sie können ihn wieder mit in den Wald nehmen."
Er drängte Kerner aus dem Raum, dann eilte er mit wehendem Labormantel den Gang hinunter.
Die Worte des Professors hatten Kerner aufgewühlt. Er hatte sich geschworen keine Waffe mehr anzufassen. Und er dachte nicht daran sich von der MIG zum Killer machen zu lassen. Er musste einen Ausweg finden, um den Keiler zu schützen und gleichzeitig nicht zum Verbrecher zu werden. Dazu musste er aber erst einmal wissen, was so besonders an Orrieh war, dass Professor Philipps seinetwegen einen Toten in Kauf genommen hätte.
Kerner zögerte einen Augenblick, dann drückte er auf die Türklinke des Büros des Institutsleiters. In seiner Aufregung hatte der Wissenschaftler vergessen abzuschließen.
Der Bildschirm auf dem Schreibtisch war eingeschaltet. Das Programm, das der Professor bearbeitete, kurz nachdem er mit Kerner das Büro betreten hatte, war noch immer aufgerufen. Auf dem Bildschirm war die Benutzeroberfläche einer Wissenschaftsdatenbank zu erkennen. Mit wenigen Tastenanschlägen hatte er den Namen „Orrieh" in die Suchfunktion eingegeben. Einen Sekundenbruchteil später hatte er alle Informationen vor sich, die er haben wollte. Schnell las er. Schon nach wenigen Sätzen wurde ihm ganz schwindelig. Das war ja unvorstellbar!
Der Professor hatte Orrieh mit Hilfe einer Genmanipulation ein menschliches Gehirn geschaffen! Jetzt wurde für den Ex-Polizisten einiges klar.
Blitzschnell schickte er die Informationen zum Arbeitsplatzdrucker, der die beiden Seiten schnell gedruckt hatte. Kerner steckte die Blätter in seine Jackentasche, dann versetzte er den Bildschirm wieder in seine ursprüngliche Maske. Vorsichtig öffnete er die Tür. Der Flur war leer. Langsam huschte Kerner hinaus. Wer oder was war Orrieh nun wirklich? Ein Monster? Die Angst des Professors, dass die Konkurrenz am Tod des Keilers Interesse haben könnte, schien ihm jetzt glaubhaft.
Es war noch Nacht, als sie das Transportfahrzeug wieder an der Jagdhütte absetzte. Orrieh war wieder putzmunter.
Als Kerner den Wohnraum betrat, blieb er wie angewurzelt stehen. Während seiner Abwesenheit war er durchsucht worden!
Der Keiler stand im Türrahmen und sog die Witterung des Raumes in die Nase. Plötzlich sträubte er die Kammhaare und ließ ein dumpfes, drohendes Blasen hören. Es klang wie ein Brüllen.

Als Redfox erwachte, umfing ihn absolute Dunkelheit. In der kurzen Phase, in der er seine Wahrnehmungen noch nicht richtig koordinieren

konnte, gaukelte ihm sein Verstand Blindheit vor. Heiß spürte er die Woge der anbrandenden Panik. Dieser Furcht verdankte er, dass sich seine Gedanken schneller klärten.
Der Kampf mit dem Wildschwein fiel ihm ein. Sofort richtete er seine Sinne in die nähere Umgebung, um herauszufinden, ob dieser gnadenlose Gegner noch in der Nähe war und nur darauf wartete, dass er sich bewegte. Als er auch nach Minuten kein Geräusch vernahm, das einem lebendigen Wesen zugeordnet werden konnte, ließ seine Anspannung etwas nach. Mit der einkehrenden Ruhe kamen die Schmerzen.
Ganz vorsichtig rührte sich der Menschenjäger und begann der Reihe nach Befehle an seine Muskulatur zu schicken. Aus dem Kopf kam Schmerz. Aus dem rechten Bein kam Schmerz. Von seiner Seite meldete er sich ebenfalls. Vorsichtig richtete sich Redfox in eine sitzende Position auf. Seine tastenden Hände berührten den schlanken Buchenstamm, der ihn so kläglich im Stich gelassen hatte. Der schlanke Stamm war stark genug, um sich daran anzulehnen.
Der Reihe nach fühlte er die schmerzenden Stellen ab: Am Hinterkopf hatte er eine kräftige Beule und er fühlte etwas Blut. Wahrscheinlich war er beim Sturz auf einen harten Gegenstand aufgeschlagen. Daher auch die Ohnmacht. Vermutlich hatte er eine leichte Gehirnerschütterung, sonst schien der Kopf in Ordnung. Die kleine Platzwunde konnte er aus seiner Rucksackapotheke versorgen. Die Rippen waren offenbar auch nicht gebrochen. Eine Prellung war zu ertragen.
Als er nach dem Bein tastete, erschrak er. Die Wade war mit Blut verschmiert und er konnte einen tiefen Riss erfühlen. Die Berührung schickte einen heftigen Schmerz durch seinen Körper. Das Blut war nass und klebrig und nicht geronnen. Ein Zeichen dafür, dass die Wunde noch immer blutete.
Redfox musste sich die Verletzung bei Licht ansehen. Mit dem Nachtsichtgerät, das ihm noch immer vom Kopf hing, konnte er hier nicht viel ausrichten. Er zog seinen Rucksack vom Rücken und suchte nach der Taschenlampe. Er nahm den Lampenkopf so in die Hand, dass nur ein schmaler Lichtstreifen auf das Bein fiel. Als er die Bescherung sah, stieß er einen wilden Fluch aus. Die Wunde, welche die Waffen des Keilers geschlagen hatten, war eine ganze Handspanne lang und ziemlich tief. Sie blutete noch immer reichlich. Rund um das Bein war das Herbstlaub rot gefärbt.
Redfox mahnte sich zur Ruhe. Es war eigentlich das erste Mal in seiner Laufbahn als Menschenjäger, dass er ernstlich verletzt war. Dass diese Wunde ernst zu nehmen war, daran gab es für ihn keinen Zweifel. Die Ränder waren gezackt und ausgefranst. Wahrscheinlich war sie infiziert. Wenn er sich nicht täuschte, waren Wildschweine Allesfresser. Das bedeutete, dass sie auch Aas zu sich nahmen.

15. Kapitel

Er musste sich schleunigst eine Wundstarrkrampfspritze setzen, außerdem musste die Wunde desinfiziert und genäht werden. Das konnte er mit seiner Rucksackapotheke nicht leisten. Bis zum Camper war ein weiter Weg, den er so nicht schaffen würde.

Er holte ein Verbandspäckchen aus seinem Rucksack und verband die tiefe Fleischwunde so gut er konnte. Vorsichtig zwang er sich auf die Beine. Er hatte keine andere Wahl, er musste zur Hütte seiner Zielperson. Irgendwie musste er den Ex-Polizisten überwältigen, damit er an dessen Hausapotheke kam. Dass eine solche dort zu finden war, hatte er keinen Zweifel.

Mit dem Verband war es ihm gelungen die Blutung einigermaßen zu stillen. Er untersuchte den Rucksack. Das Marschgepäck trug deutliche Spuren vom Angriff des Wildschweins. Wahrscheinlich waren von seinem Packen die härtesten Schläge des Angreifers abgefangen worden. Hoffentlich hatte das Gewehr nichts abbekommen! Redfox nahm die kleine Taschenlampe in den Mund und untersuchte die Waffe. Sie schien unversehrt zu sein. Trotzdem würde er bei passender Gelegenheit einen Kontrollschuss abgeben müssen. Die Schläge, die das Präzisionsgewehr einstecken musste, waren offensichtlich hart gewesen. Für sein Vorhaben war der Bulldog sowieso besser geeignet.

Bei dem Gedanken tastete er nach dem Revolver. Er stieß einen neuerlichen Fluch aus. Die Waffe war weg! Er konnte sich nicht erinnern, bei welcher Gelegenheit er sie verloren hatte. Vermutlich war sie ihm bei der Flucht auf den Baum irgendwie herausgerutscht.

Langsam ließ er den Lichtstrahl der Lampe über den Boden gleiten. Wenn nur nicht der verdammte Schmerz gewesen wäre! So viel er herumsuchte, die Waffe blieb verschwunden.

Redfox gab auf. Es war jetzt wichtiger die Wunde zu versorgen. Vielleicht konnte er später noch einmal nachsuchen.

Er rückte das Nachtsichtgerät zurecht und schaltete es ein. Es war fast ein Wunder, dass es immer noch funktionierte. Es war glücklicherweise ein Militärgerät, das robust ausgelegt war.

Schwerfällig schleppte sich der Menschenjäger in Richtung Jagdhütte. Nachdem er eine Strecke gegangen war, legte sich der Schmerz im Bein etwas und er kam besser voran. Er hatte Mühe sich zu orientieren. Als er schon dachte, er sei an der Hütte vorbei gelaufen, konnte er sie als dunkler Schatten im Nachtsichtgerät auftauchen sehen.

Es brannte kein Licht. Wahrscheinlich schlief Kerner.

Dem einsamen Mann lief ein leichter Schauer den Rücken hinunter. Er dachte an das Wildschwein, das womöglich hier in der Dunkelheit lauerte und ihn schon lange bemerkt hatte. Da Redfox keinen Revolver zur Verfügung hatte, zog er das lange Kampfmesser aus der Scheide im Stiefel. Das

Gewehr hätte ihm auf die kurze Entfernung nichts genutzt. Er konnte sich noch genau erinnern, mit welch vernichtender Wucht und Geschwindigkeit der schwarze Koloss auf ihn losgegangen war.
Vor der Tür der Hütte blieb er stehen und lauschte minutenlang. Er konnte kein Geräusch vernehmen, das auf die Anwesenheit eines Bewohners hätte schließen lassen.
Der Schmerz in seinem Bein mahnte ihn nicht länger zu warten. Er fasste das Messer fester und öffnete entschlossen die Tür. Im Schein der Infrarotlampe sah er sofort, dass das Bett leer war. Zerwühlt, wie sie Kerner verlassen hatte, lagen die Kissen auf der Matratze.
Redfox entspannte sich etwas. Jetzt erst merkte er, dass er während der Aktion den Atem angehalten hatte. Hart presste er die Luft aus den Lungen.
Der Menschenjäger verlor keine Zeit. Sein suchender Blick fand schnell, was er suchte. Der Kasten mit dem roten Kreuz hing hinter der Türe.
Es zeigte sich, dass die Hausapotheke gut sortiert war. In einer Forschungseinrichtung auch nicht anders zu erwarten. Sterile Nadeln und Nahtmaterial waren ebenso vorhanden wie Schmerzmittel und einige Einmalspritzen mit Tetalinol, ein wirksames Mittel gegen Tetanus. Mit kundigen Augen suchte der verletzte Mann die Dinge heraus, die er benötigte, und steckte sie in seine Jackentasche. Er wollte so schnell wie möglich hier weg, um sich zu versorgen. Hier war er extrem verwundbar.
Die ganze Aktion dauerte nicht länger als zehn Minuten. Nachdem er sich noch eine leichte Decke von einer Kiste geschnappt hatte, humpelte er wieder in den Wald zurück. Er brauchte einen ruhigen Platz, wo er sich verarzten konnte. Redfox hatte sich keinerlei Mühe gegeben seine Spuren im Haus zu verwischen. Ihm war klar, dass ein Mann wie Kerner ohnehin die geringste Veränderung in seiner nächsten Umgebung sofort bemerken würde.
Jetzt, nachdem er etwas ruhiger geworden war, fand er Zeit sich Gedanken über den Umstand zu machen, dass Kerner nicht in seiner Hütte war. Wo war der Ex-Polizist? Hatte er sich möglicherweise in das Institutsgebäude zurückgezogen?
Redfox würde das später herausfinden. Jetzt musste er schleunigst die Wunde im Bein versorgen.
Als er glaubte weit genug von der Hütte entfernt zu sein, um gefahrlos Licht machen zu können, schaltete er die Panzerbrille aus und knipste die Taschenlampe an. Nachdem er die Decke auf dem Waldboden ausgebreitet und seine Utensilien aus der Hütte um sich sortiert hatte, schluckte Redfox zwei von den starken Schmerztabletten. Er wusste, dass das, was jetzt kommen würde, kein Zuckerschlecken war.
Nachdem er die Wunde mit einem Desinfektionsmittel besprüht hatte, reinigte er sie mit Verbandsmull so gut es ihm möglich war. Der Schmerz trieb

15. Kapitel

ihm dabei den Schweiß auf die Stirn. Als er fertig war, zog er einen Faden durch die Nadel und begann die Wunde zu nähen. Es bedurfte seiner ganzen Selbstbeherrschung, um den Schmerz zu ertragen. Als er die letzte Naht verknotet hatte, sank er erschöpft auf die Decke zurück.

Nachdem er sich wieder etwas erholt hatte, verband er die Wunde sorgfältig, aber so, dass sie ihn beim Gehen möglichst wenig behindern würde. Als er die Hose wieder über die Wade schob, hatte das Schmerzmittel seine Wirkung voll entfaltet. Redfox blieb liegen und schöpfte Kraft.

Er hatte sich vorgenommen, dass dies sein letzter Auftrag sein sollte. Langsam hatte er das Gefühl, dass es mit Sicherheit sein gefährlichster werden würde.

Professor Philipps saß hinter seinem Schreibtisch und beobachtete die Impulse, die von den Sensoren unter der Kopfschwarte Orriehs übertragen wurden. Immer wieder registrierte er auffällige Ausschläge im Bereich Aggression. Der Wissenschaftler war höchst besorgt. Hoffentlich hatte das Gehirn des Versuchstiers durch den Streifschuss keinen Schaden davongetragen. Das Wildschwein war für ihn von unschätzbarem Wert. Wenn es ihm gelang, in dem Schwein ein menschliches Gehirn zu züchten, wäre ihm ein Wunder geglückt. Wenn diese erste Stufe gelang, würde er versuchen das Gehirn auf einen Menschenaffen zu übertragen. Der nächste Schritt, die Übertragung eines Gehirns auf einen Menschen, war dann nur noch eine Frage der Zeit. Ethische und moralische Gesichtspunkte waren ihm hierbei egal.

Der Wissenschaftler bekam einen ganz trockenen Mund, wenn er von diesem Erfolg träumte.

Hoffentlich passte dieser Kerner auf sein wertvollstes Tier auf. Es war leider nicht möglich das Wildschwein in einem Stall zu halten. Nur in seiner normalen Umgebung konnte sich der Keiler richtig entwickeln – und damit auch das Gehirn. Es musste unter allen Umständen verhindert werden, dass dieses Experiment in der Öffentlichkeit bekannt wurde.

Philipps öffnete die Datenbank, um den Vorfall zu protokollieren. Als er die Maske aufrief, bekam er plötzlich ein Fenster eingeblendet: „Druck erfolgreich abgeschlossen". Der Mann stutzte, dann stieg ihm langsam die Hitze ins Gesicht. Irgendjemand hatte sich an seinem Computer zu schaffen gemacht und die Seite mit Orriehs Daten ausgedruckt! Die Gedanken hetzten durch Philipps Hirn. Das konnte nur dieser verflixte Kerner gewesen sein. Er hatte vor seinem Büro gewartet und konnte sich Zutritt verschaffen.

Der Wissenschaftler hätte sich am liebsten selbst geohrfeigt. Offenbar hatte er, als er das Büro verließ, vergessen auf den Ausgangsbildschirm zurückzugehen, von dem aus man nur mit einem geheimen Kennwort auf die Datenbank Zugriff erhielt.

15. Kapitel

Erschöpft lehnte er sich zurück und schloss die Augen. Jetzt blieb ihm nichts anderes übrig, als Kerner beseitigen zu lassen. Das Risiko war einfach zu hoch. Langsam griff er zum Hörer seines Telefons. Sein Anliegen duldete keinen Aufschub und hatte höchste Priorität.

16. Kapitel

16. Kapitel

Kerner erkannte sofort, dass das Ziel des fremden Eindringlings die Hausapotheke gewesen war. Sonst schien die Einrichtung der Hütte unberührt zu sein. Für Kerner bestand kein Zweifel, dass es sich bei dem ungebetenen Besucher um den Heckenschützen handelte. Wer sonst kam in Frage? Er musste so schwer verletzt sein, dass er das Risiko auf sich genommen hatte entdeckt zu werden. Blieb nur noch das Rätsel, wer den Kerl verletzt hatte.

Nachdenklich wanderte Kerners Blick zu Orrieh. Der Keiler stand noch immer in der Tür, war hoch erregt und sog geräuschvoll die Luft durch die Nase. Der Ex-Polizist erinnerte sich an das Blut an den Waffen, über dessen Herkunft er sich keine weiteren Gedanken gemacht hatte. Sollte Orrieh...? Kerner kniete vor seinem vierbeinigen Begleiter nieder und legte ihm die Hand auf den Nacken.

„Ruhig. Ruhig, mein Junge. Was hast du denn?"

Der Basse gab eine Reihe von Lauten von sich, die Kerner als den Versuch einer Kommunikation erkannte. Blitzlichtartig fiel ihm der Eintrag in Professor Philipps Datenbank ein. Für Kerner gab es keinen Zweifel, dass Orrieh weit intelligenter als jedes andere gewöhnliche Wildschwein war.

„Ich kann dich im Augenblick noch nicht richtig verstehen", erklärte Ron Kerner mit heiserer Stimme, „aber ich werde es lernen. Vielleicht kannst du mir zeigen, was du mir mitteilen willst."

Orrieh nieste, dann warf er sich herum. Er trottete einige Schritte weiter in die Nacht hinaus, dann drehte er sich und sah Kerner an. Er wartete darauf, dass der Mensch ihm folgte.

Der Ex-SEK-Mann schnappte sich schnell seine Taschenlampe und steckte sich für alle Fälle sein Jagdmesser hinter den Gürtel. Gegen einen Schützen konnte er damit sicher nichts ausrichten, aber es gab ihm ein Gefühl der Sicherheit.

Mit gesenktem Wurf marschierte Orrieh vor ihm her. Er schien genau zu wissen, was er wollte. Jenseits der Lichtung drangen sie in den Hochwald ein. Wortlos folgte Kerner seinem Führer. Er wusste, dass Orrieh jede Gefahr lange vor ihm erkennen konnte.

Sie waren vielleicht eine gute Viertelstunde unterwegs, als Orrieh plötzlich stehen blieb und ein signalisierendes Blasen von sich gab.

„Hast du was gefunden?", fragte Kerner und richtete den Lichtstrahl auf die Stelle, die der Keiler verwies.

„Verdammt", brummte er, als er die mittlerweile geronnene Blutlache entdeckte. „Du hast dir den Burschen tatsächlich vorgenommen."

Orrieh grunzte verhalten.

Im wandernden Lichtschein bemerkte Kerner die schlanke Buche, die deutliche Zeiten von Orriehs Waffen trug. Der Waldboden war von Orriehs harten

16. Kapitel

Schalen aufgewühlt. Am Fuße der Buche hatten sie sich tief eingegraben. Kerner konnte sich an den Pirschzeichen den Ablauf des Kampfes ausmalen.
„Du hast den Kerl offenbar ziemlich schlimm erwischt", redete er vor sich hin. „Er hat viel Blut verloren und sich dann zur Hütte geschleppt, weil er offenbar nicht warten konnte, bis er wieder draußen war."
Während Ron Kerner den Vorgang für sich rekonstruierte, hatte sich Orrieh ein Stück von ihm entfernt. Wenig später gab er ein tiefes Grunzen von sich, das die Aufmerksamkeit des Menschen forderte.
„Hast du noch etwas gefunden?", fragte Kerner und folgte dem Ruf.
Orrieh stand in einer Gruppe Hirschfarn und nahm Witterung von etwas, was am Boden lag.
Kerner bückte sich und tastete herum. Plötzlich spürte er Metall. Es dauerte nur einen Sekundenbruchteil, bis er den Gegenstand identifiziert hatte. Er stieß einen lautlosen Pfiff aus, als er im Licht der Taschenlampe einen kurzläufigen Revolver erkannte.
„Ich vermute mal, dass der Kerl das Schießeisen beim Kampf mit dir verloren hat", überlegte Kerner laut. „Freiwillig hat er es bestimmt nicht hierher gelegt."
Kerner öffnete routiniert die Trommel. Die Waffe war mit Hohlspitzgeschossen geladen. Eine Munitionssorte, die ein normaler Waffenbesitzer nicht legal erwerben konnte.
Kerner überlegte nicht lange und steckte die Waffe hinter seinen Gürtel. Er schaltete die Lampe aus und starrte nachdenklich in die Nacht.
Wenn er die ganzen Indizien richtig bewertete, war die Annahme, dass ein Unbekannter in das Sperrgebiet eingedrungen war, um sich Orriehs zu bemächtigen, nicht von der Hand zu weisen. Vermutlich war der Keiler mit dem Fremden zusammengetroffen und es hatte einen Kampf gegeben, bei dem der Mensch nicht unerheblich verletzt worden war. Offenbar so schwer, dass er sogar diese Waffe zurückgelassen hatte. Er war dann in die Jagdhütte eingedrungen, um sich zu verarzten. Folglich war er so schwer verletzt, dass er das Gelände nicht mehr verlassen konnte, um sich außerhalb helfen zu lassen. Dieses Verhalten ließ auch darauf schließen, dass er alleine war. Die Wahrscheinlichkeit, dass sich der Mann noch immer auf dem Gelände herumtrieb, war durchaus gegeben.
Unwillkürlich zog sich seine Kopfhaut zusammen. Die Vorstellung, dass irgendwo im Wald ein Heckenschütze lauerte, war höchst beunruhigend. In direkter Nähe war er wohl nicht, sonst hätte Orrieh anders reagiert.
Kerner wusste sich in der Nähe einer alten Eiche. Er tastete mit den Händen nach dem Stamm, dann ließ er sich langsam nieder. Er musste einige klare Gedanken fassen und eine Entscheidung treffen. Hier war er sicherer als in der Hütte, wo er wie auf dem Präsentierteller saß.

16. Kapitel

Orrieh kam aus der Dunkelheit und stieß ihn sanft mit dem Wurf an. Als er merkte, dass sein Mensch sich hingesetzt hatte, tat er sich neben ihm nieder, wobei er darauf achtete, dass er Tuchfühlung hatte.
Der Ex-Polizist schaffte es, die beruflich antrainierte Sachlichkeit dominieren zu lassen. Wenn er unterstellte, dass das Szenario, das er gedanklich zusammengestellt hatte, stimmte, hatte er in der frei stehenden Jagdhütte keine Chance Orrieh vor Angriffen zu schützen. Er musste sich mit dem Keiler auf ein Terrain begeben, auf dem zwischen dem potenziellen Angreifer und ihm zumindest Chancengleichheit bestand. Das war der Wald. Dort konnte er beweglich agieren und seine Erfahrung und Orriehs Sinne optimal einsetzen. In den Tiefen des Todwaldes, der, wie er wusste, in weiten Bereichen wild und unerschlossen war, konnte er alle Kniffe einsetzen, um von der Rolle des Gejagten in die des Jägers zu schlüpfen.
Er hatte einen Entschluss gefasst. Sanft fuhr er Orrieh über den rauen Wurf.
„Ich denke, wir beide werden so schnell wie möglich von der Bildfläche verschwinden. Was hältst du von einem kleinen Ausflug in den Wald?"
Der Keiler grunzte leise und rieb Ron Kerner mit dem Unterkiefer über den Oberschenkel.
„Gut, abgemacht", stellte Kerner fest und erhob sich. Ein Blick auf seine Armbanduhr sagte ihm, dass die Morgendämmerung nicht mehr weit entfernt war. „Wir sollten noch in der Nacht verschwinden, damit wir einen gewissen Vorsprung haben", stellte er fest. „Ich habe das Gefühl, unsere Gegner sind technisch ganz gut ausgerüstet. Das müssen wir mit Raffinesse und deinen Instinkten wieder wettmachen."
Kerners Augen hatten sich mittlerweile so gut an die Dunkelheit gewöhnt, dass er kein Licht benötigte, um den Weg zu finden. Außerdem hätte ihn Orrieh gewarnt, wenn er in die falsche Richtung gelaufen wäre.

Redfox hatte es sich auf der Decke bequem gemacht. Nachdem die Anspannung etwas von ihm abgefallen war, spürte er plötzlich eine bleierne Müdigkeit, die sich in seinen Gliedern breit machte. Er schüttelte den Kopf. Das hätte er besser unterlassen sollen. Sofort machte sich wieder der dumpfe Schmerz bemerkbar, der von der Beule ausging. Für kurze Zeit drängte er die Schläfrigkeit etwas zurück.
Der Menschenjäger musste sich eingestehen, dass er im Augenblick in keiner guten Verfassung war. Wenn jetzt der Keiler wieder angreifen würde, wäre er ihm hilflos ausgeliefert. Langsam senkte er die Lider. Nur einen Augenblick, dachte er. Vielleicht enthält das Schmerzmittel auch ein Sedativum, überlegte er. Aber auch das war ihm eigentlich egal. Er fiel in einen leichten Schlummer.
Er erwachte davon, dass ihn schrecklich fror. Diesmal erinnerte er sich schnell, wo er war und warum er hier war. Er warf einen Blick auf das

16. Kapitel

Leuchtzifferblatt seiner Uhr. Er musste fast eine Stunde geschlafen haben. Ein Kälteschauer ließ seine Zähne in einem wilden Stakkato aufeinander schlagen.
Vorsichtig richtete er sich auf. Die Schmerzen hielten sich in erträglichen Grenzen. Die Kälte verschaffte ihm einen klaren Kopf. Plötzlich glaubte Redfox durch die Bäume einen leichten Lichtschimmer zu erkennen. Er riss die Augen weit auf und starrte in Richtung der vermeintlichen Lichtquelle. Er hatte sich nicht getäuscht. Gute hundert Schritt vor ihm bewegte sich ein Lichtschein durch den Wald.
Der Verletzte kämpfte sich auf die Beine. Es wunderte ihn selbst, aber die Schmerzen blieben dabei erträglich. Er holte sein Gewehr aus dem Rucksack. Mit wenigen Handgriffen war es zusammengesetzt. Langsam hob er es an die Schulter und spähte durch das Zielfernrohr. Für Nachteinsätze war die Dämmerungsleistung des Glases zu schwach, aber er konnte immerhin so viel erkennen, dass vor ihm ein Mann mit einer Taschenlampe durch den Wald zog. In seinem näheren Umfeld war noch eine Bewegung wahrzunehmen. Redfox hatte keinen Zweifel, wer da vorne durch den Forst marschierte.
Sofort prüfte er den Wind. Soweit er feststellen konnte, hatte er im Augenblick nichts zu befürchten. Während er weiter durch das Glas starrte, verzog er das Gesicht zu einem bitteren Grinsen. Wenn ihm einer vor zwei Tagen gesagt hätte, dass er in Verbindung mit einem Ziel den Begriff „befürchten" verwenden würde, hätte er denjenigen auf der Stelle niedergeschlagen.
Redfox verhielt sich völlig still. Auch mit der Nachtsichtzieloptik hätte er hier zwischen den Bäumen keinen Schuss gewagt. Zwischen dem Ziel und ihm stand viel zu viel Bewuchs.
Einige Zeit später ging das Licht im Wald aus. Der Menschenjäger setzte sich schnell wieder die Panzerbrille auf, damit er seine nähere Umgebung im Auge behalten konnte. Was machte Kerner da vorne?
Es verging fast eine Stunde, ehe der einsame Mann im Wald in der Ferne das Brechen eines Astes hörte. Wenig später ein ähnliches Geräusch ein Stück weiter weg.
Redfox atmete durch. Es schien, als würden sich die beiden in Richtung Hütte entfernen.
Redfox wartete noch, bis sich die Morgendämmerung langsam zwischen den Wipfeln der herbstlich geschmückten Bäume blicken ließ, dann räumte er seine Utensilien zusammen, schnallte sich die Decke auf den Rucksack und bewegte sich vorwärts. Das Gewehr trug er schussbereit in der Armbeuge.
Zuerst war das Laufen eine schmerzhafte Angelegenheit, weil die zerrissene Muskulatur seiner Wade gegen die Bewegung protestierte. Nach hundert Metern wurde es besser. Er wollte auf keinen Fall eine Schmerztablette nehmen. Müdigkeit konnte er sich jetzt nicht mehr leisten.

16. Kapitel

Er hatte einen Entschluss gefasst. Sein Ziel war die Jagdhütte. Vielleicht bekam er die Chance einen guten Schuss anbringen zu können. Dann würde er die Angelegenheit zu Ende bringen. Sein Verstand sagte ihm, dass für gefährliche Spiele kein Raum mehr war. Er musste vorher nur noch einen Kontrollschuss abgeben, um sicher zu sein, dass er sich auf die Präzision seines Gewehrs verlassen konnte.
Einige Zeit später betrat er einen schmalen, grasüberwucherten Waldweg, den er fast nicht als solchen erkannt hätte, wären da nicht alte Fahrspuren gewesen, die unter dem Bewuchs verborgen waren.
An einem abgestorbenen Baum hatte sich ein Handteller großer Baumpilz festgesetzt. Das ideale Ziel für einen Kontrollschuss. Redfox maß etwa hundert Meter ab, dann legte er, sich an einem Baumstamm abstützend, an und schoss. Durch das Zielfernrohr konnte er erkennen, dass das Ziel völlig zerfetzt war.
Zielstrebig marschierte er weiter in Richtung Jagdhütte. Es war mittlerweile so hell geworden, dass er sich vor einem Überraschungsangriff des Keilers sicher fühlte.

Ron Kerner hatte, in die Hütte zurückgekehrt, seinen Plan zügig in die Tat umgesetzt. Konzentriert packte er seinen Rucksack zusammen. Nachdem er davon ausgehen musste, dass er für längere Zeit abwesend sein würde, stellte er auch seine Ausrüstung entsprechend zusammen. Er wusste, dass der Todwald außerhalb des Forschungsgeländes wild und unberührt war. Trotzdem oder gerade deswegen konnte ein Mensch, der die Pflanzen, Beeren und Pilze kannte, dort ganz gut überleben. Für alle Fälle nahm er einige Konserven mit. Als er die Schnapsflaschen musterte, zögerte er. Dann schüttelte er den Kopf. Viel zu viel Gewicht und kein Nutzen. Stattdessen packte er Wechselkleidung ein und fügte Streichhölzer hinzu, die er in eine kleine Plastiktüte einwickelte, damit sie trocken blieben. Auf den Rucksack schnallte er einen leichten Ansitzsack, den er auch als Schlafsack nutzen konnte.
Den Revolver hatte er auf dem Tisch abgelegt. Als er aufbruchbereit war, nahm er ihn in die Hand und betrachtete ihn nachdenklich. Schließlich gab er sich einen Ruck und steckte ihn sich hinter den Gürtel. Im Notfall konnte er ihm gegen einen bewaffneten Gegner helfen.
Schließlich war er fertig. Er sah er sich noch einmal in der Hütte um, dann trat er an das Fenster, durch das er die Lichtung vor dem Haus übersehen konnte. Obwohl er nichts Verdächtiges entdecken konnte, war ihm klar, dass ein Mann, der sich jenseits am Waldrand versteckte, alles abschießen konnte, was sich auf der Lichtung bewegte. Orrieh hatte er in den Wald geschickt. Offenbar hatte der Keiler auch das verstanden. Jedenfalls war er nicht zu sehen.

16. Kapitel

Ron Kerner trat an eines der beiden Fenster, die sich auf der Rückseite der Holzhütte befanden. Er öffnete es und schwang sich hinaus. Nur wenige Meter hinter der Behausung standen zahlreiche Büsche und Sträucher, die in den Hochwald überleiteten.
Einen Moment später hatte der Unterwuchs den Ex-Polizisten aufgenommen und verschluckt.
Ron Kerner schlug sich durch die Büsche, bis er den Hochwald erreichte. In der Nähe gab es noch gepflegte Waldwege, die es ihm ermöglichten möglichst schnell Distanz zwischen sich und die Hütte zu bringen.
Es war immer wieder erstaunlich zu beobachten, wie lautlos sich der massige Keiler im Wald bewegen konnte. Plötzlich war er neben Kerner und stieß ein freundliches Grunzen aus.
Der Ex-SEK-Mann schüttelte brummelnd den Kopf. „Ich weiß nicht, warum ich das Gefühl nicht los werde, dass dir dieses ganze Theater auch noch Spaß macht."

Redfox stand hinter einer dicken Buche und ließ die Jagdhütte nicht aus den Augen. Die Sonne schien immer intensiver durch die Bäume und noch immer hatte er weder von dem Keiler noch von Kerner eine Bewegung gesehen. Besaß der Bursche die Dummheit und hatte sich zum Schlafen hingelegt? Der Menschenjäger schüttelte den Kopf. Bei seiner Erfahrung und seiner Ausbildung war es wahrscheinlicher, dass er sich irgendwo auf die Lauer gelegt hatte, um einen potenziellen Gegner ausschalten zu können.
Redfox entlastete sein verletztes Bein und richtete sich auf eine längere Wartezeit ein. Irgendwann würde Kerner schon wieder auftauchen.
Es vergingen zwei Stunden. Redfox Magen begann sich zu rühren. Immerhin hatte er seit gestern keine Nahrung mehr zu sich genommen. Er öffnete seinen Rucksack und holte einen von den Energieriegeln heraus, die er bei seinen Einsätzen immer mit sich führte. Langsam kaute er.
Plötzlich hörte er in der Ferne ein Motorengeräusch. Es war eindeutig, dass sich halb rechts von ihm ein Fahrzeug der Jagdhütte näherte.
Der Beobachter zog sich ein Stück tiefer in den Wald zurück.
Kurz vor der Lichtung hielt das Fahrzeug an und der Motor verstummte.
Redfox wunderte sich. Warum fuhr das Auto nicht bis vor das Haus?
Die Antwort kam schnell. Aus der Richtung des Fahrzeugs war im Wald Bewegung zu erkennen. Redfox warf einen Blick durch sein Zielglas. Er konnte zwei Männer ausmachen, die sich getrennt voneinander der Hütte näherten. Jeder von ihnen trug eine Maschinenpistole in der Hand.
Redfox runzelte die Stirn. Das war sicher kein Freundschaftsbesuch. Was ging hier vor?

16. Kapitel

Die beiden waren nicht besonders vorsichtig. Als sie die Hütte erreicht hatten, rammte einer der beiden die Tür und sprang mit vorgehaltener Maschinenpistole ins Innere. Der andere wartete mit der Waffe im Anschlag.
„Scheiße!", hörte Redfox nach ein paar Augenblick den Ruf des zuerst eingedrungenen Mannes. „Der Vogel ist anscheinend ausgeflogen."
„Verdammter Mist", erwiderte der andere und ging ebenfalls hinein. Es dauerte nur eine Minute, ehe die beiden wieder vors Haus traten.
Redfox rieb sich nachdenklich das Kinn. Was war hier los? Hatte Kerner sich mit noch jemand angelegt, der ihm ans Leder wollte? Es sah aber ganz so aus, als würden die Typen zur MIG gehören. Sonst konnten sie sich doch nicht so frei auf dem Gelände bewegen.
„Ruf Philipps an", ordnete mittlerweile der Ältere der beiden Männer an, während er sich eine Zigarette aus der Schachtel stieß. „Er soll sagen, was wir machen sollen."
Der jüngere der beiden zog ein Mobiltelefon aus der Jackentasche und telefonierte. Redfox konnte nicht verstehen, was er sprach. Das Gespräch dauerte nicht lange. Nachdem er es beendet hatte, berichtete er: „Philipps ist stinksauer. Einer von uns soll hinterher und den Typen umlegen. Unter allen Umständen! – Er war wirklich wütend. Besser wir erledigen die Sache, sonst bekommen wir Ärger."
Der Ältere zuckte die Schultern. „Wenn er das unbedingt will. – Geh zum Auto, hol Sabre und meinen Rucksack. Mit dem Hund dürfte es keine große Angelegenheit werden diesen Ex-Bullen zu finden. Ich gehe alleine. Du hast auf dem Gebiet keine Erfahrung und wärst mir nur im Weg. Niste dich so lange in der Hütte ein. Vielleicht kommt er zurück, dann kannst du ihm gleich einen freundlichen Empfang bereiten." Er stieß ein heiseres Lachen aus.
Der jüngere Mann schulterte die Maschinenpistole und stapfte in Richtung Wald. Kurze Zeit später hörte Redfox eine Autotür schlagen und der Mann kam zurück. Am Riemen führte er einen überaus kräftigen Bullterrierrüden, auf dem Rücken trug er einen kleinen Rucksack. Das Tier zerrte so an der Leine, dass der Bursche kaum mithalten konnte.
„Verfluchte Bestie", schimpfte er wütend, „kannst du nicht langsamer machen."
Der Hund kümmerte sich nicht darum. Winselnd zog er in Richtung des wartenden Mannes. Offenbar war dieser sein Herr, denn er gebärdete sich sehr freudig, als er ihn erreicht hatte.
„Komm her, Sabre, mein Junge", rief der Mann und liebkoste den Hund auf eine raue Art und Weise, die dem Rüden aber zu gefallen schien. „Jetzt gibt es gleich Arbeit für deine Nase. Ich verspreche dir, am Ende der Fährte wartet auf dich eine schöne Beute."
Der Mann warf sich den Rucksack über, dann schulterte er die Maschinenpistole.

16. Kapitel

„Hol mir aus der Hütte ein Kleidungsstück von dem Typ", befahl der Hundeführer seinem Kumpel, „damit Sabre Witterung aufnehmen kann."
Wenig später hielt der Ältere dem Bullterrier ein Stück Stoff unter die Nase. Der Hund wurde ganz ruhig und saugte konzentriert die Witterung ein. Man konnte sehen, dass er wusste, um was es ging.
Redfox hatte zuerst erwogen die beiden Männer sofort zu erschießen. Da die beiden aber mit Maschinenpistolen bewaffnet waren, bestand die Gefahr, dass einer von ihnen noch in seine Richtung feuern konnte. Außerdem war da noch der Hund, der mit Sicherheit mannscharf war.
„Dauert nicht lange", rief der Hundeführer seinem Kameraden zu, dann forderte er den Hund in der Nähe der Eingangstür zur Suche auf.
Der nahm sofort die Nase herunter und begann mit seiner Arbeit. Er ging dabei erstaunlich ruhig vor. Wie eine Maschine suchte er in großen Bögen den Boden ab, bis er hinter der Hütte plötzlich auf Kerners Witterung stieß. Er gab einen leisen bellenden Laut von sich, dann zog er an und führte seinen Herrn ins Unterholz.
Der Jüngere wartet einen Augenblick, dann verschwand er in der Hütte. Wenig später kam er mit einer Flasche Schnaps aus Kerners Vorräten wieder heraus und ließ sich auf der Bank vor dem Haus nieder. Die Maschinenpistole legte er griffbereit auf den Tisch. Offenbar hatte er vor sich die Wartezeit mit Alkohol zu verkürzen.
Redfox wartete eine Spanne, bis er sicher sein durfte, dass der andere Mann nicht wieder zurückkehrte. Dann hob er sein Gewehr und legte an. Als der Zielstachel auf der Stirn des jungen Mannes stand, drückte er ab.
Es war fast gespenstisch, wie der Hinterkopf des Mannes regelrecht explodierte, obwohl man keinen Schuss vernahm. Er war auf der Stelle tot. Die Schnapsflasche fiel ins Gras.
Emotionslos ersetzte Redfox die abgeschossene Patrone durch eine neue, dann verließ er seine Deckung und näherte sich seinem Opfer. Er musste die Leiche verschwinden lassen. Sicher würde man die beiden Männer früher oder später vermissen, dann war es besser, wenn ihr Verschwinden für einige Zeit Rätsel aufgab. Ein Zeitgewinn, der ihm nutzen konnte.
Redfox suchte das Auto. Es handelte sich um ein Geländefahrzeug, das hinter einem Holunderstrauch stand. Der Menschenjäger setzte sich hinter das Steuer und fuhr das Fahrzeug neben die Bank. Mit wenigen Handgriffen hatte er die Leiche im Kofferraum verstaut. Die Maschinenpistole warf er dazu. Für eine solche Waffe hatte er keine Verwendung. Dann fuhr er den Geländewagen in den Wald. Als er eine Fichtenkultur erreichte, suchte er sich eine Lücke und lenkte den Wagen hinein. Er vergewisserte sich, dass man ihn von außerhalb nicht gleich entdecken konnte, dann machte er sich auf den

Rückweg. Als nächstes musste er den Verfolger ausschalten. Kerner war seine Beute.

Redfox betrat die Hütte und suchte nach geeigneten Gegenständen, um seine Ausrüstung zu vervollständigen. Vor allen Dingen musste er Nahrungsmittel mitnehmen. Er war auf einen längeren Aufenthalt im Wald nicht vorbereitet gewesen.

Da Kerner reichlich mit Vorräten eingedeckt war, hatte Redfox keine Schwierigkeiten sich zu behelfen. Als der Rucksack gepackt war, versorgte er noch einmal seine Wunde. Die Naht war verschorft und sah ganz zufriedenstellend aus. Kurze Zeit später brach er auf. Zunächst musste er nur den Spuren des Hundes folgen, die sich in der feuchten Walderde deutlich abzeichneten. Sie führten direkt zur Umzäunung des Forschungsgebietes. Ein großes Loch war in den Zaun geschnitten. Die Spuren zeigten, dass sowohl das Wildschwein als auch der Hund diesen Weg genommen hatten.

Redfox nickte. Ihm war klar, warum Kerner das eingezäunte Areal so schnell wie möglich verlassen hatte. Er hätte nicht anders gehandelt. Jetzt stand den beiden Flüchtigen das gesamte Gebiet des Todwaldes offen. Ein unübersichtlicher Irrgarten, ein regelrechter Dschungel. Alle Wege endeten innen am Zaun.

Redfox beschloss den Hundeführer und den Terrier noch einige Zeit zu verschonen. Die beiden würden ihn direkt zu Kerner führen.

17. Kapitel

17. Kapitel

Sabre arbeitete mit der Zuverlässigkeit eines Uhrwerks. Immer wieder überzeugte sich Olaf, wie der Hundeführer hieß, davon, dass der Rüde auf der Spur des Menschen war. Er selbst hatte den Rüden ausgebildet, der neben einer ausgezeichneten Nase auch über eine ausgeprägte Mannschärfe verfügte. Olaf, der schon seit Jahren von der MIG dafür bezahlt wurde, dass er schwierige Sonderaufträge erledigte, konnte sich auf Sabre verlassen. Der bullige Rüde war gefährlicher als die Maschinenpistole, die an seiner Seite baumelte.

Olaf musterte eine Bodenstelle. Nachdem sie die gepflegten Wege innerhalb der Umzäunung verlassen hatten, war er darauf angewiesen, dass er hin und wieder eine freie Stelle im Waldboden fand, wo man einen Abdruck mit den Augen erkennen konnte. Auffällig war, wie auch hier, dass neben dem Schuhabdruck des Verfolgten immer wieder der Abdruck eines großen Wildtieres zu sehen war. Olaf, der sich mit Wild nicht auskannte, wunderte sich, dass sich ein wildes Tier immer in der Nähe dieses Mannes aufhielt. Fast sah es so aus, als würde es den Kerl begleiten.

Der Verfolger gab seinem Hund das Kommando zum Weitersuchen. Er hatte wirklich keine Lust ewig in diesem Wald herumzustolpern. Er wollte Kerner so schnell wie möglich einholen und erledigen.

Orrieh empfand die vielen neuen Eindrücke außerhalb des Zaunes als ausgesprochen aufregend. Es war wie der Aufbruch in eine neue Welt. Innerhalb des Versuchsgeländes hatte er jeden Winkel gekannt. Jede Witterung war ihm vertraut gewesen, jedes Ächzen eines Baumes, jeder Ruf eines Vogels, jeder Wildwechsel. Schon in den ersten Stunden seines Aufenthalts im Todwald entdeckte er so viele neue Gerüche, dass er ganz berauscht war. Jetzt erst merkte er, wie sehr ihn der Zaun eingeengt hatte.

Der Mensch, dem er folgte, marschierte zielstrebig durch den Wald. Der Keiler spürte, dass der Mann eine merkwürdige Stimmung hatte, anders, als er sie sonst von ihm gewohnt war. Es war eine deutlich spürbare Spannung hinzugekommen. Dieser Marsch fern ausgetretener Pfade entbehrte der Leichtigkeit und Entspanntheit bisher erlebter Streifzüge durch das Revier. Der Mensch blieb nicht stehen, um, wie sonst üblich, Spuren zu prüfen, Pflanzen zu betrachten oder sich mit Orrieh zu unterhalten.

Federnden Schrittes marschierte der Mann durch den Wald. Jede seiner Bewegungen war energisch und geprägt von einem gewissen Zorn. Aber da war noch etwas anderes. Orrieh kannte sehr wohl das Gefühl von Furcht. Er hatte es als Frischling erfahren, wenn die Rotte, der Warnung der Leitbache folgend, flüchtete.

Der Keiler verstand den Mann immer besser. Es war der Gleichklang zweier grundverschiedener Lebewesen unterschiedlicher Art. Dieser Mensch trug

17. Kapitel

Furcht in sich. Keine offene, panische Angst, aber eine grimmig unterdrückte, schwelende Furcht. Orrieh wusste, dass dieses Gefühl mit dem anderen Menschen zusammenhing, der ihm Schmerzen bereitet hatte. Der daran Schuld war, dass er den Kopf nicht schmerzfrei bewegen konnte. Nicht zuletzt aus diesem Grund umkreiste der Keiler seinen Menschen wie ein Schäferhund. Er prüfte den Wind, eilte voraus, drückte sich durch das Unterholz zu beiden Seiten oder blieb ein Stück zurück.
Der Todwald außerhalb des Versuchsgeländes war sehr wildreich. Immer wieder stieß Orrieh auf die Witterung anderer Waldbewohner.
Hin und wieder überfielen den Keiler immer noch Schwindelgefühle und er schwankte leicht. Gerne hätte er seine Suhle aufgesucht, um sich ein erfrischendes Schlammbad zu genehmigen. Doch dazu war keine Zeit.

Kerner hatte sich einen Plan zurechtgelegt. Zwischenzeitlich war er gar nicht mehr so sicher, dass der Professor mit seiner Vermutung, der Schütze habe es auf Orrieh abgesehen, unrecht haben könnte. Er konnte natürlich nicht genau ermessen, welchen Wert der Keiler für die Wissenschaft hatte, aber aus seiner beruflichen Kenntnis wusste er, dass auch in diesem Bereich heftigst Wissenschaftsspionage betrieben wurde. Wenn das, was er über Orrieh herausgefunden hatte, stimmte, musste er den Keiler unter allen Umständen schützen. Was war Orrieh eigentlich jetzt für eine Kreatur? War er ein menschliches Schwein oder ein Schweinemensch? Die Unmoral derartiger Experimente trat ihm deutlich vor Augen. Wenn der Verfolger Orrieh erschoss, war das dann Mord oder lediglich eine Sachbeschädigung wie bei anderen Tieren? Fragen, die dem Mann durch den Kopf gingen, während er leichtfüßig die Hindernisse überwandt, die sich ihnen in den Weg stellten.
Für ihn stand fest, dass er mittlerweile sehr an dem Keiler hing und er es unter keinen Umständen zulassen würde, dass ihm jemand Schaden zufügte. Sein Plan bestand darin, sehr schnell möglichst viel Raum zwischen sich und dem Versuchsgelände zu bringen. Der Todwald war weit, urwüchsig und tief. Er würde Jahre dauern eine Person zu finden, die sich in ihm versteckte.
Die Unwegsamkeit des Geländes war ausgesprochen anstrengend. Gefallene Bäume, halb vermodert, mit Moos bewachsen, dienten als Nährboden für neues Leben, das reichlich wucherte. Dazwischen lagen kreuz und quer morsche Äste, die sich als tückische Fußangeln erwiesen. Auf diese Weise hinterließ er kaum Spuren, die man verfolgen konnte. Auf der anderen Seite hielt das Gelände aber auch auf. Obwohl es schon gegen Mittag ging, schätzte er, dass sie noch nicht mehr als sechs bis sieben Kilometer zurückgelegt hatten.
Als er Orrieh durch Zufall einen Blick zuwarf, stellte er fest, dass der Keiler sehr unsicher auf den Läufen war. Sofort hielt Kerner an.

17. Kapitel

„Hast du Schmerzen, mein Junge", fragte er besorgt und fuhr dem Bassen über den Kopf. „Ich schätze, du brauchst eine kleine Pause." Er sah sich um. Unter einer dickstämmigen Eiche hatte sich ein dickes Moospolster ausgebildet.
Ron Kerner prüfte die Umgebung. Seine Augen konnten das dichte Gewirr aus Büschen, Sträuchern und nachwachsendem Jungwald aber nur wenige Meter durchdringen. Eine kurze Rast würde er sich gönnen können. Er wusste, dass sein Verfolger verletzt war, und hoffte darauf, dass er in dem schwierigen Gelände wesentlich langsamer vorankam als er.
Orrieh ließ sich sofort neben ihm nieder. Der Mann legte seine Hand auf den Rücken des Bassen und fuhr ihm durch die langen Rückenfedern. Es zeichnete sich bereits der Haarwechsel ab, der den kommenden Winter ankündigte.
Der Keiler grunzte zufrieden und drückte sich mit seiner Seite näher an den Oberschenkel Kerners. Es war erstaunlich, aber die Anwesenheit des Wildschweins gab dem Mann das Gefühl nicht alleine zu sein. Konnte es sein, dass ein Mensch freundschaftliche Empfindungen für ein Wildschwein haben konnte?
Die Gedanken des Ex-Polizisten kehrten zu seinem eigentlichen Problem zurück. Er musste es irgendwie schaffen das Gesetz des Handelns an sich zu reißen. Die Rolle des Verfolgten behagte ihm absolut nicht.
Kerner spürte einen kühlen Luftzug auf dem Gesicht. Der Wind hatte umgeschwungen und wehte jetzt aus der Richtung, aus der die beiden gekommen waren.
Er warf einen Blick nach oben. Durch die Wipfel der teilweise schon entlaubten Bäume konnte er den Himmel sehen. Die Wolken zogen deutlich schneller als noch vor einer Stunde und hatten eine dunkelgraue Färbung angenommen. Es sah so aus, als würde sich ein Unwetter zusammenbrauen.

Olaf merkte, dass der Rüde langsam etwas müde wurde. Das Tier war Nachsuchen in einem derart schwierigen Gelände nicht gewöhnt. Außerdem hatte er schon lange kein Wasser mehr bekommen. Auch er, der Hundeführer, spürte, dass eine Pause notwendig wurde.
Der Mann hielt Ausschau nach einem günstigen Platz. Ein umgefallener Baumstamm, der über und über mit Moos und Flechten bewachsen war, schien ihm geeignet.
Mit lobenden Worten trug er seinen Hund von der Fährte ab, nahm ihm die Nachsuchenhalsung ab und ließ sich nieder. Er kramte einige Hundekuchen aus dem Rucksack und reichte sie Sabre einzeln aus der Hand. Es war nur so viel, dass der Rüde wieder einigermaßen zu Kräften kam. Danach schüttete er aus einer Schraubflasche Wasser in seine hohle Hand und der Bullterrier

schlabberte es heraus. Erst nachdem er den Hund versorgt hatte, trank er selber.
Olaf war ein skrupelloser Mann, dem es keine Probleme bereitete einen Menschen zu beseitigen. Seine Achillesferse war Sabre. Er zeigte es zwar nicht, aber er hing an dem Tier wie sonst an keinem anderen Lebewesen auf dieser Welt. Nachdem Herr und Hund gestärkt waren, ließ Olaf die Augenlider sinken. Er wollte sich ein kurzes Nickerchen gönnen, dann würde es mit frischen Kräften weitergehen. Die Maschinenpistole lag griffbereit. Sabre würde jede Annäherung sofort melden.
Die beiden lagen so ruhig und still, dass der Rehbock, der um die Mittagszeit seinen Einstand verlassen hatte, um entsprechend seinem Äsungsrhythmus wieder Nahrung aufzunehmen, die Anwesenheit von Mensch und Hund nicht bemerkte. Der Bock war etwa dreijährig und hatte in seinem ganzen Leben noch keinen Menschen gesehen. Er zog daher ganz vertraut vorüber und schenkte den beiden Gestalten kaum Beachtung.
Sabre, der nach der vorausgegangenen Anstrengung der Nachsuche auch die Augen geschlossen hatte, stach die ungewohnte Wildwitterung plötzlich in die Nase. Der Rüde wusste sehr wohl, dass hier Beute in der Nähe war. Mit einem Ruck sprang er auf die Läufe und prellte vor. Unbehindert von der Leine, die zusammengerollt neben seinem Herrn lag, stürmte er los. Sein Laut hätte jeder Bracke zur Ehre gereicht. Erschrocken hatte sich der Rehbock auf den Hinterläufen herumgeworfen und brach durch das Unterholz davon. Er hatte den Vorteil, dass er sich hier auskannte. Der Hund wiederum hatte die größere Ausdauer.
Olaf wurde durch das Bellen aus seinem Schlaf gerissen. Sein erster Griff ging zur Maschinenpistole, weil er einen Angriff vermutete. Hellwach und mit angespannter Körperhaltung sprang er auf die Füße und drehte sich mit angeschlagener Waffe im Kreis. Als sich der Laut des Hundes jedoch immer weiter entfernte, entspannte er sich wieder etwas. Er hätte sich am liebsten selbst in den Hintern getreten, weil er nicht an das Vorkommen von Wild gedacht hatte. Er wusste schon lange, dass Sabre eine ausgesprochene Schwäche für kleine Privathetzjagden hatte. In der jetzigen Situation war das natürlich von Übel. Er konnte nur hoffen, dass die Verfolgten von dem Gebell nichts mitbekamen. Jetzt erst bemerkte er, dass sich der Himmel verfinstert hatte. Der Mann fluchte. Offenbar stand Regen bevor. Darauf hätte er nun wirklich verzichten können. Er machte sich an die Verfolgung seines Hundes. Die Richtung wies ihm Sabres Laut.

Orrieh, der die Augen geschlossen hatte, hob plötzlich den Kopf.
„Ich weiß, dass es jeden Moment anfängt zu regnen", sagte Kerner, der dachte, die Aufmerksamkeit des Keilers galt den wenigen Wassertropfen, die ihm auf den Kopf gefallen waren.

17. Kapitel

Der Mann wusste nicht, ob er diese Entwicklung als positiv bewerten sollte. Sicher würde starker Regen einen Verfolger behindern. Andererseits würden er und Orrieh auf einem feuchten Waldboden wesentlich deutlichere Spuren hinterlassen als auf einem trockenen Untergrund. Dagegen konnte man allerdings etwas unternehmen. Kerner öffnete seinen Rucksack und zog ein Paar ältere Socken heraus. Es war etwas schwierig sie über die Jagdstiefel zu ziehen, aber es gelang. Gegen Orriehs Abdrücke konnte er allerdings nichts unternehmen. Dann zerrte er einen Regenponcho heraus und warf ihn sich über.
Jetzt erst fiel ihm auf, dass sich Orrieh erhoben hatte und unruhig hin und her lief. Immer wieder lauschte er in den Wald hinein und prüfte den Wind.
„Du wirst mir doch nicht sagen wollen, dass dich das bisschen Regen stört", stellte Ron Kerner fest und musterte seinen vierbeinigen Begleiter aufmerksam. Doch Orrieh beachtete ihn nicht. Unvermutet machte der Keiler einen Satz nach vorne und verschwand im Wald.
Ron Kerner, der das Verhalten des Keilers als Indiz für die Anwesenheit des Verfolgers wertete, sprang auf, warf den Poncho ab und eilte Orrieh hinterher. Nachdem Kerner annehmen musste, dass man es auf Orrieh abgesehen hatte, konnte er seinen vierbeinigen Freund nicht alleine der Gefahr aussetzen. So schnell wie möglich hetzte der Mann durch den Wald. Dabei konnte er sich nur an die Geräusche halten, die der Keiler bei seiner Hatz durch das Unterholz verursachte. Immer wieder musste er stehen bleiben, um sich neu zu orientieren. Der fallende Regen erzeugte laute Trommelgeräusche auf den Blättern, wodurch das Lauschen erschwert wurde.

Einige Zeit konnte der Bock einen ganz guten Vorsprung herausarbeiten und auch halten. Allerdings sagten ihm seine Instinkte, dass er sich auf keine längere Hetze einlassen durfte. Seine Art war von Natur aus nicht für eine lange Flucht geschaffen. Als er nach einiger Zeit glaubte, den Hund abgeschüttelt zu haben, drückte er sich in eine Heckenansammlung und blieb mit fliegenden Flanken stehen.
Sabre verließ sich alleine auf seine Nase. Wenn er im Eifer der Jagd die Spur verloren hatte, verstummte er und suchte gewissenhaft mit tiefer Nase, bis ihm der süßliche Rehduft wieder die Sinne verführte. Die hohe Luftfeuchtigkeit war seinem Witterungsvermögen eher förderlich.
Plötzlich hatte Sabre den Bock wieder verloren. Er schlug einen Bogen, um sich die Witterung aus einer anderen Richtung zu holen. Unvermutet schlug ihm der frische, warme Rehdunst aus dem Unterholz entgegen. Sabre überlegte nicht lange. Mit einem hohen Belllaut, der fast einem Jubeln ähnelte, warf er sich ins Gesträuch hinein in die Duftwolke. Der Bock gab das Versteck auf und versuchte auf der gegenüberliegenden Seite zu entkommen.

17. Kapitel

Ein auf den Boden hängender Ast wurde ihm zum Verhängnis. Er stolperte über das Hindernis und schlug hart auf den Waldboden auf. Ehe er sich wieder aufrappeln konnte, war der Bullterrier über ihm. Mit einem Satz sprang der Rüde dem Rehbock an die Drossel und verbiss sich.
In seiner Verzweiflung versuchte der Bock immer wieder auf die Läufe zu kommen, aber sein Widersacher war zu schwer und seine Kräfte schwanden zusehends. Sein ersticktes Klagen klang weit durch den Todwald, bis es abrupt abbrach.
Knurrend schüttelte Sabre das verendende Reh so lange, bis es kein Lebenszeichen mehr von sich gab. Dann ließ er los und bewindete seine Beute. Der tote Bock übte auf den Rüden keinen Reiz mehr aus. Sabre wandte sich ab, um zu seinem Herrn zurückzukehren. Als er sich umdrehte, sah er sich unvermutet einem dunklen, mächtigen Tier gegenüber, wie er es zuvor noch nie gesehen hatte. In seinem Jagdeifer hatte er es nicht kommen hören. Als das unbekannte Wesen ein dumpfes, bedrohliches Blasen ausstieß, überlegte der Bullterrier nicht lange und griff mit einem dumpfen Knurren an.

Orrieh sah den weißen Gegner auf sich zufliegen und wandte ihm instinktiv sein geschütztes Schulterblatt zu. Mit Wucht prallte der schwere Hund auf seinen Körper, brachte ihn aber nicht aus dem Gleichgewicht. Mit einer Beweglichkeit, die man dem schweren Wildkörper des Keilers nicht zugetraut hätte, warf er sich herum und fuhr dem Hund mit einem wuchtigen Schlag seines Gebrechs unter den Bauch. Der Angreifer flog hoch durch die Luft und krachte mit einem schmerzerfüllten Heulen gegen einen Baumstamm. Aber dieser Schmerz schien seine Angriffswut nur noch mehr anzustacheln. Wieder preschte er auf den Keiler los und versuchte ihm an die Kehle zu kommen.
Das war sein Verhängnis. Ein wuchtiger Stoß mit den Gewehren schlitzte die dünne Bauchdecke des Rüden auf. Sofort quoll der Darm aus der Wunde. Durch rücksichtslose Zuchtauswahl mit einer selbstzerstörerischen Wut und einer widernatürlichen Schmerzunempfindlichkeit ausgestattet griff der Kampfhund erneut an. Er versuchte sich in Orriehs Gebrech zu verbeißen. Dass er dabei eine Darmschlinge hinter sich herzerrte, schien er gar nicht zu bemerken. Mit einem lauten Fauchen sprang er nach vorne und biss zu.
Der Schmerz in der Nase machte Orrieh fast wahnsinnig. Der Hund hatte zugefasst und dachte gar nicht daran wieder loszulassen, so sehr der Keiler ihn auch herumschleuderte.
Zum Glück des Keilers hatte sich der Bullterrier teilweise in einen seiner Haderer verbissen. Dadurch war der Zugriff nicht so unerschütterlich, wie es normalerweise bei Kampfhundebissen der Fall war. Bei seinen Befrei-

17. Kapitel

ungsversuchen knallte der Schwarzkittel den Rüden hart gegen einen Baumstamm. Dadurch wurde dem Rüden der spitze Zahn des Keilers in den Rachen getrieben. Der Schmerz war so schrecklich, dass sich die Zangen des Hundes lösten. Orrieh preschte vor – er würde seinem Gegner keine zweite Chance mehr geben.

Olaf hatte mittlerweile, den weithin hörbaren Kampfgeräuschen folgend, den Kampfplatz erreicht. Mit einem schnellen Blick erfasste er die Situation und sah, dass Sabre in erheblichen Schwierigkeiten war. Der Mann hatte noch nie in seinem Leben ein so starkes Wildschwein gewesen. Als er durch das Unterholz die Lichtung betrat, flog der Bullterrier gerade durch die Luft.

„Sabre aus!", brüllte der Mann und riss seine Maschinenpistole vom Rücken. Er konnte aber nicht schießen, ohne seinen Hund zu treffen. Die Maschinenwaffe war viel zu unpräzise, um in dieser Situation hilfreich zu sein. Er musste versuchen den Hund von seinem Widersacher loszubekommen, damit er ein freies Schussfeld erhielt.

„Sabre, komm sofort her!", schrie er verzweifelt und suchte immer wieder nach einer Lücke, die ihm einen Schuss ermöglicht hätte. Aber der Hund war so in seiner blinden Kampfeswut gefangen, dass er nichts mehr hörte und sah. Hilflos musste der Mann zusehen, wie der Keiler dabei war seinen geliebten Hund zu töten.

Als der Rüde wieder einmal durch die Luft flog, krachte er hart gegen einen Stein. Einen Augenblick war der Mann von dem Keiler abgelenkt, weil er sehen wollte, ob sein Hund wieder aufstehen konnte. Diesmal blieb Sabre aber regungslos liegen.

Von einer brennenden Wut erfüllt wirbelte Olaf herum und richtete die Maschinenpistole auf das Wildschwein. Doch der Keiler stand schon nicht mehr an der alten Stelle. Er hatte sich umgedreht und war dabei wieder im Wald zu verschwinden.

„Bleib stehen, du gottverdammte Bestie", brüllte Olaf völlig außer sich und zog den Abzug durch. Ratternd prasselte eine Garbe der Neun-Millimeter-Geschosse in das nasse Unterholz. In seiner Wut hatte Olaf aber viel zu ungenau geschossen. Die Projektile schlugen ohne Schaden anzurichten in den Waldboden ein.

Als er den Abzug schließlich losließ, brach plötzlich ein Mann seitlich durch das Unterholz. Sofort erkannte Olaf, dass es sich um Kerner handelte, den Mann, den er eigentlich erschießen sollte.

„Waffe weg!", brüllte der Ex-SEK-Mann. „Sofort die Waffe weg!" Der Revolver, den er in beiden Händen hielt und der zielgenau auf seine Brust gerichtet war, sprach eine unmissverständliche Sprache. Unter normalen Umständen

17. Kapitel

hätte Olaf die Problematik seiner Lage nüchtern erkannt und entsprechend gehandelt. Im Augenblick stand er aber so unter dem Schock des Geschehens um seinen geliebten Hund, dass sein rationales Denken völlig ausgeschaltet war. Mit einem heiseren Schrei drehte er sich und hob die Waffe gegen den neuen Gegner.
Ehe er abdrücken konnte, bellte der Revolver in der Hand des Mannes zweimal kurz hintereinander auf. Olaf erhielt zwei harte Schläge gegen die Schulter, die ihn herumschleuderten und ihm die Maschinenpistole aus der Hand rissen. Sie fiel auf den regennassen Waldboden. Sein Waffenarm sank kraftlos herab. Eine Schockwelle raste durch den Körper des MIG-Mannes. Völlig wehrlos brach er zusammen.

Ron Kerner beobachtete den Mann angespannt über den Lauf des Revolvers. Mit einer heftigen Bewegung schüttelte er sich die Wassertropfen aus dem Gesicht. Er hatte den Verfolger bewusst nur in die Schulter geschossen. Ihm war bekannt, dass die Geschosse im Revolver eine extrem mannstoppende Wirkung hatten.
Trotzdem näherte er sich dem Mann schussbereit. Als er die Maschinenpistole erreicht hatte, bückte er sich blitzschnell, sicherte die Waffe und legte sie zur Seite. Nachdem er den ungefährlichen Zustand des Killers erkannt hatte, entspannte er sich und ließ die Waffe sinken. Der Verfolger sah ihn aus glasigen Augen an. Er war offenbar nicht richtig bei Sinnen. An der Schulter zeigte sich ein schnell größer werdender Blutfleck. Es würde nur noch Sekunden dauern, bis der Schock nachließ und der Schmerz kam. Wenn der Mann nicht schnell zu einem Arzt kam, würde er hier im Todwald verbluten.
Obwohl Ron Kerner sicher war, dass der Kerl Orrieh töten wollte, siegte der Polizist in ihm. Zwar war die Lage aussichtslos, aber trotzdem fühlte er sich verpflichtet dem Mann zu helfen.
„Bleiben Sie ruhig hier liegen", sagte er, während er den Revolver hinter den Gürtel steckte und den Mann abtastete, ob er noch weitere Waffen mit sich führte. Er fand im Stiefel ein langes Kampfmesser, das er an sich nahm und in seinen eigenen Stiefel schob. Dann erhob er sich. Er machte einen Schritt auf den Bullterrier zu, der noch immer regungslos an derselben Stelle lag. Orrieh stand bei seinem Widersacher und passte auf. Es genügte ein Blick, um zu sehen, dass der Rüde das Rückgrat gebrochen hatte. Er war keine Gefahr mehr.
„Ich werde Verbandszeug holen", erklärte er knapp. Er hob die Maschinenpistole auf, warf sie sich auf den Rücken und verschwand im Unterholz. Als er vorhin die Feuerstöße aus der Maschinenpistole gehört hatte, hatte er seinen Rucksack zur Seite geworfen, um schneller voranzukommen. Orrieh folgte ihm auf dem Fuß.

17. Kapitel

Es dauerte einen Moment, bis Kerner seinen Rucksack gefunden hatte. Er machte auf dem Absatz kehrt und eilte zum Kampfplatz zurück. Orrieh folgte ihm. Als er sich dem Verletzten näherte, bemerkte er sofort, dass sich dessen Lage verändert hatte. Mit überdreht zurückgelegtem Kopf lag er im Gras. Kerner vermutete, dass er ohnmächtig geworden war.

Was Ron Kerner aber dann sah, veranlasste ihn sofort die Maschinenpistole vom Rücken zu zerren und in die Deckung einer Fichte zu springen. Mitten in der Stirn des Mannes prangte ein kleines schwarzes Loch. Der Hinterkopf war praktisch nicht mehr vorhanden. Er war mausetot.

Mit glühenden Augen suchte der Ex-SEK-Mann die Umgebung ab. Die Situation war mysteriös. Irgendwo dort draußen gab es anscheinend noch einen weiteren Killer. Die ganze Angelegenheit wurde für ihn immer undurchsichtiger.

Redfox war von dem Ort des Kampfgeschehens gar nicht weit entfernt gewesen. Unter den schützenden Zweigen einer Fichte hatte er vor dem Regen Zuflucht gesucht. Er verfluchte seine Gedankenlosigkeit, der er es zu verdanken hatte, dass er keinen Regenumhang mitgenommen hatte. Als die Schüsse durch den Wald peitschten, war der Regen schlagartig vergessen. Er sprang vor und presste sich gegen den nassen Stamm einer Buche, die ihm Deckung bot. Schnell merkte er, dass für ihn im Augenblick keine Gefahr bestand. Der Fachmann hatte sofort erkannt, dass hier zwei verschiedene Schusswaffen gesprochen hatten. Dort vor ihm fand offenbar ein Feuergefecht statt. Es bedurfte keiner großen Überlegungen, wer hier auf wen getroffen war. Die Erregung wirkte auf den Menschenjäger wie ein Schmerzmittel und verdrängte das zermürbende Pochen in seinem Bein in den Hintergrund seines Denkens.

Mit äußerster Vorsicht pirschte sich Redfox schließlich an. Als er einen Steinwurf weit vor sich im Wald eine Bewegung bemerkte, kauerte er sich in die Deckung eines Baumes und spähte durch das Zielfernrohr seines Gewehrs. Trotz des Bewuchses, der teilweise die Sicht behinderte, konnte er erkennen, dass er Kerner vor sich hatte, der sich zu Boden beugte und dort herumhantierte. Einen Augenblick später verschwanden der Mann und das Wildschwein im Wald.

Zwei Minuten später lauerte Redfox am Rande der Lichtung. Schnell hatte der erfahrene Menschenjäger die Szene erfasst. Hier hatte ein Kampf stattgefunden, bei dem der am Boden liegende Killer schwer verletzt und sein Hund getötet worden waren. Redfox hörte das Stöhnen des Mannes. Durch das Glas begutachtete er die Verletzungen. Die ganze linke Schulter schien völlig zerfetzt zu sein. Er wunderte sich, dass Kerner davongegangen war und den Verletzten sich selbst überlassen hatte. Warum hatte der Ex-Polizist dem Kerl nicht den Rest gegeben? Hier im Todwald hatte der Mann keine Chance zu überleben. Nach seiner Einschätzung war der Killer schon so gut wie tot. Er sah keinen Sinn darin den Verletzten leiden zu lassen. Wahrscheinlich war es Kerners, für Redfox unverständliche, moralische Auffassung, dass man einen Menschen nicht einfach töten durfte. Diese Skrupel hatte der Fuchs nicht. Er legte sein Gewehr an und schoss dem Mann gezielt in die Stirn. Das Stöhnen brach abrupt ab.

Zu dem Zeitpunkt, als Ron Kerner zu dem Verletzten zurückgekehrte, war der Fuchs bereits ein ganzes Stück wieder von dem Kampfplatz entfernt. Das Gewehr steckte trocken in seinem Rucksack. Aber auch er selbst brauchte dringend einen trockenen Platz, um seinen Verband wechseln zu können. Der Regen hatte seine Kleidung, insbesondere seine Hose, durchdrungen und den Verband durchnässt. Er musste aufpassen, dass er keine Infektion bekam. Für heute würde er die Jagd einstellen.

Die Suche nach einem geeigneten Lagerplatz stellte Redfox vor gewisse Probleme. Er war kein Waldläufer. Während seiner Ausbildung hatte er zwar gelernt in der Wildnis der Tundra zu überleben. Diese Zeit lag aber schon eine Ewigkeit zurück und die meisten Kenntnisse, die man ihm beigebracht hatte, waren in Vergessenheit geraten. Ihm war klar, dass es in der Nacht empfindlich kalt werden konnte. Hinzu kam die Nässe. Er musste sich vor einer Unterkühlung schützen. Das Entzünden eines Feuers verbot sich von selbst, auch wenn er es bei der herrschenden Nässe geschafft hätte. Sein Geruch wäre vermutlich weit zu spüren gewesen und hätte ihn verraten können.

Eine Strecke weiter stieß er auf eine Gruppe Fichten, die ein Unwetter teilweise entwurzelt haben mochte. Wie überdimensionale Zeltstangen waren sie einander zugeneigt, wobei ihre Wurzeln noch immer so viel Kontakt zum Erdreich hatten, dass ihre Äste ausreichend mit Nahrung versorgt wurden. Dieses natürliche Schutzdach war wie für seine Bedürfnisse geschaffen. Redfox unterdrückte den Schmerz, ging in die Knie und kroch unter die Äste. Der Boden war dicht mit abgestorbenen Nadeln bedeckt, die ein weiches Lager bildeten. Erschöpft ließ sich Redfox nieder. Jetzt erst merkte er, wie sehr ihn der Marsch angestrengt hatte.

Er löste die Decke von seinem Rucksack und breitete sie auf dem Boden aus. Dann zog er seine Hose aus und betrachtete im Dämmerlicht seines Unterschlupfs den Verband. An einigen Stellen war die Binde von rötlichem Sekret durchtränkt. Vorsichtig löste der Mann den Zellstoff. Die genähten Wundränder waren leicht angeschwollen und es lief eine geringe Menge blutigen Wundsekrets heraus. Er musste unter allen Umständen verhindern, dass die Wunde brandig wurde.

Er holte die Medikamente aus dem Rucksack und versorgte die Wundnaht so gut es unter den gegebenen Umständen möglich war. Es blieben ihm noch drei Verbandspäckchen. Er würde die Wunde also nicht täglich neu verbinden können.

Nachdem er die nasse Hose wieder übergezogen hatte, fühlte er sich trotz des klammen Gefühls und der beständigen Schmerzen im Bein besser. Wenn nicht die Rippenprellungen und die Kopfschmerzen gewesen wären, hätte er seine Lage ganz gut ertragen können.

Redfox beschloss sich zu stärken. Er holte aus seinen sparsamen Vorräten zwei Energieriegel und kaute sie langsam. Der Hunger war nicht sein eigentliches Problem. Er konnte es leicht ein paar Tage ohne Nahrung aushalten. Schwieriger würde es werden seinen Flüssigkeitsbedarf zu decken. Als er zum Forschungsgelände aufgebrochen war, hatte er nur eine kleine Schraubflasche mit Tee mitgenommen. Davon war nicht mehr viel übrig. Offenbar stieg durch die Verletzung sein Durst. Er öffnete den Verschluss der Flasche und nahm einen langsamen Schluck. Redfox musste sich eisern zurückhalten nicht schon jetzt den letzten Rest zu trinken. Er schwenkte die Flüssigkeit im Mund, dann schluckte er sie langsam hinunter. Das musste für heute reichen. Vielleicht fand er morgen eine Wasserstelle.

Er wickelte sich in die Decke und bettete seinen Kopf auf dem Rucksack. Einige Minuten später war er trotz der Feuchtigkeit und des Pochens im Bein eingeschlafen.

18. Kapitel

18. Kapitel

Kerner verharrte geraume Zeit in der angespannten Lage. Jeden Augenblick erwartete er einen Angriff. Er konnte sich ganz einfach keinen Reim darauf machen, warum der Mann mit dem Hund erschossen worden war. Vor allen Dingen, von wem? Nach seiner Vorstellung war der Getötete doch derjenige gewesen, der hinter Orrieh her war. Gab es da noch eine, ihm bisher unbekannte Partei, die, warum auch immer, hier mitmischte?
Als sich nach zehn Minuten nichts rührte und auch Orrieh keine Gefahr signalisierte, verließ Kerner seine Deckung. Mit einem letzten misstrauischen Blick in die Runde näherte er sich dem Erschossenen und durchsuchte seine Kleidung. Vielleicht würde er hier einen Anhaltspunkt finden, der das Rätsel löste.
Der Mann trug zwar noch ein Reservemagazin für die Maschinenpistole bei sich, aber keinerlei Ausweispapiere. Ein Umstand, der sehr verwunderlich war. Als Ron Kerner nochmals in der Hosentasche des Getöteten forschte, stieß er auf ein zusammengeknülltes Stückchen Papier, dem er fast keine Beachtung geschenkt hätte. Schließlich rollte er es doch auseinander. Verständnislos runzelte er die Stirn. Es handelte sich um einen Essensbon für die Belegschaftskantine der MIG!
Jetzt verstand der Ex-SEK-Mann gar nichts mehr. Wieso verfolgte ihn ein Mann der Firma, für die auch er arbeitete, und schoss noch dazu auf ihn? Kerner war sich sicher, dass hier Zusammenhänge zum Tragen kamen, die er mit dem ihm zur Verfügung stehenden Wissen nicht durchschauen konnte. Fakt war, dass offenbar noch eine weitere Figur im Spiel war, die den MIG-Mann ermordet hatte, deren Rolle ihm aber überhaupt nicht klar war.
Kerner überlegte einen Augenblick, dann trug er den Hundekadaver zu seinem Herrn. Anschließend begann er in der Umgebung des Kampfplatzes große Steine zu sammeln und über der Leiche und dem toten Hund aufzuhäufen. Es widerstrebte ihm einen menschlichen Körper den Aasfressern des Waldes zu überlassen.
Als er fertig war, stand seine Entscheidung fest. Er hatte es endgültig satt, dass Orrieh und er immer nur die Opfer waren, die darauf warten mussten, bis ein ihm unbekannter Gegner aus einem ihm unbekannten Grund einen nicht voraussehbaren Schachzug durchführte. Kerner empfand zum ersten Mal seit Monaten wieder Entschlusskraft. Es war an der Zeit seinerseits die Initiative zu ergreifen. Er holte den Revolver aus dem Gürtel. Nach den beiden Schüssen auf den getöteten Killer waren noch vier Schuss in der Trommel. Er drehte das trommelartige Patronenlager so, dass bei der nächsten Betätigung des Abzugs sofort eine Patrone vor den Hammer transportiert wurde. Anschließend holte er die Maschinenpistole vom Rücken und zog das Magazin heraus. Von den ursprünglich dreißig Schuss waren noch zehn übrig. Er lud die Waffe mit dem vollen Magazin.

18. Kapitel

Als er fertig war, kauerte er sich vor dem Keiler nieder. Jetzt erst sah er, dass sein vierbeiniger Freund an der Nase verletzt war. Er entdeckte eine Bisswunde, das gesamte Gebrech war angeschwollen.
Als Kerner mit den Fingerkuppen sachte über die Verletzung fuhr, zuckte der Keiler leicht zusammen.
„Das tut bestimmt weh", murmelte der Mann einfühlsam. „Ich werde dir ein wenig Salbe aufschmieren."
Er öffnete seinen Rucksack und entnahm der Medikamententasche eine Heilsalbe. Als er Orrieh die Salbe auftrug, hielt der Keiler ganz still. Er wusste, dass Kerner ihm nur helfen wollte.
Nachdem er die Salbe wieder verstaut hatte, sah er den Bassen nachdenklich an.
„Meinst du, dass du die Fährte des unbekannten Killers aufnehmen kannst? Wir müssen den Kerl ausschalten, sonst haben wir nie Sicherheit."
Orrieh erwiderte den Blick des Menschen, dann drehte er sich um und nahm die Nase herunter. Wie ein Hunde begann er kreisförmig um den Platz herum zu suchen.
Kerner merkte aber sofort, dass mit seinem vierläufigen Freund etwas nicht stimmte. Schon nach einigen Metern blieb der Basse stehen und schüttelte den Kopf. Als er kurz darauf heftig niesen musste, stieß er ein schmerzliches Quieken aus. Es war offensichtlich, dass der Hundebiss das Witterungsvermögen des Wildschweins beeinträchtigt hatte.
„Lass es gut sein, mein Junge", beruhigte der Ex-SEK-Mann den Keiler. „Wir werden es jetzt mal auf die gute alte Jägerart versuchen. Jedes Wild hinterlässt Spuren. Wir müssen sie nur finden."
Mit tief gesenktem Kopf, die Maschinenpistole schussbereit am Riemen an der Seite, umrundete Ron Kerner den Kampfplatz. Auf dem feuchten Boden mussten der Erschossene und der unbekannte Killer irgendwo Schuhabdrücke hinterlassen haben.
Es dauerte auch nicht lange, dann fand der Ex-Polizist einen gut abgezeichneten Abdruck. Sehr schnell fand er heraus, dass es sich hierbei um die Fährte des getöteten Mannes handelte. Dicht neben den Trittsiegeln waren die Abdrücke des Hundes zu erkennen.
Kerner erhob sich und vergegenwärtigte sich noch einmal die Lage des Erschossenen. Nachdem der Kopfschuss von vorne gesetzt worden war, konnte der Mörder nur von der gegenüberliegenden Seite geschossen haben. Unter einem Busch fand er den ersten Fußabdruck. Das Sohlenprofil unterschied sich deutlich von dem des Toten. Nachdenklich studierte Kerner das Trittsiegel. Der Abdruck war nicht tief, die Besohlung noch sehr neu. Der Mann war also nicht sonderlich schwer und hatte das Schuhwerk offenbar extra für diesen Job gekauft. Ein Stück entfernt fand er dann den Standplatz

18. Kapitel

des fremden Schützen. Von dort aus entfernte sich die Fährte vom Kampfplatz.
Langsam folgte Kerner den Abdrücken. Schon bald fiel ihm auf, dass das Schrittmaß des Mannes unterschiedlich lang war. Fast sah es aus, als würde er einen Fuß unregelmäßig aufsetzen. War der Mann verletzt oder behindert?
Orrieh hielt sich immer in seiner Nähe und sicherte nach allen Seiten. Der Keiler wusste genau, was der Mensch tat. Nachdem sein Witterungsvermögen stark beeinträchtigt war, versuchte er die Umgebung mit seinem feinen Gehör abzusuchen. Bis jetzt drang aber nur das Trommeln des Regens in seine Teller. Das Wetter verschlechterte sich zusehends. Der Regen verstärkte sich ständig und hatte mittlerweile fast die Qualität eines Wolkenbruchs erreicht.
Obwohl Kerner unter dem Poncho ziemlich trocken blieb, war die Beeinträchtigung durch die Wasserflut so stark, dass er die Nachsuche aufgeben musste. Er kroch in den am Fuß ausgehöhlten Stamm einer morschen, auf halber Höhe abgebrochenen Eiche. Die Höhlung war so geräumig, dass der Ex-SEK-Mann bequem darin sitzen konnte. Eine Zentimeter hohe Staubschicht aus Moder bildete eine weiche Unterlage.
Orrieh, der den Regen mit stoischer Gelassenheit an sich ablaufen ließ, legte sich quer vor den Eingang. Den Kopf hielt er in Richtung Wald.
Stundenlang prasselte der Regen vom Himmel. Als sich die Abenddämmerung einstellte, war Ron Kerner klar, dass er die Nacht in diesem Unterschlupf verbringen musste. Der ehemalige Polizeibeamte sah die Sache gelassen. Er hätte es schlechter treffen können. Nachdem er sich aus seinen Vorräten eine kalte Mahlzeit gegönnt hatte, rollte er den Schlafsack aus, befreite sich von seinen Schuhen und schlüpfte in die wärmende Hülle. Die Maschinenpistole legte er griffbereit neben sich.
Es dauerte nur wenige Minuten, dann war er eingeschlafen. Sein Schlaf war tief und traumlos.

Der Schmerz im Wurf war erträglich. Die Tatsache, dass seine Schleimhäute so angeschwollen waren, dass er kaum Witterung aufnehmen konnte, behinderten Orrieh viel mehr. Obwohl sein Gesichtssinn weit besser ausgeprägt war als bei anderen Schwarzkitteln, war er immer noch ein Lebewesen, das sein Bild von der Welt auch über den Geruch definierte.
Der Tagesanbruch war nicht mehr fern, als sich Orrieh bei immer noch vollständiger Dunkelheit erhob. Er drehte sich um und blickte in die schwarze Höhlung, aus der er die gleichmäßigen Atemgeräusche seines Menschen hörte. Er hatte nicht bemerkt, dass zwei Mäuse in der Nacht in die Höhle und unter die Ausläufer des Schlafsacks geschlüpft waren.
Orrieh trottete ein Stück von dem Baum weg, dann schüttelte er sich den Regen aus der Schwarte. Er fühlte das starke Bedürfnis nach einer Suhle.

18. Kapitel

Nachdem er sich in diesem Teil des Todwaldes nicht auskannte, beschloss er ein wenig herumzusuchen. Früher oder später würde er sicher eine geeignete Stelle für ein Schlammbad finden. Lautlos verließ er den Platz.
Es war die Zeit des Zwielichts. Orrieh erhob sich mit einem Ruck aus dem Schlammloch, das der Regen in der Nacht mit Wasser gefüllt hatte. Gewohnheitsmäßig hob er witternd den Wurf in den Wind. Ärgerlich nieste er, weil das Geruchsbild, das er gewöhnlich empfing, wegen seiner verletzten Nase ausblieb.
Ruckartig stellte er seine Schalltrichter auf. Er hatte ein fremdartiges Geräusch aus den vertrauten Umweltgeräuschen des Waldes herausgefiltert.
Der Schlamm war durch den Regen wässrig und haftete nicht so gut. Als die zähflüssige Masse abgetropft war, verließ er die Suhle. Einige Gänge weiter verhoffte er. Seine Sinne waren alarmiert, denn er wusste, dass der Laut von einem Menschen verursacht worden war. Da sein Mensch noch immer in der Baumhöhle schlief, konnte das Geräusch nur von dem Zweibeiner erzeugt worden sein, der ihm diese Schmerzen zugefügt hatte. Er stieß ein ärgerliches Blasen aus.
Er hatte ein genaues, unauslöschliches Geruchsbild von dem Menschen, den er angegriffen hatte. Das Problem war nur, dass er keine geruchlichen Eindrücke von außen bekam, die er mit seiner Erinnerung vergleichen konnte.
Nachdem Orrieh lange genug gestanden hatte, um sicher zu gehen, dass keine unmittelbare Gefahr bestand, verließ der Keiler langsam wieder den Nachtschatten der Fichte. Er musste den Feind suchen, weil der es auf seinen Menschen abgesehen hatte.

Redfox erwachte von dem Geräusch, das seine aufeinander schlagenden Schneidezähne während des Schlafes verursachten. Das Erwachen war der Eintritt in eine Welt der nassen Kälte und des aufdringlichen Schmerzes. Ein gepresstes Stöhnen entrang sich dem Mund des Menschenjägers. Er öffnete langsam die Augen und betrachtete im Dämmergrau des nahenden Tages die braunen Fichtennadeln, die an den abgestorbenen Ästen über ihm hingen. Die Erinnerung an die Geschehnisse des gestrigen Tages war gnadenlos gegenwärtig. Vorsichtig bewegte er seine Extremitäten. Zum Pochen in der Beinwunde kam auch noch der bohrende Nervenschmerz aus den Hüftgelenken.
Er setzte sich auf und schlug die nasse Decke zurück. Sie war schwer und vollgesogen. Erwartungsgemäß hatte sie der Regen auf Dauer ebenso wenig von ihm abhalten können wie die Fichten über ihm.
Ein Schauer schüttelte ihn und jagte Kältewellen über seinen Rücken. Er musste dringend eine Schmerztablette einnehmen, damit sich sein erbärmlicher Gesamtzustand verbesserte. Plötzlich, ohne Vorwarnung, packte ihn

18. Kapitel

eine Flutwelle aus Hass und Wut und drohte seine anerzogene Selbstbeherrschung davon zu reißen. Hass auf seinen Körper, der ihn so schmählich im Stich ließ, und Wut über die Situation, die ihn zwang von diesem Baum der Erkenntnis zu essen. Er war über die Intensität dieser ungewohnten Empfindungen so betroffen, dass sie ihn wieder ernüchterten.

Er packte seinen Rucksack am Riemen und kroch unter den Bäumen hervor. Die Wasserflut, welche die tief hängenden Äste auf seinen Rücken ergossen, beachtete er kaum. Draußen setzte er sich auf einen alten Baumstumpf und öffnete mit vorgebeugtem Oberkörper, damit es nicht hineinregnete, den Rucksack. Er schluckte eine der Schmerztabletten und trank einen kleinen Schluck. Dann aß er einen Riegel aus seinen schwindenden Vorräten. Nachdenklich betrachtete er dabei einen in der Nähe wachsenden Strauch, der dunkelblaue Beeren trug. Es war erschütternd. Er saß hier in einem großen Wald, der wahrscheinlich voller nützlicher Pflanzen und ihren Früchten war, und würde verhungern müssen, weil er die zahllosen essbaren von den wenigen giftigen Beeren nicht unterscheiden konnte.

Während er sich noch mit dem Spiegelbild seiner eigenen Unzulänglichkeit auseinander setzte, bemerkte er an den Grenzen seines Gesichtsfeldes eine Bewegung. Schlagartig war der kurze Moment der Selbsterkenntnis vorbei. Blitzschnell packte der Mann den Rucksack und kroch rückwärts unter die Zweige. Adrenalin spülte seinen Kopf frei und ermöglichte ihm zielgerichtetes Handeln. Während seine Augen zwischen den Baumstämmen nach der Ursache der Bewegung forschten, fasste seine Hand in den Rucksack und holte das Gewehr heraus. Die Waffe war nicht gespannt, aber geladen.

Die fetzenhaften Nebelschleier, die wie ausgefranste Wattebäusche zwischen den Stämmen schwebten, erschwerten das Erkennen. Als ein Windstoß den grauen Wasserdunst beiseite fegte und er das massige Wildschwein erkannte, verhärtete sich die Miene des Menschenjägers. Ohne zu überlegen schob er den Rucksack als Unterlage vor sich und legte das Gewehr darauf. Er musste dem wehrhaften Keiler zuvor kommen. Wenn der Bursche von ihm Witterung bekam, war er hier einem Angriff hilflos ausgesetzt. Mit seinem verletzten Bein war er nicht in der Lage auf einen Baum zu klettern. Durch das Zielfernglas konnte er sehen, dass das Wildschwein voller Schlamm hing. Immer wieder blieb das massige Tier stehen und lauschte ausdauernd und regungslos. Die Entfernung mochte nur noch sechzig Schritte betragen.

Die Berührung seiner nassen Kleider mit dem vollgesogenen Waldboden jagte immer wieder Kälteschauer durch seinen Körper. Er biss die Zähne zusammen und versuchte das Zielkreuz ruhig auf die Stelle zu bringen, wo das Leben schlug.

18. Kapitel

Redfox verlor langsam die Konzentration. Immer wenn er dachte, er könne feuern, bewegte sich der Keiler. Der erfahrene Schütze wusste, dass zu langes Anschlagen den Atem und damit die Hand unruhig werden ließ.
Da! Der Keiler stand. Sein Finger krümmte sich. Der leichte Rückschlag zeigte an, dass der Schuss draußen war.
Angespannt spähte Redfox durch die Zieloptik, aber die Waldbühne war leer. Der Keiler war verschwunden, als hätte es ihn nie gegeben.
Redfox öffnete die Waffe und lud nach. Danach erhob er sich und näherte sich mit angeschlagenem Gewehr dem Anschuss. Von dem Wildschwein waren nur die tiefen Eindrücke seiner Schalen zu finden. Er suchte fast zehn Minuten. Die Abdrücke der Fährte waren die einzigen Beweise dafür, dass er keiner Wahnvorstellung erlegen war. Nirgendwo war ein Anzeichen dafür zu finden, dass er den Keiler getroffen hatte. Der Ärger über die fehlende Beute wich der Genugtuung jetzt eine Spur zu haben, der er ohne Probleme folgen konnte. Erleichtert nahm der Menschenjäger zur Kenntnis, dass die Wirkung des Schmerzmittels einsetzte. Er holte die Decke und warf sich den Rucksack über. Bewegung würde die verdammte Kälte aus seinem Körper vertreiben.
Mit gesenktem Kopf, die Waffe griffbereit in der Armbeuge, folgte der Fuchs der Fährte.

Ron Kerner wurde durch einen heftigen Stoß gegen die Wange unsanft geweckt. Mit einer instinktiven Bewegung hob er eine Hand schützend vor sein Gesicht, die andere zuckte zum Griff des Revolvers, der neben der Maschinenpistole an der Innenwand der Baumhöhle lag.
„Verflixt, Orrieh, du darfst mich nicht so erschrecken."
Er spürte klebrigen Schlamm auf dem Handrücken. Jetzt erst musterte er den Keiler genauer.
„Du alte Wildsau", rief er, als er die dicke Schlammschicht bemerkte, die auch den Kopf des Keilers bedeckte. „Nur weil du gerne Schlammbäder nimmst, muss das nicht auch für mich gelten."
Er verstummte, als Orrieh leise, klagende Laute von sich gab. Hastig befreite er sich von dem Schlafsack. Auf Knien rutschte er vor die Baumhöhle und musterte seinen vierbeinigen Freund genauer. Im ersten Moment konnte er nichts Auffälliges entdecken. Der Keiler stand nur unnatürlich steif. Es war offensichtlich, dass er Bewegungen vermied.
„Was hast du?", fragte Ron Kerner leise. „Wenn du nur sprechen könntest!" Der Keiler machte eine Seitenbewegung auf ihn zu, die ihn wieder zu einem heftigen Klagelaut veranlasste.
Der Ex-SEK-Mann erstarrte. Jetzt konnte er den Schweißfleck erkennen, den er wegen der dunklen Schlammschicht nicht gleich gesehen hatte. Die Stelle

befand sich hinter dem Haupt im Nackenbereich, etwa eine Handspanne unterhalb der oberen Halslinie.
„Mein Gott, lass es bitte nicht wahr sein...", murmelte Ron Kerner geschockt, während sich seine Finger ganz sanft durch die verklebten Borsten tasteten.
Der Einschuss war so klein, dass er ihn unter dem Schlamm nicht finden konnte. Dafür betrug der Ausschuss auf der anderen Halsseite mehrere Zentimeter im Querschnitt. Dort schweißte der Keiler heftig. Ein bisschen tiefer und die Wirbelsäule wäre getroffen worden. Das hätte den sofortigen Tod des Bassen bedeutet. Diese Schusswunde war bestimmt äußerst schmerzhaft, aber zunächst einmal nicht tödlich. Es sei denn, es kam Wundbrand hinein.
Ron Kerner zwang sich mit aller Willenskraft zu rationalem Denken. Für ihn bestand kein Zweifel, wer Orriehs Verletzung verursacht hatte. Dieser verfluchte Killer!
Wenn Orrieh nach im Forschungsgelände gewesen wäre, hätte der Professor ihm ohne Probleme helfen können. Aber hier, in den Tiefen des Todwaldes, war Versorgung durch das Institut nicht möglich. Kerner musste das Problem alleine lösen. Aber wie? Seine Möglichkeiten der Wundversorgung waren beschränkt. Zum Glück war es nicht mehr sehr heiß und solange das Wetter so nass und kühl war, würden die Aasfliegen ausbleiben. Das konnte sich allerdings schnell ändern.
Ron Kerner richtet sich auf. Am liebsten hätte er vor Wut laut geschrien.
Er hing an dem Keiler. Orrieh war wie ein Hund. Neugierig, lernbegierig, verspielt und freundlich. Ein Lebewesen, das ihm vertraute wie einer Leitbache. Für seine Empfindungen gegenüber Orrieh war es egal, was der Keiler war: ein Tier mit menschlichem Geist oder ein menschlicher Geist, den man in die Fesseln eines tierischen Körpers gezwungen hatte. Verantwortungslos geschaffen, nur um wissenschaftlichen Ruhm zu erlangen. Ein Geschöpf entarteter Forschungswut, dessen Schicksal eigentlich nicht interessierte.
Der Mann bekam sich langsam wieder in die Gewalt. Was blieb, war eiskalte Wut und der unverrückbare Entschluss diesen Killer zur Strecke zu bringen. Das Gefühl der Schuld, das den Ex-SEK-Mann beherrscht hatte, wich dem Wunsch nach Vergeltung. Vergeltung für Orrieh gegenüber einem System, das mit Leben umging wie mit einer Sache.
Ihm war klar, dass sie sich hier, mitten im Hochwald, wie auf dem Präsentierteller bewegten. Ein fähiger Heckenschütze hatte hier trotz des urwaldähnlichen Charakters der Vegetation alle Möglichkeiten. Kerner hatte keinen Zweifel daran, dass der Mann, den man hinter ihnen hergeschickt hatte, sein blutiges Handwerk verstand. Folglich mussten sie so schnell wie möglich hier weg und an einen Ort, wo er sie beide besser verteidigen konnte.
Er packte seine Apotheke aus und machte sich daran die Wunde zu desinfizieren und die Blutung zu stoppen. Orrieh stand still und ließ die sicher

sehr schmerzhafte Behandlung klaglos über sich ergehen. Der Keiler würde heftige Schmerzen haben, aber bei entsprechender Behandlung konnte er die Schusswunde ausheilen.

Während er seine Sachen zusammenpackte, rief sich der Mann die Karte des Todwaldes ins Gedächtnis. Wenn er sich recht erinnerte, lag südlich von seinem derzeitigen Standort ein Waldsee, an dessen Rand Felsenformationen eingezeichnet waren. Es bestand die Hoffnung, dass es dort Möglichkeiten gab sich zu verstecken. Er hatte jedoch keine Vorstellung davon, wie weit es bis zu diesem See war.

Der Mann warf Orrieh einen besorgten Blick zu. Konnte er dem angeschossenen Keiler diesen Marsch zumuten? Er traf eine Entscheidung: Es gab keine Alternative.

„Komm, mein Junge, wir müssen von hier verschwinden", erklärte er Orrieh bestimmt, während er seinen Rucksack schulterte, dann marschierte er los. Der Keiler folgte ihm ohne Zögern.

19. Kapitel

19. Kapitel

Redfox verlor mehrmals die Fährte, weil das Wildschwein immer wieder die Richtung wechselte und dabei auch eine längere Strecke durch hohes Gras oder über felsigen Untergrund zog. Fast hätte man meinen können, dass der Keiler seine Spur bewusst verbergen wollte. Der Menschenjäger verlor viel Zeit damit die Trittsiegel wiederzufinden. Mit Befriedigung erfüllte ihn die Tatsache, dass er in der Fährte, an Grashalmen und an Bäumen, die der flüchtige Keiler gestreift hatte, reichlich Blutanhaftungen fand. Der Umstand, dass es ihm körperlich ziemlich schlecht ging, erschwerte allerdings seine Suche erheblich. Die Nacht in Nässe und Kälte hatte mehr an seinen Kräften gezehrt, als er sich eingestehen wollte. Immer wieder legte er eine Pause ein, weil er gegen das ekelhafte Schwindelgefühl ankämpfen musste.

Es war fast Mittag, als Redfox den hohlen Baum erreichte, der Kerner als Nachtlager gedient hatte. Die Spuren waren eindeutig. Deutlich konnte man die Konturen eines liegenden menschlichen Körpers im Moderstaub der Höhle erkennen. Vor dem Baum befand sich eine ganze Lache Blut. Es war allerdings schon geronnen und roch scharf nach Verwesung.

Der lange Marsch hatte Redfox ziemlich angestrengt. Sein Bein schmerzte wieder stärker. Offenbar ließ die Wirkung der Tablette schon nach. Zudem war der stete Regen ausgesprochen zermürbend. Immer wieder liefen ihm Schauer den Rücken hinunter. Er hatte den Verdacht, dass er Fieber bekam, und hoffte nur, dass dies von einer beginnenden Erkältung herrührte und nicht von der Beinwunde.

Diese Baumhöhle war in Anbetracht der misslichen Gesamtumstände wie ein verführerisches Angebot. Nachdem Kerner und das Schwein offenbar schon seit einiger Zeit auf und davon waren, erwog er die Möglichkeit ein Feuer zu machen, um seine Kleidung zu trocknen.

Der Fuchs konnte der Höhle nicht widerstehen. Er schob seinen Rucksack in den hohlen Baum, dann sah er sich um. Es musste versuchen etwas trockenes Holz zu finden, damit er ein Feuer anbrachte. Er sehnte sich so sehr nach Wärme, dass er sogar die Gefahr in Kauf nahm, Kerner könne noch in der Nähe sein und das Feuer riechen.

Es dauerte fast eine Stunde und er musste dafür einen Teil der Landkarte opfern, um in der Höhle ein kleines Lagerfeuer in Gang zu bringen und am Leben zu erhalten. Als sich dann die ersten Flammen aus eigener Kraft von dem feuchten Holz ernähren konnten, lehnte er sich erschöpft zurück. Das Feuer qualmte zwar fürchterlich, trotzdem spendete es etwas Wärme. Sein Gesundheitszustand verschlechterte sich von Minute zu Minute. Schüttelfrost beutelte ihn, während sein Gesicht glühte.

Redfox prüfte den Inhalt des Tablettenröhrchens. Das Mittel half nicht nur gegen Schmerz, sondern wirkte auch fiebersenkend. Es waren nur noch fünf Tabletten da. Kein Bestand, mit dem man große Sprünge machen konnte.

19. Kapitel

Er entschied sich, jetzt eine zu nehmen und den Rest zu verteilen. Diese Einnahme kostete ihn den Rest seines Trinkvorrats. Ratlos schüttelte er die Flasche. Er sollte schleunigst irgendwoher Wasser bekommen. Das Fieber machte ihn sehr durstig. Seine Augen folgten den Wassertropfen, die auf den Waldboden fielen. Es musste ihm irgendwie gelingen den Regen einzufangen. Beiläufig sah er, dass das Wasser von einem tief hängenden Blatt eines benachbarten Baumes gesammelt wurde und von dort in einem schmalen Rinnsal zu Boden tropfte. Er streckte seinen Arm aus und versuchte die Flüssigkeit mit der engen Flaschenöffnung aufzufangen. Es war ein mühsames Geschäft und brachte nur geringen Erfolg. Trotzdem reichte die Menge für zwei erfrischende Schlucke.

Zum Glück konnte der Qualm in dem hohlen Baumstamm, der wie ein Kamin wirkte, nach oben abziehen. Wahrscheinlich gab es dort eine Öffnung, die er nicht sehen konnte.

Er nahm die Decke und hängte sie notdürftig vor den Eingang der Höhle. Dadurch konnte sich die Hitze der Flammen anstauen und es wurde deutlich wärmer. Dann holte er seine Ersatzkleidungsstücke aus dem Rucksack und hängte sie in den Kamin der Höhle, damit die aufsteigende Wärme die feuchten Sachen trocknete. Das würde wohl schneller gehen, als bei den Kleidern, die er am Körper trug, weil sie nicht ganz so durchnässt waren.

Als die Wirkung der Tablette einsetzte und der Schüttelfrost nachließ, zog er seine Jacke aus und hängte sie zusätzlich in den Kamin. Schnell war die Luft in dem Unterstand feucht und dampfig.

Durch die Wärme und die Erschöpfung wurde Redfox schnell müde. Er legte noch ein paar Äste nach, dann lehnte er sich gegen seinen Rucksack und legte den Kopf an die Innenseite des Stammes. Seine Lider fielen herab und er sank in einen unruhigen Schlummer.

Zwei Stunden später erwachte er. Sein Nacken tat ihm weh, weil er in eine völlig unbequeme Stellung gerutscht war. Das Feuer war schon wieder herunter gebrannt, aber es gab noch ausreichend Glut, die eine angenehme Wärme erzeugte.

Redfox tastete nach den Kleidungsstücken über seinem Kopf. Sie waren fast trocken.

Er verspürte wieder brennenden Durst. Sein Mund war so trocken, dass die Zunge wie ein Fremdkörper wirkte. Der Mann schob die Decke am Eingang etwas zur Seite und spähte hinaus. Es regnete immer noch. Es war gleichgültig, er musste hinaus und trinken.

Er legte ein Stück Holz nach, dann schnappte er sich die Flasche, zog die Jacke wieder über und kroch hinaus. Sofort umfing ihn die nasse Kälte wieder und ließ ihn erschauern. Vielleicht gab es irgendwo eine Pfütze oder einen

19. Kapitel

Baumstrunk, in dem sich das Wasser gesammelt hatte. Er schlug wahllos eine Richtung ein. Dieser Weg war genauso gut wie jeder andere.
Er hatte Glück und musste nicht weit gehen. In dem Wurzelloch eines umgestürzten Baumes hatte sich Wasser gesammelt. Der Mann stieß einen Seufzer der Erleichterung aus, dann kniete er nieder und schöpfte vorsichtig von dem trüben Nass. Sofort setzte er die Flasche an den Mund und nahm einen tiefen Schluck. Das Wasser schmeckte angenehm kühl, jedoch erdig. Aber das war ihm egal. Er trank, bis er genug hatte. Dann füllte er den Behälter und ging zurück. Bevor er die Höhle wieder betrat, suchte er noch einen Vorrat Holz. Ihm war klar, dass er die Nacht hier verbringen würde. Er musste sich dringend erholen und seine Kleidung restlos trocknen. Sonst bestand die Gefahr einer Lungenentzündung. Vielleicht ließ morgen der Regen nach.

Kerner und sein verletzter Begleiter waren zu diesem Zeitpunkt bereits einige Kilometer von ihrem alten Schlafplatz entfernt. Der Ex-SEK-Mann machte sich große Sorgen. Immer wieder warf er Orrieh prüfende Blicke zu. Er durfte den Keiler nicht überanstrengen. Der Basse zeigte bis jetzt keine Zeichen nachlassender Kräfte, aber sein gelegentliches Klagen, wenn er stolperte oder ein Hindernis überwinden musste, zeugte davon, dass er heftige Schmerzen haben musste. Immer wieder sah der Mann nach der Wunde. Sie schweißte immer noch. Er musste einen Platz finden, wo er seinen vierläufigen Freund besser behandeln konnte. Wenn sich der Keiler eine Nacht mal wenig bewegen würde, konnte sich die Schusswunde schließen und verschorfen.
Kerner überlegte: Seine mitgebrachten Nahrungsvorräte würden etwa zwei Tage reichen. Er konnte sie allerdings erheblich strecken, weil der Todwald in dieser Jahreszeit voller Beeren war. Wasser würde es am Waldsee im Überfluss geben. Im Notfall musste er sich mit der MP ein Reh schießen.
Er warf einen Blick zurück. Dort wo der Grund unbewachsen war, hinterließ er deutliche Spuren im weichen Untergrund. Die Socken über den Schuhen waren längst zerfetzt. Auch Orriehs Tritte siegelten sich regelrecht in den Untergrund. Ein Umstand, der nicht zu verhindern war.
Es war später Nachmittag und der Regen versiegte. Zaghaft suchte sich die Sonne einen Weg durch die Wolken. Sie stand schon recht tief, trotzdem spendete sie noch genügend Wärme, um allerlei stechendes Getier auf den Plan zu rufen. Ein Anzeichen dafür, dass sie sich dem Waldsee näherten. Auch der Wald hatte sich geändert. Die mächtigen Baumriesen wurden seltener und immer häufiger traten Birken an ihre Stelle. Auch Salweiden hatten sich einen Standplatz erobert. Er musterte den Bodenbewuchs. Sumpfdotterblumen, Schwertlilien und giftgrüne, langstielige Gräser waren deutliche Anzeichen dafür, dass sie sich einem Feuchtgebiet näherten.

19. Kapitel

Kerner überlegte. Er konnte sich nicht erinnern, dass auf der Karte ein Sumpf eingetragen war. Das musste aber noch nicht unbedingt bedeuten, dass nicht tatsächlich einer vorhanden war. Nach langen Regenfällen trat der See bestimmt über die Ufer.
Kerner sollte recht behalten. Der Untergrund wurde weich und federnd. Bald hörte er bei jedem Schritt schmatzende Geräusche. Die Trittsiegel, die er hinterließ, standen voller Brühe. Das gefiel ihm gar nicht. Er blieb stehen.
Orrieh, der mehrere Meter hinter dem Mann herlief, blieb plötzlich stehen und blies warnend. Der Keiler stand bis zu den Sprunggelenken in moorigem Wasser.
Ron Kerner verstand die Warnung.
„Ich fürchte, da kommen wir nicht weiter", brummelte er und folgte seiner Fährte zurück, bis er wieder festeren Grund unter den Füßen hatte. Orrieh war dicht hinter ihm.
Ron Kerner beschloss am Rand des Feuchtgebiets entlang zu marschieren. Das durfte nicht allzu schwierig sein, er musste nur den Untergrund und den Bewuchs genau im Auge behalten. Früher oder später würde er dann auf sein Ziel, die Felsenformation, treffen.
Er schnitt sich einen kleinen Zweig von einer Birke, um die Blut saugenden Plagegeister und die Aasfliegen von sich und Orrieh abzuhalten. Mit untrüglicher Sicherheit hatten die Schmeißfliegen die Wunde des Keilers gerochen, die für sie die Möglichkeit zur Eiablage bot.
Während er den Zweig abschnitt, hatte sich Orrieh im Schatten einer Fichte hingelegt. Zum ersten Mal zeigte der Keiler Zeichen von beginnender Erschöpfung. Besorgt kniete sich der Ex-Polizist neben ihm nieder.
„Du hast Schmerzen, nicht wahr?", fragte er sanft und strich dem Keiler sachte über den Hals. Der Schlamm war zwischenzeitlich fast am ganzen Körper erhärtet und bildete auch am Hals eine harte Kruste. Um die Wunde ordentlich versorgen zu können, war er wohl gezwungen mit dem Messer die harten Borsten rundherum abzurasieren.
Orrieh gab kurze, klagende Laute von sich, dann versuchte er auf die Beine zu kommen.
„Nein, bleib liegen", sagte Kerner bestimmt. Er hatte eine Entscheidung getroffen. „Wir werden hier lagern. Morgen bist du wieder bei Kräften, dann können wir weiterziehen."
Schnaufend ließ sich der Keiler wieder zurücksinken. Es war offensichtlich, dass er verstanden hatte.
„Bleib hier", forderte Kerner ihn auf, „ich werde mich mal umsehen. Vielleicht finde ich in der Nähe eine geeignetere Stelle als hier."
Ron Kerner war sehr beunruhigt, weil er keine Ahnung hatte, wo sich der Killer aufhielt. Es konnte durchaus sein, dass er ganz in der Nähe lauerte

19. Kapitel

und irgendwann ganz unvermutet zuschlug. Er musste einen Platz finden, wo Orrieh und er bessere Deckung hatten.
Auf der Suche hatte er sich vielleicht zweihundert Schritt von Orrieh entfernt. Plötzlich, praktisch übergangslos, stand Kerner vor dem See. Er hatte offenbar eine schmale Landzunge betreten. Links und rechts säumte Schilf die Ufer. Konturenlose, ausgefranste Nebelbänke schwebten an verschiedenen Stellen über dem Wasser und verdeckten teilweise die Sicht. Trotz des Nebels war jedoch gut erkennbar, dass die Ausdehnung des Gewässers keineswegs gering war. Die Wasserfläche war einige hundert Meter lang und gut zweihundert Meter breit.
Als er sich weiterbewegte, erschreckte er ein Paar Stockenten, die laut quakend protestierten und sich dann heftig Wasser tretend von der Wasseroberfläche in die Luft schwangen. Wahrscheinlich hatte schon seit Jahren kein Mensch mehr dieses Ufer betreten.
Kerner spürte wieder Nervosität. Das Geschrei der Enten war bestimmt weithin vernehmbar. Wenn der Killer in der Nähe und nicht völlig taub war, musste er diesen Krach hören. Sicher würde er ihn richtig einordnen.
Ein Windstoß kam auf und wischte die Nebelbänke zur Seite. Jetzt konnte er sehen, dass am gegenüberliegenden Ufer der Wald bis ganz ans Wasser heran wuchs. Die Äste der Bäume hingen bis dicht über die Wasseroberfläche.
Auf der linken Seite des Gewässers, dort wo das Schilf endete, stieg das Ufer an und ging in eine Felserhebung über, die sich gut zwanzig Meter über das Niveau des Sees erhob.
Dieser Felsen wirkte wie eine Trutzburg. Von dort aus würde er den Überblick bekommen, der ihm im Ernstfall einen entscheidenden strategischen Vorteil verschaffen konnte.
Morgen, wenn Orrieh wieder bei Kräften war, würde er mit dem Keiler dorthin gehen.
Als er zu Orrieh zurückkam, hob dieser nur kurz das Haupt, dann ließ er es wieder sinken. Der Keiler hatte sich auf die Seite gelegt. Er gab ein paar hohe Klagelaute von sich, die dem Mann ins Herz schnitten. Er kauerte sich neben Orrieh und sah, dass sich an der Stelle, wo der Ausschuss den Boden berührte, wieder eine größere Lache Schweiß gebildet hatte.
„Wir bleiben hier", murmelte er beruhigend. „Morgen geht es dir wieder besser."
Ron Kerner zog sein Messer und sah sich nach einigen geeigneten Zweigen um. Er fand einen Haselnussstrauch und schnitt mehrere der geraden, elastischen Stangen. Er entastete sie und baute über den Keiler ein geräumiges Gerüst so, dass er auch noch Platz darunter hatte. Anschließend hieb er von der Fichte Zweige ab und deckte damit die provisorische Schutzhütte. Als er fertig war, begutachtete er seine Arbeit. Für eine Nacht würde es gehen.

19. Kapitel

Jetzt war es wirklich höchste Zeit sich wieder um die Wunde zu kümmern. Ron Kerners Messer war aus hochwertigen Stahl und trotz der Holzarbeiten noch immer sehr scharf. Er machte sich daran, so vorsichtig wie möglich mit der Klinge die harten Borsten um den Ausschuss zu entfernen. Obwohl die Prozedur weh tun musste, ließ Orrieh es geschehen. Ruhig blieb er liegen, bis er rasiert war.
Wie erwartet war der Ausschuss ziemlich ausgefranst. Vorsichtig näherte Kerner seine Nase der Wunde. Bis jetzt konnte er den befürchteten Geruch verfaulenden Fleisches nicht feststellen. Er packte sein Verbandszeug aus und desinfizierte erneut die Wunde. Es gab keine Möglichkeit einen Verband zu befestigen. Es musste so gehen.
Als er fertig war, schnaubte der Keiler und legte seinen schweren Kopf auf den Oberschenkel seines menschlichen Freundes.
„Ist schon gut, mein Junge", erwiderte Kerner mit belegter Stimme. Die menschenähnlichen Emotionen, die der Keiler zum Ausdruck brachte, überwältigten ihn immer wieder.
Nachdem er eine Kleinigkeit gegessen hatte, rollte Kerner seinen Schlafsack in der Schutzhütte neben seinem Patienten aus und legte sich nieder. Er würde Wache halten. Keinen Moment durfte er vergessen, dass draußen der Tod lauerte.

20. Kapitel

20. Kapitel

Der Fuchs erwachte durch ein schmerzhaft trockenes Gefühl im Mund. In der Nacht war er immer wieder aufgewacht. Bei dieser Gelegenheit hatte er Holz nachgelegt, so dass das Feuer nicht ausgegangen war. Auch jetzt hatte es noch eine kräftige Glut. Allerdings hatte er ein Gefühl im Kopf, als wäre sein Schädel mit einer Luftpumpe bis zum Platzen aufgeblasen worden. Wahrscheinlich lag das nicht nur an der Erkältung. Sicher hatte er auch Rauch vom Feuer eingeatmet.
Der Morgengesang der Vögel drang in seine Höhle. Er war nicht in der Stimmung die Schönheit dieses Augenblicks zu erkennen.
Er tastete nach den Kleidern im Rauchfang. Sie waren fast vollständig trocken. Er zog sich an. Dabei wurde er immer wieder von Schwindelgefühlen überrascht, die er nur beherrschen konnte, indem er einige Zeit stillstand. Auch sein Bein machte sich wieder unliebsam bemerkbar. Er zögerte einen Augenblick, dann löste er den Verband. Der Zellstoff war ziemlich verschmutzt und musste unbedingt gewechselt werden.
Die Wunde sah bedenklich aus. Ihm war klar, dass er ohne das starke Schmerzmittel nicht weit kommen würde. Redfox wusste aber auch, dass das Medikament nur die Symptome linderte. Die Ursache schwelte weiter.
Als er fertig war, warf er einen prüfenden Blick ins Freie. Es regnete nicht mehr, aber der Wald war voller Nebel. Die Sicht betrug nur zwanzig, dreißig Schritte.
Sein Frühstück bestand aus einigen Schlucken Regenwasser, einem Kraftriegel und einer Schmerztablette.
Nachdem er seine Sachen zusammengepackt hatte, schob er sich aus der Höhle. Das Gewehr trug er wieder in der Armbeuge.
Seine erste Aufgabe bestand darin herauszufinden, in welche Richtung sich seine Beute gewandt hatte. Es dauerte einige Zeit, bis er auf dem Waldboden eine Stelle fand, wo sich die Eindrücke des großen Wildtieres eingeprägt hatten.
Es war offensichtlich, dass dieses wehrhafte Tier zwar angeschossen, aber nicht tödlich verletzt worden war. Das machte die Jagd ungeheuer schwer. Mit seinen Instinkten und seiner Wehrhaftigkeit ersetzte es eine Waffe. Redfox nahm sich vor, so schnell wie möglich dieses gefährliche Biest endgültig auszuschalten.
Wahrscheinlich hatte seine Beute mittlerweile einen weiten Vorsprung herausgeholt. Es bestand aber auch die Möglichkeit, dass der Mann ihm unterwegs irgendwo auflauerte. Redfox warf einen prüfenden Blick in den umliegenden Unterwuchs. Für einen geschickten Jäger war es kein Problem sich hier unsichtbar zu machen.
Der Fuchs gestand es sich nur ungern ein, aber der Wald beunruhigte ihn. Er war es gewohnt sich unter Menschen zu bewegen. In einer Personenansamm-

lung fiel er so wenig auf wie ein Schwarmfisch unter seinen Artgenossen. Sein Jagdgebiet waren die Städte. Seine Tarnung die Anonymität der Menge. Hier war ihm nichts vertraut. Das Blickfeld war eingeengt. Hinter jedem der nur wenige Meter entfernten Bäume und Sträucher konnte sich der Gegner verstecken, ohne dass er ihn bemerkte. Er war ein Augenjäger. Seine übrigen Sinne waren ungeschult. Der Gesang der zahlreichen Vögel im Wald überdeckte jedes Geräusch eines sich anschleichenden Feindes.

Redfox folgte den deutlichen Schalenabdrücken. Mit seinem verletzten Bein kam er allerdings nicht so schnell voran, wie er sich eigentlich gewünscht hätte. Immer wieder musste er rasten, um die Schmerzen abklingen zu lassen.

Irgendwann in der Nacht, in der Zeit des Schmerzes, hatte er einen Entschluss gefasst. Es war eine sentimentale Schnapsidee von ihm gewesen, diesem Kerner eine Chance einräumen zu wollen. Er war ein Profi und so sollte er sich auch verhalten. Er würde die Angelegenheit so schnell wie möglich hinter sich bringen und dann aus diesem verfluchten Wald verschwinden.

Seine Beute hielt immer dieselbe Richtung ein. Ein Verhalten, das sich Redfox nicht ganz erklären konnte. An Stelle des Ex-Polizisten wäre er kreuz und quer gelaufen, um seinen Verfolger zu verwirren und von der Spur abzubringen. Offenbar hatte Kerner ein bestimmtes Ziel.

Redfox zog die Karte heraus und prüfte die örtlichen Gegebenheiten in Kerners Marschrichtung. Als er den See entdeckte, hätte er sich am liebsten gegen den Kopf geschlagen. Logisch. Kerner suchte die Nähe des Wassers. Er hatte die gleichen Probleme mit der Trinkwasserversorgung wie sein Verfolger. Der See würde dem Jäger genauso helfen wie seiner Beute. Mit wieder gewonnener Energie bezwang er seine Behinderung und zwang sich zum Weitermarsch.

Orrieh hörte, dass sein Mensch tief und fest schlief. Die Anstrengung des vergangenen Tages hatten ihn erschöpft. Der Basse würde Wache halten. Die Schmerzen im Nacken waren heftig und ließen ihn ohnehin nicht schlafen.

Gegen Morgen verspürte Orrieh heftigen Durst. Obwohl er Angst vor dem Schmerz hatte, wuchtete er sich auf die Füße. Der Mann im Schlafsack regte sich, wälzte sich auf die andere Seite – und schlief weiter. Der Keiler blieb regungslos stehen, bis Kerner sich nicht mehr rührte, dann verließ er lautlos den Unterstand.

Gewohnheitsmäßig prüfte er den Wind. Jetzt erst wurde ihm klar, dass er wieder Geruchsbilder lesen konnte. Die Schwellung im Wurf war offenbar zurückgegangen. Die milde Brise trug ihm den verlockenden Duft des Sees zu.

20. Kapitel

Schritt für Schritt stapfte Orrieh in Richtung Wasser. Mit der Zähigkeit seiner Art überwandt er den Schmerz und schob sich durch das Schilf, bis er schöpfen konnte. Nachdem er sich erfrischt hatte, drehte er sich um und marschierte aufs Trockene zurück. Als er eine schlammige Stelle fand, warf er sich hinein. Der kalte Schlamm kühlte die Wunde im Nacken. Einige Zeit später verließ er die Suhle. Ein weiches Moosbett in der Nähe lud zu einer kleinen Ruhepause ein. Es dauerte nur wenige Minuten, dann war Orrieh eingeschlafen.
Als er die Augen öffnete, war es bereits hell. Vorsichtig brachte er sich auf die Läufe. Der Schmerz blieb erträglich. Er prüfte die Umgebung. Seine Nase und das Verhalten der Vögel sagten ihm, dass keine Gefahr bestand.
Da fiel ihm wieder sein Mensch ein. Er musste unbedingt zurück. Unvermutet stieß ihm ein verlockender Duft in die Nase. Trotz seiner Verletzung machte sich Hunger bemerkbar. Er hatte seit Tagen nicht mehr richtig gefressen. Orrieh schob das Moos mit seinem Wurf zur Seite und leibte sich schmatzend die zwei Engerlinge ein, die sich darunter verborgen hatten. Dann machte er sich auf den Rückweg.
Als er den direkten Weg zum Lager einschlug, drehte der Wind. Er empfand es wie einen Schlag, als die beißende Witterung seines Feindes unverhofft auf seine Nasenschleimhäute traf. Diesen Geruch würde der Keiler nie mehr vergessen. Seine Rückenfedern stellten sich auf und Wut stieg in ihm hoch. Regungslos blieb Orrieh im Schutz einer niederwüchsigen Kiefer stehen.
Der Basse registrierte unweit das Alarmgeschrei eines Eichelhähers und das wütende Schimpfen einer Amsel.
Still hielt er sich in der Deckung der Kiefer. Seine Sinne versuchten den Widersacher zu orten. Er wusste, dass er irgendwo vor ihm im Hochwald sein musste. Plötzlich sah der Keiler Bewegung zwischen den Stämmen. Die Witterung intensivierte sich. Orrieh musste sich beherrschen, dass er seiner Aggression nicht freien Lauf ließ und den Mann angriff. Irgendetwas in seinem Verstand bewahrte ihn davor der animalischen Wut nachzugeben. Es war viel wichtiger, dass er seinen Menschen vor der herannahenden Gefahr schützte. Er wandte sich leise ab und drückte sich seitlich weg. Das hohe Gras würde ihm genügend Sichtschutz bieten.

Redfox hatte die Spur verloren. Schon seit einiger Zeit hatte er auf dem immer feuchter und schwammiger werdenden Untergrund keinen Abdruck mehr erkennen können. Dafür war der Bewuchs deutlich lichter geworden. Das hatte auch Vorteile, so beruhigte er sich, hier in diesem Feuchtgebiet konnte sich sein Gegner nur schwer in einen Hinterhalt legen.
Als er nach ein paar hundert Metern wieder stehen blieb, um sich zu orientieren, stieß er einen heftigen Fluch aus. Ganz langsam, wie in Zeitlupe, begann er in den sumpfigen Untergrund einzusinken.

20. Kapitel

Es gab ein schmatzendes Geräusch, als er seinen verletzten Fuß mit einem Ruck aus dem zähen Untergrund herausziehen musste. Ein stechender Schmerz nahm ihm für einen Augenblick den Atem. Nur mühsam konnte er verhindern, dass auch der andere Fuß versank.
Redfox war klar, dass er hier so schnell wie möglich verschwinden musste. Das war gefährlicher Sumpf.
Er zwang sich zur Ruhe, dann versuchte er sich zu orientieren. Das verdammte Fieber kam in Schüben und verwirrte seine Sinne. Aus dieser Richtung musste er gekommen sein. Überall sah der Bewuchs gleich aus. Er stampfte hastig ein paar Schritt zur Seite.
Das Moorauge lag gut getarnt unter einer dichten Schicht aus Grasbüscheln und Seerosenblättern. Als der irritierte Mann den tückischen Untergrund mit seinem Gewicht belastete, wichen die Pflanzen zur Seite und er rutschte in das Moorloch.
Ein anderer Mann, der nicht über Redfox Reflexe verfügte, wäre wahrscheinlich vollständig eingesunken. Trotz seiner Beeinträchtigung hatte er die Geistesgegenwart sich zur Seite zu werfen. Mit dem oberen Drittel seines Körpers kam er auf festeren Untergrund. Keuchend blieb er einen Augenblick liegen. Ihm wurde schwarz vor Augen und er hatte große Mühe seine Gedanken zu ordnen. Jetzt nur keine Panik!
Die Kälte des Moorwasser drang in seine Beine und erreichte seinen Unterleib. Er hatte das Gefühl, als würde eine gierige Kreatur nach seinem Körper greifen, um ihn zu verschlingen.
Seine Augen suchten verzweifelt nach einem Gegenstand, an dem er sich aus dem Wasser herausziehen konnte. Zum Glück war er nicht bis in die zähe Schlammschicht hinuntergerutscht, die in der Tiefe des Moorauges lagerte und ihn unweigerlich festgehalten hätte. Er entdeckte ein Stück entfernt einen kahlen Ast, der wie eine klagende Hand aus dem Boden ragen. Das Holz war schwarz und wahrscheinlich total vermodert. Trotzdem war es für ihn im Augenblick der einzige Rettungsanker. Es gab nur ein Problem: Es lag außerhalb der Reichweite seiner Hände.
Redfox überlegte. Um an das Seil in seinem Rucksack zu kommen, musste er sich bewegen und teilweise herumwälzen. Damit hätte er seinen Halt verloren und wäre tiefer in das Loch gerutscht. Blieb einzig der Riemen des Gewehrs, das ihm über der Schulter hing und zum Glück nicht unter seinem Körper begraben war. Während er die eine Hand in einen der festeren Grasbüschel krallte, zog er mit der anderen den Gewehrriemen von der Schulter. Er fasste die Waffe am Pistolengriff und schleuderte mit einer bogenartigen Bewegung den Gewehrriemen über den Ast. Beim zweiten Wurf war er bereits erfolgreich.
Langsam, um den Ast nicht zu brechen, zog er an. Es war ihm dabei völlig egal, dass das Gewehr in den feuchten Sumpf gedrückt wurde.

20. Kapitel

Der Ast bewegte sich im Zeitlupentempo etwas auf Redfox zu und kompensierte so ein Stück weit die Kraftanstrengung des Eingesunkenen. Offenbar handelte es sich um das Teil eines größeren Baumes, der tief im Sumpf versunken war. Trotz seiner Anstrengungen kam Redfox kein Stück vorwärts.
Als er schon keine Hoffnung mehr hatte, dass ihm der Baum helfen konnte, blieb der Ast stecken. Redfox spannte die Muskeln und riskierte einen heftigen Ruck. Der Ast brach mit einem schussartigen Knall, aber es hatte genügt, um ihn auf festeren Grund zu bringen. Keuchend blieb er liegen. Das war knapp gewesen. Für einen Augenblick war der Schmerz im Bein vergessen.
Eine grellblaue Libelle schwirrte heran und musterte, auf der Stelle fliegend, den merkwürdigen Eindringling in ihr Reich.
Als er sich etwas erholt hatte, kroch Redfox weiter, bis er wieder sicheren Untergrund erreicht hatte. Dann richtete er sich auf. Quatschend bewegte sich das Moorwasser in seinen Schuhen. Er achtete nicht darauf.
Seine Kleidung triefte vor Nässe. In das Gewehr war Wasser eingedrungen. Es musste dringend gereinigt werden. Nachdem der Kälteschock nachgelassen hatte, begann der Schmerz wieder seine zermürbende Wühlarbeit. Bestimmt war der Verband völlig verdreckt.
Mit zusammengebissenen Zähnen sah er sich um. Hier war alles feindlich. Der Wald, die ganze Natur hatte sich gegen ihn verschworen. Langsam hatte er das Gefühl, dass er nicht der Jäger war, sondern das Wild.
Mühsam schleppte er sich dahin. Als er eine Gruppe junger Birken erreichte, beschloss er ein Lager aufzuschlagen. Er war zwar erst einige Stunden unterwegs, aber seine Kräfte waren angegriffen.
Redfox grub in seiner Erinnerung. Irgendwie musste er es schaffen sich einen trockenen Unterstand zu bauen. Die Birkenstämme waren sehr elastisch. Es war nicht schwer die drei Stämme zu Boden zu ziehen und sie mit einem Stück seines Seiles zusammenzuschnüren. Mit etwas Geschick gelang es ihm, die herabgebogenen Spitzen der Birken dicht über dem Boden an dem vierten Birkenstamm festzuzurren.
Das so entstandene Schutzdach war zwar nicht dicht, würde aber zumindest den Wind abhalten. Der Mann riss einige Zweige von den Nadelbäumen in der Nähe und legte sie als Polster auf den Boden, dann suchte er sich Feuerholz.
Einige Zeit später hatte Redfox ein kleines Feuer entfacht. Er fluchte innerlich, weil dunkler, verräterischer Rauch aufstieg. Hätte er auf die Windrichtung geachtet, würde ihm der dicke Qualm, der von dem feuchten Holz aufstieg, nicht ins Gesicht wehen. Hustend rutschte er zur Seite.
Einige Zeit später drehte der Wind und wehte zum Feuchtgebiet hin. Nun konnte er wieder freier atmen.
Nachdem er einigermaßen untergebracht war, galt die erste Sorge des Menschenjägers seiner Ausrüstung. Solange er noch Tageslicht hatte, musste er

seine Waffen reinigen. Im Augenblick wäre er einem Angriff seiner Beute fast wehrlos ausgeliefert.
Der Menschenjäger öffnete seinen Rucksack, um sich ein Kleidungsstück herauszuholen, das er als Unterlage für die Reinigung der Waffen benutzen wollte. Als er in den Rucksack griff, erschrak er. In das Behältnis war ebenfalls Wasser eingedrungen. Es war ihm nicht aufgefallen, dass der Rucksack bei seinem Kampf mit dem Moorloch mit Wasser in Berührung gekommen war.
Redfox packte den gesamten Inhalt auf den Waldboden. Dann stülpte er den Rucksack um, damit der trocknen konnte.
Seine besondere Sorge galt seiner elektronischen Ausrüstung. Die Panzerbrille war in einem eigenen Behältnis verpackt und dadurch trocken geblieben. Auch das Nachtsichtzielfernrohr, das in einem wasserdichten Köcher untergebracht war, hatte zum Glück nichts abbekommen.
Jetzt erst gestattete sich Redfox einen Blick auf seine Beinwunde. Der Verband war nass und verrutscht. Er entfernte ihn. Die Ränder der Wunde hatten eine dunkelrote Farbe angenommen und nässten. Die Nähte spannten.
Das Verbandszeug, das sich in einem wasserdichten Plastikbeutel befand, war in Ordnung. Er versorgte sich, dann nahm er eine Tablette. Als er fertig war, starrte er benommen in die Flammen. Es würde einige Zeit dauern, bis das Medikament zu wirken begann.
Langsam wurde es für ihn eng. Er war erfolgsverwöhnt. Seine Aufträge waren bisher fast immer reibungslos über die Bühne gegangen. Aber dieser Job hier begann sich für ihn zu einem regelrechten Desaster auszuwachsen.
Schließlich gab er sich einen Ruck. Er zerlegte das Gewehr mit wenigen Handgriffen und begann es zu reinigen.
Als einen Steinwurf weit von ihm entfernt ein Vogel mit klatschenden Schwingen vom Boden aufstand, erschrak er heftig.
Da das Gewehr nicht einsatzbereit war, griff er nach dem Kampfmesser. Selbst ihm war klar, dass der Vogel von einem Lebewesen aufgescheucht worden war. Er kauerte sich zusammen und verließ kriechend sein Lager.

Ron Kerner erwachte durch einen Stoß aus seinem tiefen Schlaf. Übergangslos war er hellwach. Verdammt, offenbar war er doch eingeschlafen. Hastig sah er sich um. Es schien alles in Ordnung zu sein. Verwundert sah er Orrieh an. Der Keiler stand neben ihm auf den Beinen und machte einen deutlich besseren Eindruck als gestern Abend. Anscheinend hatte Orrieh ihn geweckt.
„Dir scheint es besser zu gehen", murmelte der Mann, während er sich zügig aus seinem Schlafsack schälte. Er stand auf und untersuchte die Wunde.

20. Kapitel

Offenbar war der Keiler unterwegs gewesen und hatte sich eine Suhle gesucht. Kerner zuckte mit den Schultern. Der Basse wusste instinktiv, was für ihn gut war.
Kerner verspürte ein menschliches Bedürfnis. Er musste sich erst einmal lösen. Als er zur Seite gehen wollte, stieß ihn der Keiler wieder an.
„Was hast du denn?", fragte der Ex-SEK-Mann verwundert.
Orrieh stieß ein heftiges Blasen aus und wetzte seine Waffen. Dabei starrte er auffällig ins Feuchtgebiet hinaus.
Ron Kerner fiel es wie Schuppen von den Augen. Der Basse wollte ihn warnen! Der Killer, war sein nächster Gedanke.
Er schnappte sich die MP und steckte den Revolver, den er mit in den Schlafsack genommen hatte, vorne in den Hosenbund, dann folgte er Orrieh.
Nicht schnell, aber zielstrebig bewegte sich der Keiler durchs Gelände. Plötzlich blieb er stehen und hob den Wurf in den Wind. Auch der Mensch mit seinem schwachen Geruchsinn bemerkte deutlich den Brandgeruch. Irgendwo vor ihnen brannte ein Feuer.
Kerner ließ sich auf den Bauch nieder und suchte das Gebiet vor ihm ab. Es dauerte nicht lange, dann hatte er die graue Rauchwolke entdeckt, die über einer Gruppe Birken zum Himmel strebte.
Ohne zu überlegen griff Ron Kerner in die feuchte Erde und schmierte sich zur Tarnung Dreck ins Gesicht. Er würde sich die Chance, den Killer, der Orrieh und ihm so viel Leid bereitet hatte, zu schnappen, nicht entgehen lassen.
„Du bleibst hier!", befahl der Ex-Polizist seinem vierläufigen Begleiter. Er hatte Angst, dass der Keiler nochmals verwundet werden könnte.
Die Maschinenwaffe in Vorhalte begann er langsam auf die Birkengruppe zuzurobben. Mit einem kurzen Blick zurück überzeugte er sich davon, dass Orrieh seiner Anweisung folgte. Der Basse stand noch immer regungslos an der alten Stelle. Kerner konzentrierte sich nach vorne.
Er war noch einen guten Steinwurf weit von der Birkengruppe, aus der die Rauchfahne aufstieg, entfernt, als plötzlich vor ihm ein taubengroßer Vogel vom Boden aufstand. Eine Ringeltaube registrierte sein Jägergehirn automatisch, während der Vogel mit klatschenden Schwingen das Weite suchte. Verdammt, dachte er, dem Verfolger musste doch klar sein, dass dies ein Alarmzeichen war, und die Ursache richtig einordnen.
In diesem Augenblick sah er aus den Augenwinkeln einen dunklen Schatten, der sich ihm näherte. Die Klinge eines Messer blitzte auf. Instinktiv rollte Kerner zur Seite und betätigte dabei den Abzug der Maschinenpistole. Es löste sich jedoch kein Schuss.
Ron Kerner hatte keine Gelegenheit mehr über das Versagen der Waffe nachzudenken. Der Angreifer, der im Gras neben ihm gelandet war, setzte

20. Kapitel

ohne Zögern nach. Kerner erfasste den flüchtigen Eindruck eines verzerrten Gesichtes und kalter Augen, die sich in seine bohrten. Dann hatte er keine Zeit mehr auf diese Nebensächlichkeiten zu achten, denn der Mann machte keinen Hehl daraus, dass er die Absicht hatte Kerner das Kampfmesser in die Brust zu jagen.
Hundertfach geübte Reaktionen und Bewegungsabläufe liefen ab. Blitzschnell fasste der Ex-SEK-Mann nach dem bewaffneten Arm des Mannes, um den Stoß zu verhindern.
Mit verzerrten Gesichtern rollten die beiden Männer über den Grasboden. Jeder versuchte einen Vorteil herauszukämpfen. Es war ein stummer, verbissener Kampf. Nur das heftige Keuchen zeugte von der Anstrengung. Längere Zeit sah es so aus, als könne keiner einen Vorteil über den anderen gewinnen. Dann war Orrieh heran. Wie eine Dampframme kam er angaloppiert und krachte mit voller Wucht gegen die Seite des Killers. Der flog mit einem wilden Schmerzschrei im hohen Bogen von Kerner herunter und rollte, sich überschlagend, über den Boden. Für den Augenblick war er durch den Schmerz in seinem Bein völlig benommen.
Orrieh hatte mit solcher Wucht angegriffen, dass er nicht abbremsen konnte. Hart knallte er gegen eine der Birken. Laut klagend brach er zusammen.
Die Schmerzschreie des Keilers erweckten in Kerner eine ohnmächtige Wut. Er sprang auf die Beine und riss mit einer heftigen Bewegung den Verschluss der Maschinenpistole zurück. Der Versager von vorhin konnte nur auf eine Ladehemmung zurückzuführen sein. Ehe er aber feuern konnte, hatte sich der Killer mit einer Rolle seitwärts neben Orrieh gebracht. Mit schmerzverzerrtem Gesicht hielt er die dolchartige Klinge über den Hals des Keilers und keuchte:
„Wenn du schießt, ramme ich dem Biest das Messer in die Kehle! Es ist dann in jedem Fall hinüber. – Los, Waffe runter!"
Trotz seiner Erregung registrierte Kerner, dass er nicht mehr schießen konnte, ohne Orrieh in Gefahr zu bringen. Ein Feuerstoß hätte unweigerlich den Schwarzkittel getroffen. Der Mann mit dem Messer meinte es todernst. Mit langsamen Bewegungen sicherte er die MP und legte sie im Zeitlupentempo auf den Boden. Dabei betätigte er vorsichtig den Magazinhalteknopf, so dass das Magazin unbemerkt aus der Waffe ins Gras glitt. Er musste verhindern, dass der Killer mit seiner eigenen Waffe auf ihn schoss.
Besorgt warf er dem Keiler einen Blick zu. Der lag keuchend auf der Seite. Trotz seiner schweren Wunde hatte er ohne zu zögern angegriffen. Er hatte ihm ohne Frage das Leben gerettet. Orrieh lag ganz ruhig. Kerner war sich sicher, dass er verstand, in welch bedrohlicher Lage sie sich befanden.
„Ist ja gut", versuchte Kerner den Mann zu beruhigen. Warum hatte ihn der Killer mit einem Messer angegriffen? Er hatte doch Schusswaffen.

20. Kapitel

„Los, zurücktreten!", kommandierte der Mann mit dem Messer knapp. Obwohl er deutlich unter Stress stand, war er beherrscht und hatte sich voll im Griff. Eindeutig ein Profi.
Kerner machte einige Schritte rückwärts. Er wartete nur auf den Moment, in dem sich der Mann der Waffe bemächtigen wollte. Das war der Augenblick, in dem er zum Revolver greifen konnte. Der Angreifer hatte offensichtlich von der zweiten Waffe keine Ahnung.
Mit lauerndem Blick und jederzeit sprungbereit machte der Killer einen Schritt auf die Waffe zu. Kerner hatte für einen Augenblick den Eindruck, dass er hinkte. Zeit darüber nachzudenken hatte der Ex-SEK-Mann allerdings nicht.
Als sich der Mann bückte, sah er seine Chance gekommen. Er riss seine Jacke zurück und fasste mit der anderen Hand zur Waffe – doch seine Hand griff ins Leere. Für eine Sekunde war er wie gelähmt. Der Revolver war weg! Sicher hatte er ihn beim Kampf verloren.
Ron Kerner reagierte blitzschnell.
„Orrieh, auf, weg hier!", brüllte er, gleichzeitig drehte er sich um und stürmte im Zickzacklauf davon.
Der Killer war überrascht. Kerners Griff zum Gürtel war ihm nicht entgangen. Offenbar hatte der Mann dort eine zweite Waffe vermutet, die aber nicht mehr an Ort und Stelle war. Ohne Zögern hob er die Maschinenpistole, um auf den flüchtenden Mann zu feuern. Als dabei das Magazin aus der Waffe herausfiel, würgte er einen wilden Wutschrei heraus. Hastig bückte er sich, hob das Stangenmagazin auf und stieß es in den Schacht. Fast gleichzeitig betätigte er den Abzug. In seiner Hast gab er aber keine gezielten Feuerstöße ab, vielmehr schoss er eine wütende Salve hinterher. Die meisten Projektile sausten wie verärgerte Hornissen wirkungslos in die Landschaft. Das Knattern der Schüsse ratterte über das Feuchtgebiet und schreckte einen Flug Enten auf, die laut quakend abstrichen.
Schnell befanden sich zwischen dem Killer und Kerner so viele natürliche Hindernisse, dass ein Treffer nicht mehr möglich war. Lediglich einmal spürte der Flüchtige einen leichten Schlag gegen den linken Oberarm, dann verstummte die Maschinenpistole.
Kerner kam vor Orrieh an der Lagerstelle an. Hastig räumte er alle Ausrüstungsgegenstände zusammen. Dabei sah er sich besorgt nach dem Schwarzkittel um. Der Keiler war noch nicht aufgetaucht. War er getroffen?
Da sah er ihn kommen. Etwas schwerfällig schleppte er sich ins Lager. Hastig nahm Kerner eine oberflächliche Untersuchung des Keilers vor. Plötzlich entdeckte er an seiner linken Hand Schweiß.
„Du bist getroffen!", stellte er besorgt fest. Mit fliegenden Augen suchte er nach der Schusswunde. Er konnte aber nichts finden. Der Schweiß wurde

aber immer mehr. Langsam dämmerte dem Ex-SEK-Mann, dass das Blut aus seinem Ärmel lief. Nicht Orrieh war getroffen, sondern er!
Es dauerte einen Augenblick, bis der Mann den Schock überwunden hatte. Er erinnerte sich des Schlags gegen den Arm. Ron Kerner verspürte keine Schmerzen.
„Wir müssen unbedingt von hier verschwinden", erklärte er schließlich hastig. „Ich weiß nicht, wie schlimm meine Verletzung ist, aber im Augenblick behindert sie mich noch nicht. Bevor der Kerl uns nachkommt, müssen wir weg sein. Wir haben praktisch keine Waffen mehr. Der Killer ist unheimlich gefährlich."
Mit fliegenden Flanken stand der Keiler vor ihm. Der Angriff und die Flucht hatten ihn wertvolle Kräfte gekostet. Von der Halswunde lief wieder Schweiß. Offenbar war sie beim Kampf aufgerissen.
Schnell beugte sich Ron Kerner herunter und nahm den Kopf des Bassen in den Arm.
„Du hast mir das Leben gerettet", murmelte er sanft, „und ich weiß, dass du ziemlich fertig bist, aber wir müssen trotzdem weg, sonst haben wir keine Chance."
Kerner warf sich den Rucksack über die Schulter und verließ den Unterstand. Er atmete ein wenig auf, als er Orrieh nachkommen sah. Sie mussten versuchen die Felsen zu erreichen. Dort waren sie einigermaßen sicher.
Sein Arm begann zu schmerzen.
Das Felsgestein war nicht besonders griffig, eher glatt. Abgeschliffen von Regen und Wind. Moosflechten erschwerten den sicheren Tritt. Der Mann musste aufpassen, dass er nicht ausrutschte und über den zum See hin steil abfallenden Fels ins Wasser stürzte. Mit seiner linken Hand konnte er sich kaum noch abstützen. Die Muskeln schmerzten heftig. Es wurde Zeit, dass er die Wunde untersuchen konnte. Seine Kleidung war blutig durchtränkt.
Orrieh blieb dicht hinter ihm. Er hatte den Blutgeruch des Menschen schon lange wahrgenommen und wusste, dass Kerner verletzt war.
Wie erwartet hatte man von der abgerundeten Kuppe des Felsen einen ausgezeichneten Überblick über den See, den Schilfgürtel und das jenseitige Ufer. Etwas auf der Seite war eine Gruppe mannshoher Kiefern zu erkennen. Irgendwie hatten es die Bäume geschafft auf dem felsigen Untergrund Platz für ihre Wurzeln zu finden. Ohne besonderen Grund drückte er die Äste etwas zur Seite, so dass er zwischen die Kiefernzweige blicken konnte.
„Ja, was haben wir denn da", murmelte er. Er blickte direkt in die dunkle Öffnung eines Höhleneingangs, der ihm etwa bis Brusthöhe ging. Er zog eine Taschenlampe aus dem Rucksack und leuchtete hinein. Vor der Höhle lagen die blank genagten Knochen von Kleintieren herum. Vermutlich hatte sie vor nicht langer Zeit einem Fuchs als Bau gedient.

20. Kapitel

Der Mann bückte sich und kroch vorsichtig hinein. Orrieh blieb draußen. Kühle Luft schlug ihm entgegen. Es roch nicht muffig. Das lag an dem leichten Luftzug, den er spürte. Der Hohlraum im Fels hatte also eine zweite Öffnung. Dämmerlicht drang durch einen Spalt in der Decke des Raumes. Insgesamt hatten in der Höhe drei kräftige Männer bequem Platz.

Ron Kerner ließ seinen Rucksack auf den Boden gleiten. Dies war der ideale Platz, um sich zu verteidigen. Zur Not konnte man sich einen Angreifer mit Steinbrocken vom Hals halten.

Langsam zog Kerner seine Jacke aus. Im linken Ärmel waren zwei Schusslöcher zu erkennen. Das Vollmantelgeschoss hatte also durchgeschlagen. Als er auch das Hemd heruntergezogen hatte, konnte er die Schusswunde sehen. Er hatte Schmerzen, aber sie waren auszuhalten. Er desinfizierte die Wunde und verband sich mit einem Verbandspäckchen. Wenn keine Infektion hineinkam, würde er die Sache wohl überleben.

Kerner baute aus herumliegenden Steinen eine Feuerstelle. Dann verließ er die Höhle, um Holz zu suchen. Der Keiler lag noch immer an der gleichen Stelle. In einer Nische stand eine vertrocknete Krüppelkiefer, die ausreichend Feuerholz lieferte. Er trug die abgebrochenen Äste in die Behausung, dann spaltete er sie mit dem Messer, um den trockenen Kern frei zu legen. Als er den kleinen Scheiterhaufen anbrannte, griffen die Flammen sofort nach dem harzhaltigen Holz. Eine Minute später gab das Feuer bereits Wärme ab. Der Rauch zog wie erwartet nach oben ab.

Kerner verließ seine Unterkunft und sah nach oben. Der Rauch war hell und vermischte sich schon nach wenigen Metern mit der umgebenden Luft. Wie ein Tropfen Farbe in einem Wassereimer, der sich nach einiger Zeit unsichtbar mit dem umgebenden Medium vermengt.

Der Mann war beruhigt. Solange der Wind nicht stärker wurde, würde sein Verfolger das Feuer nicht riechen können.

Während er die Hände über den Flammen rieb, stellte er sich zum wiederholten Male die Frage, wie er seinen Verfolger überwinden sollte. Kerner war sich sicher, dass der Killer eine überlegene Bewaffnung besaß. Deshalb verstand er nicht, warum er sich auf einen Kampf mit dem Messer eingelassen hatte. Der Mann hätte ihn ohne weiteres abschießen können. Kerner hatte keine Zweifel, dass der Killer skrupellos genug war, dies auch zu tun.

In Gedanken ging Kerner seine Ausrüstung durch. Was konnte er als Waffe nutzen? Seine beste Verteidigung war seine Fähigkeit sich sicher im Wald zu bewegen. Er zog sein Messer aus der Scheide. Es hatte eine Klingenlänge von ungefähr sechzehn Zentimetern. Wenn er am Griff einen stabilen Haselnussstock befestigte, konnte er ihn ohne Probleme als Speer benutzen. Auf kurze Entfernung konnte er sich damit behelfen. Gegen Schusswaffen konnte man mit einer derart primitiven Waffe allerdings nichts ausrichten.

20. Kapitel

Ron Kerner war klar, dass früher oder später eine Entscheidung herbeigeführt werden musste. Der Killer würde seinen Job erledigen wollen, damit er seine Prämie kassieren konnte.
Mit seinen Vorräten konnte er noch ein paar Tage überbrücken. Aber um den Kampf gegen den Killer bestehen zu können, musste er bei Kräften bleiben.
Er durfte nicht übersehen, dass ihn die Verletzung beeinträchtigen würde.
Am Eingang hörte er das Geräusch knirschenden Gerölls. Seine Hand zuckte automatisch zum Messer. Als sich eine Sekunde später der Kopf des Keilers durch den grünen Vorhang am Eingang schob, stieß er heftig die Luft aus.
„Du kannst einen ganz schön erschrecken", brummte er.
Orrieh betrat die Höhle und legte sich dicht am Eingang nieder. Sein Kopf zeigte in Richtung Eingang. An ihm kam niemand vorbei.

21. Kapitel

21. Kapitel

Redfox ging es schlecht. Der Schock, dass seine Beute ihn angegriffen hatte, saß tief. Noch niemals in seiner Laufbahn hatte er das Gesetz des Handelns aus der Hand gegeben. Der Kampf war hart gewesen und er hatte deutlich gespürt, dass Kerner ihn früher oder später überwunden hätte. Der Angriff dieser verdammten Bestie hatte ihm einen Vorteil verschafft, wenn auch sehr schmerzhaft. Eigentlich hätte er seine Beute gleich verfolgen sollen, aber dazu war er physisch einfach nicht in der Lage. Er musste sich erholen. Die Beinwunde begann zu eitern und das Fieber kam nach der körperlichen Anstrengung mit Macht zurück. Mit letzter Kraft reinigte er seine Waffe, dann rollte er sich in die Decke und schlief ein.

Die Nacht war schrecklicher als die vorherige. Nach Einbruch der Dunkelheit kam ein kalter Wind auf, der von den Birkenzweigen nur dürftig abgehalten wurde. Redfox fror fürchterlich. Wilde Fieberfantasien irrten durch seine Träume und ließen ihn heisere Schreie ausstoßen, die einen vorüberschnürenden Fuchs aufhorchen ließen.

Als der Morgen graute, nahm er seine letzten beiden Schmerztabletten. Heute musste die Entscheidung fallen.

Hunger hatte er nicht. Er trank seine Wasserflasche leer, dann packte er seine Sachen zusammen und brach auf. Als er den Kampfplatz überquerte, entdeckte er den Bulldog. Langsam hob er die Waffe auf. Wenn Kerner den Revolver nicht verloren hätte, wäre der Kampf anders ausgegangen.

Es dauerte fast eine halbe Stunde, ehe er sein Bein wieder einigermaßen bewegen konnte. Er musste einen Weg finden, der um das Feuchtgebiet herum führte. Irgendwo dort vorne musste der See sein. Er war sich sicher, dass er dort auch Kerner fand. Der Weg führte ihn ständig bergauf durch den Hochwald.

Gegen Mittag machte Redfox eine Pause. Wenig später war er aber wieder unterwegs. Rastlosigkeit, die eine Entscheidung suchte, trieb ihn voran.

Als er den höchsten Punkt erreicht hatte, umgab ihn dichter Fichtenaltbestand, so dass er nicht weit ins Tal hinuntersehen konnte. Der Abstieg war für sein verletztes Bein sehr schmerzhaft, so dass er nur langsam voran kam.

Nachdem er fast zwei Drittel des Abstiegs hinter sich hatte, sah er durch die Bäume eine dunkle, glänzende Erscheinung.

Redfox atmete auf. Endlich hatte er den Waldsee erreicht.

Als er die Wasserfläche durch die letzten Stämme schimmern sah, blieb er stehen und musterte den einsehbaren Bereich seines Blickfelds. Er befand sich ungefähr fünfzehn Meter über der Wasseroberfläche. Nur wenige Meter vor ihm fiel das Gelände steil zum Wasser hin ab.

Deutlich konnte er am gegenüberliegenden Ufer dichten Baumbewuchs erkennen. Rechts von ihm wurde das Ufer von einem dichten Schilfstreifen

21. Kapitel

verdeckt. Als er sich nach links drehte, erkannte er eine Felsformation, die erheblich höher lag als sein derzeitiger Standort.
Systematisch suchten seine Augen auch diese Ecke ab. Er konnte aber kein menschliches Wesen entdecken. Er nahm das Zielfernglas zu Hilfe. Plötzlich stutzte er. Er richtete die Optik nochmals auf den höchsten Punkt des Felsens. Tatsächlich, er hatte sich nicht getäuscht! An einer bestimmten Stelle war zwischen den Wipfeln einiger verkümmerter Kiefern ein kaum wahrnehmbarer Rauchstreifen zu erkennen, der wie leichter Nebel zum Himmel schwebte.
„Ja", stieß er hervor und ballte die Faust. Triumphgefühl erfüllte ihn. Für ihn gab es keinen Zweifel, dass er den Unterschlupf seiner Beute gefunden hatte.
Redfox suchte sich einen umgestürzten Baum und ließ sich nieder. Die Mühsal der vergangenen Nächte, das schmerzende Bein und sein Durst waren vergessen. Der Jäger hatte sein Ziel ausgemacht und wartete nun auf Anblick. Das Gewehr lag griffbereit neben ihm.
Seine Geduld wurde auf eine harte Probe gestellt. Es vergingen fast drei Stunden, ehe er auf dem Felsen eine Bewegung erkennen konnte. Hastig riss er die Waffe an die Augen und spähte hinüber.
Mit einem zufriedenen Grunzen registrierte er den Anblick eines starken Wildschweins, das einige Meter unter dem Gipfel des Felsens plötzlich wie aus dem Nichts erschienen war. Redfox vermutete, dass es in dem Gestein eine Höhle oder etwas Ähnliches geben musste.
Der Mann schätzte die Entfernung zu dem Keiler auf ungefähr zweihundert Meter. Ihm war klar, dass es keinen Sinn machte aus dieser Entfernung auf das Muskelpaket zu schießen. Bei einem Stück Schwarzwild würde das Projektil keine tödliche Wirkung entwickeln. Er würde lediglich seine Anwesenheit verraten. Bei einem Menschen war das anders.
Redfox entschied sich auf Kerner zu warten. Die Entfernung spielte für ihn nur eine untergeordnete Rolle. Er hatte schon häufig über weite Distanzen geschossen – und getroffen.
Einen Augenblick später war der Keiler wieder verschwunden.
Während er so dasaß und wartete, spürte er, dass die Wirkung des Medikaments schon wieder nachließ. Die Wirkzeit war immer kürzer. Die Schmerzen im Bein drängten sich wieder in den Vordergrund seiner Aufmerksamkeit. Seine Augen begannen zu brennen und er fieberte. Müdigkeit griff nach ihm. Immer wieder sank sein Kopf auf die Brust.
Kerner erschien so plötzlich auf der Bildfläche, dass Redfox völlig überrascht wurde. Von einer Sekunde auf die andere stand der Ex-SEK-Mann fast an der gleichen Stelle, an der zuvor das Wildschwein aufgetaucht war.
Redfox durchfuhr ein Adrenalinstoß. Der körpereigene Stoff bewirkte mehr als jede Tablette. Er schnappte sich das bereitstehende Gewehr, dann kniete

187

21. Kapitel

er sich hinter den Baumstamm. Den Rucksack nahm er als Auflage. Er zog den Schaft der leichten Waffe an die Schulter und visierte durch das Zielfernrohr. Kerners Gesicht war deutlich zu erkennen. Er blickte hinunter auf den See.
Redfox verdrängte alle Gedanken und konzentrierte sich auf das Ziel. Er setzte das Zielkreuz auf die Herzgegend. Auf diese Entfernung war ein Körpertreffer die sicherste Lösung. Das Geschoss würde dort seine tödlich Wirkung tun.
Der Menschenjäger spannte den Hahn, konzentrierte sich, dann verstärkte er systematisch den Druck auf den Abzug. Dank des Schalldämpfers war nur ein schwaches Patschen zu hören.
Der Schütze ließ ein zufriedenes Knurren hören, als er durch das Zielfernrohr den schlagartigen Zusammenbruch seines Opfers feststellte. Langsam ließ er die Waffe sinken.
„Das war's wohl", brummte er. Komischerweise wollte sich keine Erleichterung oder Befriedigung einstellen. Die Anspannung baute sich schnell wieder ab und wich der Erschöpfung. Redfox spähte nochmals durch das Zielfernrohr.
Plötzlich stieß er einen heftigen Fluch aus. Kerner bewegte sich! Langsam kroch der Mann auf eine Gruppe Kiefern zu.
Redfox, der an seine absolute Zielsicherheit glaubte, war so perplex, dass er wertvolle Zeit vergeudete. Als er das Gewehr wieder an der Schulter hatte, verschwand sein Opfer gerade unerreichbar zwischen den schützenden Stämmen.
Er hatte versagt! Redfox Selbstbewusstsein erlitt einen Schock. Lag es an der Waffe? Oder war es seine gesundheitliche Beeinträchtigung, die seine Hand beunruhigt hatte?
Er starrte auf seine Finger. Sie zitterten.
Redfox lehnte sich müde gegen den Baumstamm. Er brauchte eine Pause. Dann würde er hinübergehen und den Rest erledigen. Ein paar Minuten später hatte ihn der Erschöpfungsschlaf übermannt.

Ron Kerner wurde von dem heftigen Schlag gegen die linke Schulter völlig überrascht. Die Wucht des Aufschlags riss ihn nach hinten gegen die Felswand und dann von den Füßen. Das Verwunderliche war, dass er wieder keinerlei Schmerz fühlte. Eine gewisse Taubheit des Armes machte sich bemerkbar. Sein instinktiver Griff zur Schulter brachte ihm Gewissheit. Seine Handfläche war blutverschmiert. Er war schon wieder angeschossen.
Sein geschulter Polizistenverstand verhinderte eine Panik und zwang ihn zu einer sofortigen Analyse. Auch wenn er keinerlei Schussknall gehört hatte, musste sich der Schütze am anderen Ufer befinden.

21. Kapitel

Ohne Verzögerung kroch Ron Kerner in die Deckung der Kiefern.
Wieso hatte ihn der Killer nur in die Schulter geschossen? War das ein Teil seines perversen Spiels? Sicher hatte er ein ruhiges Ziel abgegeben. Für einen geübten Schützen auch auf diese Entfernung kein Problem.
Kerner drängte diese Überlegungen zurück. Jetzt kam es erst einmal darauf an festzustellen, wie schwer seine Verletzung war. Nachdem der erste Wundschock vorüber war, begann der Schmerz zu toben. Er zog vorsichtig das Hemd aus und betrachtete die Verletzung. Soweit er sehen konnte, hatte er einen tiefen Streifschuss im Bereich des Schultergelenks davongetragen. Die Wunde blutete heftig, würde ihn aber wahrscheinlich nicht dauerhaft schädigen.
Kerner biss die Zähne zusammen. Mittlerweile war der Schmerz so stark, dass er kaum mehr zu ertragen war. Er holte seinen Verbandskasten aus dem Rucksack und begann die Umgebung der Wunde zu reinigen. Die größte Gefahr bestand jetzt in einer Sepsis. Das Desinfektionsmittel brannte wie Feuer. So gut es ihm mit einer Hand möglich war, legte er sich einen festen Verband an.
Als er fertig war, blieb er erst einmal einen Augenblick erschöpft liegen. Sein Verfolger hatte ihn verdammt schnell gefunden.
Kerner wusste, dass er nicht viel Zeit hatte. Mit Sicherheit würde sich der Killer davon überzeugen wollen, ob er sein Opfer auch tatsächlich getötet hatte. Die Flucht hatte kein Ende. Er musste so schnell wie möglich mit Orrieh von hier verschwinden.
Ron Kerner schluckte ein paar Schmerztabletten, dann raffte er sich auf. Mit eisernem Willen bezwang er seine Schmerzen und packte seine Sachen in den Rucksack.
Kerner warf einen letzten Blick zurück, dann schlüpfte er aus der Höhle. Orrieh war nicht da. Er konnte nicht warten. Langsam stieg er auf der dem See abgewandten Seite den Fels hinunter. Jede Erschütterung schickte Schmerzwellen durch seine Schulter.
Als er den Fuß der Gesteinformation erreicht hatte, füllte er seine Wasserflasche an einem schmalen Rinnsal, das leise murmelnd seinem Ziel, dem Waldsee, zueilte. Es handelte sich um reines Quellwasser, das man ohne Gefahr trinken konnte. Dann marschierte er in östliche Richtung davon. Er wollte unter allen Umständen vermeiden wieder in das Moorgebiet zu geraten.

Der Keiler hatte den Felsen verlassen. Er hatte Durst und suchte das Wasser. Seine Nackenverletzung bereitete ihm noch immer Schmerzen und er suchte die Kühle einer Suhle.
Als der Basse am Südufer einen Höhenzug erreichte, verhoffte er. Mit erhobenem Wurf kontrollierte er den Wind, der ihm einen Hauch der gehassten Witterung zutrug.

21. Kapitel

Orrieh suchte einen höheren Standort und studierte erneut die Brise. Es gab keinen Zweifel. Der Feind war irgendwo vor ihm. Er schien sich nicht zu bewegen.
Da es hier nur wenig Deckung gab, näherte sich der Keiler dem Kernpunkt der Witterung extrem vorsichtig. Trotz seines hohen Körpergewichtes gelang es ihm sich praktisch lautlos zu bewegen.
Als die Witterung den Höhepunkt ihrer stechenden Intensität erreicht hatte, verharrte Orrieh hinter einem dicken Fichtenstamm. Der Mensch musste direkt vor ihm sein.
In kleinen Schritten tastete sich Orrieh immer näher. Jeden Augenblick war er auf einen Angriff gefasst.
Dann sah er ihn. Der Mensch lag regungslos hinter einem Baumstamm.
Der Keiler blieb in ausreichendem Abstand stehen. Der Geruch des Mannes sagte ihm, dass er lebte. Allerdings war da ein Beigeschmack, der den Schwarzkittel spüren ließ, dass etwas nicht stimmte. Mit aufgestellten Federn wagte sich Orrieh noch einige Schritte näher.
Der Atem des Mannes ging kurz und hastig. Er strahlte eine ungewöhnliche Körpertemperatur ab. Der Geschmack seiner Witterung sagte Orrieh, dass der Mensch krank war.
Immer sprungbereit stand der Keiler schließlich direkt neben dem Mann. Prüfend bewindete er die Ausrüstungsgegenstände, die herumlagen.
Unvermutet stieß der Mensch unverständliche Laute aus und machte eine heftige Bewegung mit den Händen. Orrieh machte instinktiv einen Satz zur Seite. Er war bereit anzugreifen.
Als jedoch nichts weiter geschah, beruhigte er sich wieder. Nach einiger Zeit zog er sich langsam zurück.
Er würde seinen Menschen suchen. Irgendwie musste er ihm mitteilen, dass der Feind in unmittelbarer Nähe war. Der Keiler drehte um und trollte sich.

Die Behinderung durch die Schulterwunde machte sich schnell schmerzhaft bemerkbar. Ron Kerner hatte den Riemen seines Rucksacks über die unverletzte Schulter gezogen. Trotzdem spürte er das Gewicht unangenehm auch auf der anderen Seite.
Immer wieder glitt sein Blick vorausschauend durch den Hochwald auf der Suche nach einer verdächtigen Bewegung.
Einige Zeit später entdeckte er einen Haselnussstrauch. Mit dem Messer schlug er sich einen geeigneten Stock und entfernte die wenigen Zweige. Dann befestigte er es mit einem Stück Seil am Griff an der Spitze des Stocks.
Als er etwas später die neu entstandene Waffe betrachtete, schüttelte er den Kopf. Es war wie in der Steinzeit. Dieses Wurfgeschoss war wirklich nur ein psychologisches Mittel, um seine Unruhe zu besänftigen.

Plötzlich sah er vor sich zwischen den Stämmen eine Bewegung. Hastig ging Kerner hinter einer dicken Fichte in Deckung. Sein Rucksack glitt auf den Boden. Unwillkürlich fasste er seine Waffe fester. Nur mit Mühe konnte er einen Schmerzschrei unterdrücken.
Als er die vertraute Gestalt des Keilers erkannte, entspannte er sich erleichtert und stand auf.
Orrieh war anders als sonst. Immer wieder gab er Laute der Erregung von sich und umkreiste Kerner nervös.
„Was ist los, mein Junge?", fragte der Mann. Er hatte den Eindruck, dass ihn der Keiler in eine bestimmte Richtung lenken wollte. Wusste er, wo sich der Killer aufhielt? Ron Kerner beschloss Orrieh zu folgen.
Der Keiler führte Ron Kerner sehr zielstrebig durch den Wald. Hin und wieder blieb er stehen, weil der Mann mit dem Tempo des Bassen nicht mithalten konnte. An einem quer liegenden Baumstamm blieb der Keiler stehen und bewindete den Boden. Immer wieder lief er aufgeregt herum, als würde er etwas suchen.
Kerner betrachtete die Stelle genauer. Deutlich war erkennbar, dass das Gras in länglicher Form niedergedrückt war. Mit etwas Fantasie war die Form eines menschlichen Körpers erkennbar.
Der Ex-Polizist drehte sich um und sah in Richtung See. Durch die Stämme konnte man deutlich den Felsen und die Kiefergruppe, hinter der sich die Höhle befand, erkennen. Für ihn war es keine Frage: Von hier war der Schuss auf ihn abgefeuert worden.
Der Mann legte dem Keiler die Hand auf den Rücken.
„Such den Mann", forderte Kerner den Keiler mit bestimmtem Unterton auf. „Finde ihn. Wir müssen verhindern, dass er uns wieder einen Hinterhalt legt. Der Mann will uns töten."
Orrieh sah ihn aufmerksam an, dann zögerte er keinen Augenblick. Der Ex-Polizist musste sich immer wieder wundern, wie gut ihn der Schwarzkittel verstand. Der Basse nahm den Wurf herunter und sog geräuschvoll die Witterung in die Nase. Er verhielt sich dabei kaum anders als ein trainierter Schweißhund.
Nachdem er einen engen Kreis gezogen hatte, um die Fährte aufzunehmen, drängte er zielstrebig voran.
„Nicht so schnell", murmelte Kerner. Die verdammte Schusswunde brachte sich bei Erschütterungen unangenehm in Erinnerung.
Nach einiger Zeit warf er einen prüfenden Blick zu Himmel. Das Licht begann schon langsam zu schwinden. Sein Instinkt sagte ihm, dass er sich in der Nacht besser von dem Killer fernhielt. Kerner war fast sicher, dass der Kerl über Nachtsichttechnik verfügte und ihm somit in der Dunkelheit überlegen wäre.

21. Kapitel

Wenn Ron Kerner die zurückgelegte Strecke überschaute, kam er zu dem Ergebnis, dass irgendetwas mit dem Killer nicht stimmte. Orrieh führte ihn in unregelmäßigen Zickzacklinien durch den Wald. Konnte es sein, dass der Mann betrunken war?
Eigentlich hatte Kerner gedacht, dass er um den See herumgehen würde, um nachzuforschen, ob sein Schuss das gewünschte Ergebnis gebracht hatte. Stattdessen hielt sich der Mann aber bergauf und entfernte sich damit vom Gewässer. Ein Verhalten, das nicht in sein Bild passte, das er sich in seiner bisherigen polizeilichen Laufbahn von Profikillern gemacht hatte.
Der Ex-SEK-Mann beschloss noch einige Zeit der Fährte zu folgen, dann würde er für die Dauer der Nacht einen Rastplatz suchen. Die Anstrengung der Suche wirkte sich auf seinen Arm aus. Die Wunde schmerzte und blutete auch wieder. Er musste sie dringend versorgen.

22. Kapitel

22. Kapitel

Redfox schleppte sich durch den Wald. Der Schweiß stand ihm auf der Stirn. Kräftezehrende Schwäche erfüllte ihn und machte jeden Schritt zur Qual. Seine Augen saßen wie Murmeln in den Höhlen und brannten, als hätte er Pfeffer hineingestreut.

Wie zerschlagen war er aus einem bleiernen Schlaf erwacht. Sein Schädel fühlte sich an, als wolle er jeden Augenblick platzen. Die Schmerzen pulsierten im Intervall seines klopfenden Herzens durch sein Bein.

Was war eigentlich geschehen? Seine Erinnerung kam fetzenhaft. Er hatte auf Kerner geschossen und auch getroffen. Doch dann war der Kerl plötzlich von der Bildfläche verschwunden gewesen.

Jetzt fiel Redfox wieder ein, dass er eigentlich nachsehen wollte, ob er seinen Job erfolgreich erledigt hatte und er endlich diesen verfluchten Wald verlassen konnte.

Plötzlich spürte er wieder diesen schrecklichen Durst. Seine Zunge lag wie ein klebriger Klumpen in seiner Mundhöhle. Er öffnete seine Wasserflasche und ließ den letzten Tropfen auf seine Zunge fallen.

Richtig, er wollte eigentlich am See frisches Wasser schöpfen. Wie konnte er das nur vergessen? Wenn er nur nicht so schrecklich müde wäre. Seine Glieder fühlten sich unendlich schwer an. Am liebsten hätte er das Gewehr und den Rucksack weggeworfen und wäre auf der Stelle wieder eingeschlafen.

Es hatte wirklich keinen Sinn in diesem Zustand zu dem Felsen zu laufen, um nach Kerner zu sehen. Es fiel ihm schwer es sich einzugestehen, aber im Augenblick hätte ihn ein Kind aus den Schuhen stoßen können.

Schlaf. Er brauchte einfach Schlaf. Morgen würde es ihm wieder besser gehen. Zuvor musste er sich aber irgendwie Wasser verschaffen.

Seine fiebrig glänzenden Augen suchten die nähere Umgebung ab. Er entdeckte einen Vogel, der sich auf der Bruchfläche eines umgestürzten Baumes niedergelassen hatte. Der Vogel trank! Redfox raffte sich auf und torkelte zu der Stelle. Protestierend schwirrte der gefiederte Waldbewohner davon.

Der Mann hatte nur Augen für den Baumstumpf. Tatsächlich befand sich eine Höhlung im Stamm, in der sich nach dem Regen etwas Wasser gesammelt hatte.

Erschöpft ließ sich Redfox auf die Knie fallen und beugte sich über die Wasserstelle. Vorsichtig schöpfte er das kostbare Nass mit der hohlen Hand und führte es zum Mund. Es hatte einen eigenartig modrigen Geschmack. Aber es war kühl und tat gut. Alles andere interessierte den innerlich brennenden Mann nicht.

Die Erfrischung war unbeschreiblich. Er musste die Augen offen halten und die Tiere beobachten, dann würde er bestimmt noch mehr solcher verborgener Wasserstellen finden.

22. Kapitel

Mit all seiner Energie kämpfte er sich wieder auf die Beine. Er musste sich einen trockenen Lagerplatz suchen. Morgen..., morgen würde es ihm wieder besser gehen. Dann würde er nach Kerner suchen.
Die Felsen vor ihm sahen aus, als hätte sie die Hand eines Riesen hierher mitten in den Wald geworfen. Sie waren mehrfach übermannsgroß und lehnten ohne System aneinander. Das Ergebnis einer Laune der Natur. Zwischen den Felsbrocken blieb ein Hohlraum, der teilweise mit Laub und Erde zugeschüttet war.
Redfox überlegte nicht lange. Es dämmerte und der Hohlraum war ein Geschenk der Götter.
Der Menschenjäger lachte heiser bellend auf. Es war schon ein merkwürdiger Anachronismus, dass ausgerechnet er, der Atheist, übergeordnete Mächte für sein Schicksal verantwortlich machte. Sein Fieber musste schon sehr hoch sein.
Redfox zögerte nicht lange und rutschte in den Hohlraum hinein. Lediglich ein paar erschrockene Mäuse brachten sich in den engen Winkeln der Höhlung in Sicherheit. Ansonsten war der Unterschlupf leer.
Der Mann legte das Gewehr zur Seite und schob das vorhandene Laub zusammen. Dann legte er sich seinen Rucksack als Schlafrolle unter den Nacken, wickelte sich in die Decke und schloss die Augen. Da war kein Gedanke an Nahrungsaufnahme, keine Energie mehr für ein wärmendes Feuer. Bleierne Müdigkeit griff wie ein unsichtbarer Krake nach seinem Gehirn und zog ihn fast augenblicklich in einen tiefen Schlaf hinein.

Die Nacht zwang Kerner und Orrieh die Suche abzubrechen. Der Mann fand einen Windbruch. Eine Böe hatte mehrere Stämme entwurzelt. Dadurch war ein Unterschlupf entstanden, der für einen Mann gerade ausreichend war. Die Stelle war windgeschützt und einigermaßen trocken. Für eine Nacht würde es gehen.
Ron Kerner machte kein Feuer. Die Gefahr, dass der Killer den Geruch wahrnahm, war zu groß. Der Polizist hatte keine Ahnung, wie weit der Mann vor ihm war.
Mit zusammengebissenen Zähnen entledigte er sich seines Hemdes. Dabei konnte er ein leichtes Stöhnen nicht unterdrücken. Orrieh kam sofort näher und beschnupperte den Arm seines zweibeinigen Freunds. Der Mann wusste, dass es Anteilnahme war.
„Mach dir keine Gedanken", sagte Kerner, „ich muss nur aufpassen, dass ich keine Entzündung bekomme, sonst wird es unangenehm."
Orrieh grunzte verstehend, dann legte er sich neben Kerner nieder.
Der Verband war teilweise durchgeblutet. Er entfernte ihn. Bei den letzten Schichten war seine Selbstherrschung gefragt, denn der Zellstoff war mit der

22. Kapitel

Wunde verklebt. Mit einem heftigen Ruck riss er die Reste des Verbandes herunter. Sofort lief wieder Blut.
Mit einem prüfenden Blick betrachtete er die Auflagefläche des Mullverbandes. Er konnte keinerlei Anzeichen von Eiter entdecken. Kerner desinfizierte die Wunde so gut es ging, dann legte er einen frischen Verband an. Anschließend schluckte er noch ein Schmerzmittel. Nachdem er das Hemd wieder angezogen hatte, war er recht erschöpft.
Während der Verfolgung hatte er einige Beeren gesammelt, die er jetzt verzehrte. Die Waldfrüchte waren ziemlich sauer, aber er wusste, dass sie sehr vitaminreich waren und die Abwehrkräfte seines Körpers stärken würden.
Als er fertig war, streichelte er dem Keiler den Kopf.
„Ich denke, wir werden jetzt eine Runde schlafen. Morgen wird wohl ein harter Tag werden." Der Keiler legte seinen Kopf auf den Oberschenkel des Mannes und sah ihn mit seinen klugen Augen an.
„Weck mich, mein Junge, wenn etwas los ist."
Kerner war sich sicher, dass ihn der Keiler genau verstanden hatte. Er rollte seinen Schlafsack aus und kroch hinein. Es dauerte einen Moment, bis er eine Lage gefunden hatte, die für seinen Arm einigermaßen bequem war, dann war er von einer Sekunde auf die andere eingeschlafen. Seine Hand umschloss noch im Schlaf den Speer.
Orrieh lag neben Kerner und wachte. Die leichten Schnarchgeräusche seines Menschen verrieten ihm, dass er schlief. Hin und wieder drang ein leises Stöhnen aus seinem Mund, wenn er sich im Schlaf bewegte und die Schmerzen der Wunde in sein Unterbewusstsein drangen. Der Basse lag still und schickte seine Sinne auf die Reise. Sie filterten die Geräusche der Nacht und ordneten sie ein.
Irgendwann in der Nacht hielt es den Keiler nicht mehr im Lager. Ein unbestimmtes Gefühl drohender Gefahr beunruhigte ihn. Die Fährte des bösen Menschen hatte ihm verraten, dass er nicht mehr weit vor ihnen war. Leise verließ Orrieh das Lager. Er würde seinen Menschen beschützen. Dazu gehörte, dass er heraus fand, was der Mann vor ihnen tat.

Redfox erwachte mitten in der Nacht schweißgebadet. Merkwürdigerweise wusste er sofort, wo er sich befand. Sein Kopf war etwas klarer, aber sein Durst war unerträglich. Er hatte das Gefühl, als wäre er völlig ausgetrocknet. Er richtete sich auf. Wohl etwas zu hastig. Nachdem er ein heftiges Schwindelgefühl überwunden hatte, kroch er aus seinem Versteck. Er musste unbedingt an Wasser kommen! Das Fieber entzog ihm zusätzlich Flüssigkeit. Diesen Zustand würde er nicht lange ertragen können. Es blieb ihm nichts anderes übrig, als sich irgendwie zum Waldsee durchzuschlagen.

22. Kapitel

Redfox holte die Landkarte heraus und versuchte sich im Schein der Taschenlampe zu orientieren. Der See durfte nach seiner Berechnung nicht weiter als zwei Kilometer in südöstlicher Richtung von hier liegen. Eine Entfernung, die zu bewältigen war.
Er holte seine Panzerbrille aus dem Rucksack und setzte sie auf. Gespannt wartete er auf die Reaktion des Geräts, nachdem er es eingeschaltet hatte. Es funktionierte. Das für den rauen militärischen Einsatz gebaute Gerät hatte die Nässe gut überstanden. Dann holte er das Nachtzielgerät aus dem Köcher und befestigte es auf dem Gewehr. Es war besser, wenn er für alle Fälle gerüstet war. Er räumte seine wenigen Sachen zusammen, dann schulterte er den Rucksack und die Waffe und marschierte los. Die kühle Nachtluft brachte ihm eine gewisse Erfrischung. In der Ferne hörte er den klagenden Ruf eines Kauzes. Der brennende Durst trieb ihn voran.
Schon nach einigen hundert Metern musste er eine Rast einlegen, weil seine Beine versagten. Er musste bergauf laufen, was an seinen schwindenden Kräften zehrte. Sein Körper gierte nach Wasser.
Plötzlich hörte er ein ganzes Stück hinter sich das laute Brechen eines trockenen Astes. Redfox fasste sein Gewehr fester. Das Holz musste unter einem schweren Körper gebrochen sein. Konnte es sein, dass Kerner in der Nacht hinter ihm her war? – Schnell verwarf er den Gedanken wieder. Wenn der Ex-Bulle schon nicht tot sein sollte, dann war er mit Sicherheit schwer verletzt.
Während Redfox noch überlegte, bemerkte er im Schein der zusätzlich eingeschalteten Infrarotlampe eine Bewegung zwischen den Stämmen. Sein Pulsschlag erhöhte sich. Deutlich konnte er im Licht der Lampe die reflektierenden Augen einer großen Wildsau erkennen. Für ihn bestand kein Zweifel, dass es sich um den massigen Keiler handelte, dem er seine Beinverletzung zu verdanken hatte. Wie ein Hund hing das Biest auf seiner Fährte.
Der Fuchs merkte, dass Beklommenheit nach seinem Herzen griff. Widerwillig musste er sich eingestehen, dass er vor dieser unberechenbaren, massigen Bestie Angst hatte.
Redfox versuchte seine Empfindungen in den Griff zu bekommen. Er wusste sein Gewehr geladen und einsatzbereit. Er hatte zwar den Schalldämpfer nicht aufgesetzt, aber das war in dieser Situation egal. Langsam hob er die Waffe und schaltete dabei das Zielgerät ein. Automatisch aktivierte er damit auch eine Infrarotlampe, die in das Zielfernrohr integriert war.
Nach einem letzten Blick durch die Panzerbrille auf den Keiler, der mittlerweile ziemlich nahe gekommen war, ihn aber wegen des für ihn ungünstigen Windes noch nicht bemerkt hatte, klappte Redfox die Brille nach oben weg. Jetzt konnte er durch das Okular des Zielgerätes blicken. Nach einer leichten Schwenkbewegung hatte er den Keiler in der Zielerfassung. Mit einem fast

22. Kapitel

unhörbaren Knacken spannte er die Hähne. Diesmal würde er sein Ziel tödlich treffen.

Orrieh hob witternd den Wurf in den Wind. Er hatte einen feinen, metallischen Laut vernommen. Regungslos lauscht er. Nur das leise Singen des Windes unterbrach die Stille. Doch er wehte aus seinem Rücken und war daher nicht sehr hilfreich.

Der Keiler konnte nicht ahnen, dass seine massige Gestalt zum Greifen nah im Okular eines Nachtsichtzielgerätes zu erkennen war, dessen Fadenkreuz sich mit tödlicher Sicherheit auf der Stelle einpendelte, hinter der sein kräftiges Herz schlug.

Der Schlag gegen seine Seite kam mit der Wucht eines Dampfhammers und brachte den massigen Bassen zum Taumeln. Die glühende Lanze, die sich in seinen Brustkorb bohrte, nahm ihm den Atem. Dann erst hörte er den giftigen Knall des Schusses. Die Energie des Geschosses erschütterte ihn zwar, riss ihn aber nicht von den Läufen. Das Projektil war in seinen Brustkorb eingedrungen, hatte dort auch einen Lungenflügel zerrissen, tötete jedoch nicht sofort, weil es den mächtigen Wildkörper nicht durchschlug. Als sich der Keiler nach dem Treffer aufrichtete, wurde die Einschusswunde sofort wieder von der Schwarte und dem darunter liegenden Fett verschlossen, so dass der Unterdruck im Brustraum erhalten blieb.

Orrieh war zwar tödlich getroffen, konnte aber immer noch kämpfen.

Den zweiten Schuss gab Redfox überhastet ab. Wie ein glühendes Eisen fuhr das Geschoss durch die Rückenschwarte, fügte dem Keiler aber keine wesentliche Verletzung zu.

Eine unbeschreibliche Wut überlagerte Orriehs Schmerz und mobilisierte seine enormen Kräfte. Er stürmte los. Vorwärts in die Richtung, wo er den Feind vermutete. Nichts konnte ihn mehr aufhalten. Dabei schlug er mit seinen Waffen in den Waldboden, dass die Moosfetzen nur so zur Seite flogen.

Er spürte nicht, dass sich der rote Lebenssaft aus den zerstörten Blutgefäßen langsam aber sicher in seiner gewaltigen Brustkammer sammelte. Orrieh wollte nur noch den verhassten Feind vernichten. Nichts hätte den Keiler mehr aufhalten können. Er war nur noch eine geballte Masse aus Muskeln, Knochen und Fett, angetrieben von einer animalischen Zerstörungswut.

Der Mann warf das nutzlose Gewehr zur Seite. Zum Nachladen war keine Zeit mehr. Hastig griff er nach dem Revolver. Aber der Angreifer ließ ihm keine Chance. Mit der Wucht einer Ramme prallte Orrieh auf Redfox und riss ihn zu Boden. Der Revolver flog in die Nacht.

Wie eine Schlange wand sich der Mann zur Seite. Angst, unbeschreibliche, tierische Angst hatte sich seiner bemächtigt und holte aus seinem geschwächten Körper die letzten Kraftreserven. Doch Orrieh war nicht mehr zu brem-

sen. Mit der enormen Wucht seines gewaltigen Schädels trieb der Keiler dem Mann seine mächtigen Waffen in den Leib. Immer wieder. In jeden Körperteil, den er erreichen konnte.
Redfox schrie. Er schrie vor Schmerz und vor Angst. Um ihn herum war finstere Nacht. Seine Panzerbrille war ihm längst vom Kopf gerutscht und lag irgendwo nutzlos auf dem Waldboden. Der gnadenlose Angreifer war für ihn nicht sichtbar.
Der Mann hielt seine Hände schützend vor seinen Leib. Doch das nützte ihm nichts. Als der Keiler ihm seine Waffen zwischen die Oberschenkel rammte, brüllte der Mann wie ein waidwunder Stier. Einige Sekunden später fiel Redfox in eine gnädige Ohnmacht.
Orriehs Angriffslust verebbte. Als er bemerkte, dass sich der Feind nicht mehr bewegte, ließ er von ihm ab. Keuchend blieb er über ihm stehen. Nachdem der betäubende Rausch der Wut nachließ, spürte er den Schmerz in der Brust. Orrieh nahm ein letztes Mal Witterung von der leblosen Gestalt. Er roch das Blut, das in einem steten Strom aus dem Mann herauslief und den Waldboden tränkte.
Langsam drehte sich der Basse herum und marschierte in die Richtung zurück, aus der er gekommen war. Er wusste, dass er sterben musste, und er suchte die Nähe seines Menschen. Einige Schritt weiter überkam ihn eine lähmende Schwäche. Auf einem Moosbett ließ er sich nieder.

Der erste Schuss hatte Ron Kerner aus seinem tiefen Schlaf gerissen. Hastig befreite er sich aus dem Schlafsack und lauschte verwirrt in die Nacht. Er rief nach Orrieh, aber sein Ruf verhallte ungehört. Der Keiler war nicht da.
Der zweite Schuss peitschte durch die Nacht. Der Schütze war nicht allzu weit entfernt.
Kerner schnappte sich seine Taschenlampe und den Speer, dann eilte er durch die Nacht davon, der Richtung des Schusses folgend. Wenig später hörte er vor sich die gellenden Schreie eines Mannes, die nach einiger Zeit wieder abrupt verstummten.

Kurz danach traf er auf Orrieh. Der Basse lag auf der Seite, das schwere Haupt gegen den erhabenen Wurzelstrang einer Buche gestützt. Als er seinen Menschen erkannte, stieß er einen fast menschlichen Klagelaut aus.
Erschüttert beugte sich Kerner herab und untersuchte im Schein der Taschenlampe den Körper seines vierläufigen Freundes. Sehr schnell entdeckte er das kleine Einschussloch in der Seite auf der Höhe des Blattes. Kleine rote Schaumblasen traten bei jedem Atemzug aus der Öffnung und wirkten auf

der dunklen Schwarte wie kleine Blüten. Hin und wieder lief ein Zucken durch den mächtigen Körper der Keilers.
Ron Kerner hatte schon unzählige Schussverletzungen bei Wildtieren gesehen und wusste, dass dieser Treffer tödlich war.
Eine große Trauer überkam den einsamen Jäger. Er setzte sich auf den Waldboden und legte Orriehs Haupt in seinen Schoß. Sanft streichelte er ihn. Der Keiler wusste, dass er sterben musste. Er wusste es, nicht wie ein Tier, das seinen Tod genauso als gegeben hinnimmt wie das Leben. Da war etwas anderes, das über das bloße kreatürliche hinausging. Keinen Moment wandte er seine sprechenden Augen von dem Menschen ab.
Einige Minuten später bäumte sich Orrieh kurz auf, dann lief ein Zittern durch seinen Körper. Eine Sekunde später lag er ruhig.
Sanft ließ Ron Kerner den Kopf des Keilers auf das Moos sinken. Er schämte sich der Tränen nicht, die ihm über die bärtigen Wangen liefen. Langsam stand er auf.
Irgendwo dort in der Nacht lauerte der Killer, der Orrieh getötet hatte. Kerner war wild entschlossen den Keiler zu rächen. Er fasste den Wurfspeer fester und tastete sich schrittweise in die Nacht.
„Dieses Wildschwein hat mich geschafft!" Die gepresste männliche Stimme kam unerwartet aus der Dunkelheit vor Kerner.
Blitzartig warf sich der Ex-Polizist flach auf den Boden.
Ein unterdrückter Schmerzlaut kam aus der Nacht.
„Du kannst dich entspannen. Ich hätte dich schon längst erschießen können, wenn ich gewollt hätte", erklärte die Stimme stockend.
Kerner ging das Risiko ein und schaltete die Taschenlampe wieder ein. Der Killer lehnte nur wenige Meter von ihm entfernt in verkrümmter Haltung an einen Baumstamm. Der Revolver lag in seinem Schoß. Kerner konnte sehen, dass er in einer großen Blutlache saß. Der Mann war offensichtlich lebensgefährlich verletzt. Seine Hosenbeine waren mit Blut getränkt.
„Du weißt gar nicht, was für ein Glück du hast", redete er leise weiter. „Du bist die erste Beute, die Redfox verschont." Er hustete und ein Schwall Blut quoll über seine Lippen.
Vorsichtig stand Kerner auf. Der Killer hielt noch immer den Revolver in der Hand.
„Du weißt wirklich nicht, was für ein Glück du hast", murmelte der Schwerverletzte immer leiser werdend.
„Leg die Waffe weg, dann werde ich dir helfen.", hörte sich Kerner sagen.
Der Killer sah zu ihm hoch.
„Gib dir keine Mühe. Dieses Biest hat ganze Arbeit geleistet. Mir ist nicht mehr zu helfen."
Kerner hielt inne.

22. Kapitel

„Es war eine gute Jagd", stellte der Mann, der sich selbst Redfox genannt hatte, mit erstaunlich fester Stimme fest, „aber jetzt ist Zeit für mich zu gehen."
Mit einer überraschenden Bewegung hob er den Revolver, nahm den Lauf in den Mund und drückte ab. Sein Kopf wurde nach hinten gegen den Baumstamm gerissen, dann sank der Mann zum Waldboden.
Langsam näherte sich Ron Kerner dem Toden. Erst jetzt sah er die zahlreichen Verletzungen, die von den Waffen des Keilers stammen mussten. Unter anderem musste der Basse die Schlagader an der Innenseite des Oberschenkels erwischt haben. Eine Wunde, die hier in der Abgeschiedenheit des Waldes absolut tödlich war. Der Killer hatte sein Ende nur beschleunigt.
Kerner blieb bis zum Morgengrauen neben Orrieh sitzen und hielt Totenwache. Der Keiler war ein von Menschen misshandeltes Tier gewesen. Ein Opfer gewissenlosen Forscherdrangs. Aber Kerner empfand, als hätte er einen lieben Menschen verloren.
Als die ersten Vögel mit ihrem Morgengebet begannen, zog Kerner die Leiche Redfox' neben den Körper des Bassen. Dann begann er damit über beide Steine aufzuhäufen. Es war fast Mittag, als er völlig erschöpft seine Arbeit beendete. Sein Arm schmerzte höllisch.
Nachdenklich starrte er lange Zeit auf den Grabhügel, dann marschierte Ron Kerner in den morgendlichen Wald hinein. Er war sicher, dass der Frieden der abgeschieden liegenden Grabstelle auf lange Zeit nicht gestört werden würde.

Epilog

Epilog

Zwei Jahre später verließ ein schlanker, bärtiger Mann das Duschzelt des Jagdcamps am Salmon River in der kanadischen Provinz Ontario. Er hatte sich ein Handtuch um die schmalen Hüften gewickelt und näherte sich einer Gruppe Jagdgäste aus Deutschland, die einen vor einigen Stunden erlegten kapitalen Schwarzbären umstanden.
„Hi John", rief Hans-Jörg Wolf, der glückliche Erleger des Bären, dem Mann gut gelaunt zu, „komm her und nimm einen Drink mit uns."
Der Angesprochene winkte nur lässig zurück und ging weiter.
„Dieser John ist schon ein komischer Typ", stellte der Jäger fest. „Der redet wirklich kein Wort zu viel."
Ben McRow, der kanadischen Outfitter, der gerade eine Flasche Whisky herumreichte, zuckte mit den Schultern. „Er ist ein ausgezeichneter Jäger und macht seinen Job. Alles andere interessiert mich nicht."
Der Mann, über den die beiden gesprochen hatten, stand mittlerweile in seiner Blockhütte und zog sich ein kariertes Hemd über. Dabei berührte seine Hand eine tiefe Narbe in der linken Schulter. Seine Finger verweilten einige Zeit nachdenklich in der Vertiefung in seinem Fleisch. Für einen Augenblick verlor sich sein Blick durch das Fenster in den endlosen Weiten des kanadischen Waldes, der sich urwüchsig wie der Todwald vor der Blockhütte erstreckte.

Begriffe aus der Jägersprache

Bache – Weibliches Wildschwein

Basse – Bezeichnung für reifen, starken Keiler

Blasen – Lautäußerung der Wildschweine, die sowohl zur Warnung, bei Erregung bzw. zur innerartlichen Verständigung eingesetzt wird

Federn – Hohe Rückenhaare der Wildschweine, die besonders bei Erregung aufgestellt werden

Gebrech – Maul der Wildschweine

Keiler – Bezeichnung für männliches Wildschwein

Klagen – Schmerzäußerung des Wildes

Läufe – Beine des Wildes

Leitbache – Führerin von Familienverbänden bei Wildschweinen, die eine matriarchalische Sozialordnung besitzen

Malbaum – Bäume, die von Wildschweinen immer wieder aufgesucht werden, um sich daran zu reiben – gerne nach dem suhlen

Rotte – Zusammenschluss mehrer Wildschweine – vergleichbarer Begriff: Rudel beim Rotwild

Schalenwild – Alles Wild, das auf Hufen läuft

Schwarte – Fell und Haut der Wildschweine

Schwarzwild, Schwarzkittel – Bezeichnung, die von dem dunklen Haarkleid der Wildschweine herrührt

Sichern – Misstrauische Beobachtung des Umfeldes, um eine mögliche Gefahr zu erforschen bzw. auszuschließen

Suhle – Schlammbad, das von Wildschweinen zur Körperpflege und zur Abhaltung von Stechinsekten regelmäßig aufgesucht wird

Teller – Ohrmuscheln der Wildschweine

Verharren – Abruptes Stehenbleiben und Sichern – meist aus einer ungeklärten Situation heraus

Waffen – Nach außen oben wachsende Eckzähne der Wildschweine – gefährliche Verteidigungsinstrumente

Witterung – Geruch

Wurf – Oberkiefer der Wildschweine, der zum Wühlen im Boden benutzt wird

Blattzeit

... und andere Jagderlebnisse

220 Seiten
20 Farbabbildungen
farbiges Lesezeichen
15,2 × 21,5 cm
gebunden

Verschiedene Autoren haben ihre jagdlichen Erlebnisse, Erfahrungen und Gedanken – mal spannend, mal heiter und auch mal besinnlich – für uns zu Papier gebracht. Ob auf Elch im Yukon, zur Rotwildjagd in Ungarn oder zur Auerhahnbalz in Russland – der Leser ist wieder hautnah dabei. Aber nicht nur aus fernen Ländern, sondern auch aus heimischen Gefilden werden Jagdgeschichten präsentiert. Ergänzt werden die Erzählungen durch prächtige Tier- und Naturaufnahmen von dem bekannten Naturfotografen Erich Marek.

Kurzinfo:

Blattzeit – gibt es eine aufregendere Jahreszeit für Dianas Jünger? Erlebnisse zur Blattzeit und andere Jagdgeschichten sind in diesem Buch zusammen-gestellt.
Es ist für den Jagd- und Naturfreund eine abwechslungsreiche und unterhaltsame Lektüre – ideal zum Verschenken und natürlich zum Selberlesen.

Bestellen Sie bei Ihrer Buchhandlung!

Verlagshaus Reutlingen · Oertel + Spörer
Postfach 16 42 · D-72706 Reutlingen

Hans Liepmann
Herausgegeben von
Peter Herrmann

Und wenn es nicht ums Jagen wär...

Jagdgeschichten
klassisch – kurz – und
kriminell

232 Seiten, 22 farbige
Abbildungen,
mit farbigem Lesezeichen,
15,2 × 21,5 cm,
gebunden

„Wenn man gejagt hat, weiß man, wo der Hase gehoppelt kommt: Dort, wo man am Abend zuvor vergeblich gewartet hat." Diese ebenso heitere wie zutreffende Jagdweisheit stammt von Hans Liepmann. Der Wolfsburger Autor genießt unter Jagd- und Naturfreunden den unangefochtenen Ruf eines Meisters der Beschreibung von Mensch und Tier mit viel Herz, Witz und Verstand.

Kurzinfo:

Den Leser erwarten darin nahezu klassische Jagderzählungen, welche Hoffen und Bangen, Glück und Leid, Erfolg und Misserfolg der Vertreter der „grünen Zunft" widerspiegeln und manchmal neben edlen Hirschen auch schöne Frauen zum Thema haben ...

Bestellen Sie bei Ihrer Buchhandlung!

Verlagshaus Reutlingen · Oertel + Spörer

Postfach 16 42 · D-72706 Reutlingen

Gerhard Kleinau
Durchs Jahr gepirscht
Jagderzählungen

280 Seiten
24 Farbabbildungen,
mit farbigem Lesezeichen,
15,2 × 21,5 cm
gebunden

Der Wettlauf mit dem Frischling, das Anschleichen auf Strümpfen, das berühmte „Bockfieber", das jeden Jäger befällt, der seinem „Traumbock" auf einer Pirsch begegnet – wer seit Jahren jagen geht, hat viel zu erzählen.
Gerhard Kleinau nimmt den Leser mit auf seinen bequemen Hochsitz in einer alten Erle, vor dem ihm Rehe, Hirsche, „Schwarzkittel", Reineke Fuchs und Meister Langohr ins Blickfeld und mitunter vor die Flinte geraten.

Kurzinfo:

Vor Unvorhersehbarem ist kein Jäger sicher, Spannung nach oftmals langem Warten geradezu vorprogrammiert. Dass der Autor mit und in der fast unberührten Natur seiner Heimat lebt, vermitteln die stimmungsvollen Beschreibungen von Fauna und Flora und zahlreiche brillante Farbfotos.

Bestellen Sie bei Ihrer Buchhandlung!

Verlagshaus Reutlingen · Oertel + Spörer
Postfach 16 42 · D-72706 Reutlingen